Leopold von Sacher-Masoch

Eros und Thanatos

Zwanzig Geschichten von Liebe und Tod

Leopold von Sacher-Masoch: Eros und Thanatos. Zwanzig Geschichten von Liebe und Tod

Neuausgabe
Herausgegeben von Karl-Maria Guth
Berlin 2021

Der Text dieser Ausgabe wurde behutsam an die neue deutsche Rechtschreibung angepasst.

Umschlaggestaltung von Thomas Schultz-Overhage unter Verwendung des Bildes: Dante Gabriel Rossetti, Die römische Witwe, 1874

Gesetzt aus der Minion Pro, 11 pt

Die Sammlung Hofenberg erscheint im Verlag Henricus - Edition Deutsche Klassik GmbH, Berlin Herstellung: Books on Demand, Norderstedt

ISBN 978-3-7437-4065-5

Bibliografische Information der Deutschen Nationalbibliothek: Die Deutsche Nationalbibliothek verzeichnet diese Publikation in der Deutschen Nationalbibliografie; detaillierte bibliografische Daten sind im Internet über www.dnb.de abrufbar.

Inhalt

Die schöne Witwe Kapitanowitsch

Eine kroatische Geschichte

Barbara Kapitanowitsch war das schönste Weib in Zagorien, obgleich sie keine Gräfin war, die ihr Gesicht verschleiern und ihre Hände pflegen kann. Sie war nur eine Bäuerin, gewohnt an derbe Kost und harte Arbeit, wenn auch eine reiche Bäuerin, welche sich ordentlich herausputzen konnte und dies auch trefflich verstand, trotz einer Schauspielerin. Sie schminkte sich gleich einer solchen und färbte sich die Augenbrauen, das ist einmal nicht zu ändern, es sind dies die Sitten, die unser Landvolk der nahen Nachbarschaft der Türken verdankt. Aber Barbara hatte solche Kunststücke wahrhaftig nicht nötig. Sie war so schön, dass, wenn sie in ihrem gestickten Hemde, so weiß wie Schnee, ihrem kurzen Rocke, der mit dem Regenbogen wetteiferte, ihrer mit Pelz besetzten ärmellosen Jacke, von Korallen und Dukaten nur so funkelnd, sonntags zur Messe ging und der Himmel allenfalls bewölkt war, die Sonne die himmlischen Vorhänge beiseitezog, nur um auf Barbara Kapitanowitsch zu blicken, und wenn diese in die Kirche eingetreten war, sich sofort wieder missmutig verbarg.

Ihr Mann, der reiche Stanko Kapitanowitsch, hatte nicht mehr Verstand besessen, als der Türke, der vor dem Tabakladen aufgemalt war. Ein Weib merkt dies sofort und Barbara war ein überaus kluges Weib. Sie lenkte ihn ohne Schwierigkeit, wie etwa Kinder das Wägelchen, mit dem sie spielen. Alles regierte sie, das Haus, die Wirtschaft, die Leute, und doch wurde sie keineswegs übermütig.

Die Weiber in Zagorien verstehen das süße Augenspiel, und sie verstehen auch manches andere, man kann allerhand Süßigkeiten von ihnen erlangen. Barbara Kapitanowitsch fand an diesen Späßen, die dem Ehemann schwere Stunden bereiten, keinen Geschmack. Solange ihr Mann lebte, gönnte sie keinem andern einen Blick, und als sie den ersteren begraben und wie es einer ordentlichen Witwe geziemt, ein Jahr lang betrauert hatte, erst recht nicht.

An Bewerbern fehlte es zwar nicht, aber Barbara schenkte ihnen kein Gehör. »Ich will keinen Herrn mehr haben«, sagte sie, wenn die Nachbarinnen ihr zuredeten, den oder jenen zu nehmen. Sie fuhr fort, ihr Haus, ihr Gärtchen in Ordnung zu halten, Weizen zu bauen und Wein zu keltern, und dabei blieb es.

Mitunter wurde ihr die Zeit zu lang, im Winter, wenn es weniger zu tun gab, aber da fehlte es nicht an schaurigen Geschichten, die man sich beim warmen Ofen erzählte, und das bot doch immerhin einige Zerstreuung. Vor allem war es der kühne Räuber Danilo Gospoditsch, der damals dafür sorgte, dass den Leuten in Kroatien die Zeit nicht zu lang wurde.

Er war verwegen, wie es nur der Satan selbst sein kann, und auch witzig wie der Teufel. Heute machte er sich den Spaß, einem Juden siedendes Pech in den Hals zu gießen, morgen schlitzte er einem feisten Pfarrer mit seinem Yatagan den Bauch auf, oder schnitt einem Kaufmann Nase und Ohren ab und ließ ihn so laufen.

Es war im Winter und Barbara Kapitanowitsch saß eben recht verdrießlich mit der Spindel auf der Ofenbank, als Milada, ein Mädchen, das bei ihr im Dienste stand, mit der Nachricht hereinflog, dass Danilo Gospoditsch gefangen sei und schon an dem nächsten Tag gehängt werde. Das junge hübsche Gesicht strahlte dabei vor Freude und auch Barbara zeigte sich nicht wenig vergnügt. Eine Hinrichtung war damals ein Fest und nun war obendrein Jahrmarkt im Städtchen, es gab also zwei Belustigungen für eine.

Die Menschen in dem schmalen Grenzstreif zwischen Ungarn und dem Osmanenreiche, Tag für Tag im Kampfe mit den Türken, von denen sie geplündert wurden und bei denen sie in gleicher Weise zu sengen und zu rauben pflegten, waren hart geworden im Laufe der Jahrhunderte, ihre Farbe glich jener des Erzes und ihre Herzen waren ehern. Der Tod war in ihren Augen nichts, sie vergossen Blut, scherzend, als wäre es roter Wein, ja um den roten Wein war es ihnen gewiss mehr leid.

Die beiden Frauen standen am nächsten Tage früh auf, so früh, dass noch die Sterne am Himmel standen, putzten sich wie zum Tanze auf, zogen ihre großen Schafpelze an, bestiegen den kleinen Schlitten und fuhren nach dem Städtchen. Barbara selbst lenkte die kleinen Pferde, die so rund glänzend waren, dass es aussah, als habe die schöne Witwe Sonne und Mond eingespannt.

Es herrschte noch ein unheimliches Halbdunkel, zwischen Himmel und Erde lag eine Art graues Ungeheuer, das sich hin und her wälzte, halb Morgennebel, halb Morgendämmerung. Nach und nach färbte sich der Rand des Himmels im Osten, es rieselte wie rotes Blut über den Schnee. Schwarze Raben zeigten sich und begleiteten den Schlitten einige Zeit, bis sich mit den Türmen der Stadt auf einem kleinen Hügel der steinerne Galgen zeigte. Bei seinem Anblick erhoben sie ein lustiges Geschrei, und nachdem sie ihn umflattert, ließen sie sich auf demselben nieder und putzten ihr wie Metall glänzendes Gefieder. Auch sie erwarteten hier ein Fest.

Die Hinrichtung sollte vor Sonnenuntergang stattfinden, wahrscheinlich um den Tausenden, die zum Jahrmarkt kamen, eine Unterhaltung mehr zu bieten. Nachdem man alles, was man nötig hatte, eingekauft und sich an Wachsfiguren, Tanzbären, auf Pudeln reitenden Affen und Riesenschlangen sattgesehen, sollte der Galgen die dramatische Schlussszene liefern.

Barbara Kapitanowitsch ließ ihren Schlitten bei einem bekannten Wirte stehen, machte ihre Einkäufe, besuchte mit der neugierigen, über alles lachenden Milada ein paar Buden und ging, nachdem sie gut gegessen und getrunken, mit ihr zur Richtstätte hinaus. Ein schwarzer Strom von Menschen zog mit ihnen, und Tausende erwarteten draußen den schrecklichen Karren. Um besser zu sehen, stieg Barbara auf die zerbröckelte, vom Rauch geschwärzte Mauer eines Hauses, das sengende Türken einst niedergebrannt und das seitdem niemand aufgebaut hatte, und Milada stand neben ihr auf einem mit Schnee bedeckten Schutthaufen.

Man begann das Armensünderglöckchen zu läuten, die Husaren wurden sichtbar, in ihrer Mitte der Henker zu Pferde und der Karren, auf dem Gospoditsch, mit Blumen geschmückt, seine Pfeife rauchend, neben einem großen rotbärtigen Barfüßermönch saß. Da ging ein Geflüster durch die Menge und viele winkten dem berühmten Räuber mit den Taschentüchern, während ihn andere laut darum beneideten, dass man ihn so schön und feierlich zum Tode führe, beim hellen Klange der Trompeten. Gospoditsch, der nach allen Seiten hin freundlich grüßte, saß stolz wie ein Pascha da, der in eine eroberte Stadt einzieht.

Barbara wandte kein Auge von ihm, ihre Brust begann unter dem schwarzen Lammfell zu wogen, und als man ihn band und ihm den Strick um den Hals legte, schien sie mit offenem Munde, aus dem die großen Zähne hervorblitzten, ein Raubtier, das bereit ist, sich auf seine Beute zu stürzen. Erst als Gospoditsch am Galgen hing und die Menge sich zerstreute, kam sie zu sich. Ein tiefer Seufzer entrang sich ihrer Brust.

»Was ist dir, Gospodina?«[1] fragte das Mädchen, das die ganze Zeit an einem Pfefferkuchen geknuppert hatte.

»Ach, wie schade um ihn«, gab die schöne Witwe zur Antwort, »wie mutig er starb und wie schön er war, Gott soll mir die Sünde verzeihen, aber ich hätte ihn nicht hängen lassen.«

Die beiden Frauen gingen mit den andern in die Stadt zurück. Barbara Kapitanowitsch ließ ihren Schlitten anspannen, und während dies geschah, aßen sie Kuchen und tranken süßen Met.

Es war spät am Abend, als sie aufbrachen, doch war es nicht besonders dunkel, dafür sorgte der Schnee, sorgten einzelne Sterne und der Mond, der sich jenseits der Hügel zeigte, etwa wie ein pausbackiger rothaariger Bauernknabe, der vorwitzig über einen Zaun blickt.

Die Stadt war stille und als der Schlitten erst an den letzten einzeln stehenden Häusern vorübergeflogen war, zeigte sich weit und breit kein lebendes Wesen und kein Licht, die himmlischen Lichter ausgenommen.

Als sie sich dem Galgen näherten, sahen sie Gospoditsch zwischen Himmel und Erde an demselben hängen und sie sahen auch die Raben, die auf dem Hochgerichte saßen oder dasselbe umkreisten und hörten sie lustig krächzen.

Barbara Kapitanowitsch seufzte auf, und als sie nur noch fünfzig Schritte von der Richtstätte entfernt waren, hielt sie unwillkürlich die Pferde an.

»Was hast du, Gospodina?«, fragte Milada ängstlich. »Lass doch die Pferde los, peitsch in sie hinein, dass wir von dem Unglücksorte wegkommen.«

Die schöne Witwe sagte nichts, sie sprang aus dem Schlitten und band die Zügel an einen Weidenbaum, der an der Straße stand.

»Gospodina, erbarme dich!«

1   Herrin

»Fürchte dich nicht, Mädchen«, erwiderte Barbara, »erwäge doch, ist es nicht jammerschade, einen Mann wie diesen von den Raben zerhacken zu lassen.«

»Was willst du tun?«

»Ihn vom Galgen herabnehmen.«

»Zu welchem Zweck?«

»Um ihn ehrlich zu begraben.«

»Jesus Maria! Du bist von Sinnen, Barbara Kapitanowitsch«, schrie Milada auf und umklammerte sie ängstlich, »tu' es nicht, tu' es nicht.«

»Und wenn er noch lebt?«

»Wie kann ein Gehängter leben?«

»Der Räuber Bragatsch wurde dreimal gehängt und starb doch erst durch die Kugel eines Seressaners.«[2]

Sie ging mutig auf das Hochgericht zu und das Mädchen folgte ihr, am ganzen Leibe zitternd. Neben ihnen zeigten sich zugleich zwei leuchtende Augen.

»Wer ist das?«, fragte Milada. »Ein großer Hund, gewiss ist er böse.«

»Ein Hund? Wo?« Barbara Kapitanowitsch warf nur einen Blick hin und rief lachend! »Das ist ein Wolf!« Dann hob sie einen Stein auf und warf ihn nach dem Raubtier, das sofort die Flucht ergriff. Als sie zum Galgen kamen, erhoben die Raben ein lautes Geschrei. »Hörst du sie«, sagte Barbara, »sie zanken mit mir, weil ich ihnen ihre Beute abjage. Macht, dass ihr fortkommt.«

Die Raben sogar hatten Respekt vor Barbara Kapitanowitsch, sie erhoben sich krächzend in die Lüfte, kreisten um ihr Haupt und flogen dann den Türmen der Stadt zu.

Die schöne Witwe reichte jetzt Milada das Messer, das sie aus dem Gürtel gezogen hatte, und hieß sie den Gehängten abschneiden.

»Alles, was du willst, Gospodina, nur das nicht.«

»Ich hebe dich empor, es geht ganz leicht.«

»Hab' Erbarmen, ich kann es nicht.«

Barbara Kapitanowitsch zuckte die Achseln. Milada hob sie empor, sie schnitt den Strick durch und der Gehängte fiel in den Schnee.

»Wie schön er ist«, sagte die Witwe, nachdem sie ihn umgedreht und auch die Schlinge durchschnitten hatte.

2   Gendarm.

8

»Wenn man uns erwischt?«

»Ich fürchte Gott – sonst niemand.«

»Himmlischer Vater!«, schrie jetzt das Mädchen auf.

»Was gibt es?«

»Sieh nur selbst – er – er atmet – er lebt!«

In der Tat hob sich die Brust des Räubers, und jetzt entrang sich ein Seufzer derselben. Von diesem Augenblick an wurde zwischen den beiden Frauen kein Wort mehr gewechselt. Barbara fasste Gospoditsch unter den Armen und Milada bei den Beinen. So trugen sie ihn rasch zum Schlitten, deckten das Stroh über ihn und dann ergriff Barbara die Zügel. Die Pferde jagten durch den Schnee, als ob sie Flügel hätten. In ihrem Gehöfte angelangt, hieß Barbara ihre Leute schlafen gehen, und als Stille im Hause herrschte, brachten die beiden Frauen den Geretteten in die große Stube.

Es währte nicht lange, so kam Gospoditsch zu sich, und als er teils selbst begriff, teils erfuhr, was sich zugetragen hatte, fiel er Barbara Kapitanowitsch zu Füßen und küsste ihr die Stiefel. Sie aber schnitt ihm auf der Stelle Haar und Bart ab und gab ihm die Kleider ihres seligen Mannes, während sie die seinen dem Feuer überantwortete.

Als die Dienstleute am nächsten Tag erstaunt ein fremdes Gesicht sahen, wurden ihnen gesagt, dass es ein Verwandter der Gospodina sei, den sie sich habe kommen lassen, um einen männlichen Beistand zu haben.

Es währte nicht lange, so hatte sich Danilo Gospoditsch vollständig erholt, und eines Abends sagte er zu seiner Retterin: »Du hast mich vom Tode errettet, Gospodina, ich will dir zeitlebens dafür dankbar sein. Wenn du mich brauchst, rufe mich, befiehl über mich. Nun ist es aber Zeit, dein Haus zu verlassen. Man könnte mich entdecken und dich zur Verantwortung ziehen.«

»Nein, Gospoditsch«, erwiderte die schöne Witwe, »wer etwas halb tut, soll es lieber gar nicht tun, du bleibst bei mir, sobald du nur willst. Ich verlange nur eines. Du darfst hier nicht den Herrn spielen wollen.«

»Wie könnte ich dies mir nur beifallen lassen«, sprach Gospoditsch, »ich bin zufrieden, wenn ich dein Knecht sein kann.«

So blieb denn der gefürchtete Räuber im Hause der reichen und schönen Witwe, während es im ganzen Lande hieß, der Teufel habe ihn geradeaus vom Galgen geholt, mit Haut und Haaren.

Gospoditsch, gewohnt zu befehlen, schien seine Art ganz verleugnen zu wollen. Er zeigte sich sanft wie ein Lamm und folgsam wie ein Hund und ein gut abgerichteter dazu. Er arbeitete für Zweie, er war mit allem zufrieden und schien glücklich, wenn ihn die Gospodina nur freundlich ansah, ihm einen Schlag auf die Schulter gab oder ein Gläschen Wein reichte, an dem sie selbst zuvor genippt. Und immer freundlicher wurde die schöne Witwe. Sie saß gerne mit ihm ganze Abende auf der Ofenbank und plauderte mit ihm, und als es Frühling wurde, unter dem blühenden Apfelbaum hinter dem Hause. Dabei sahen sie sich von Zeit zu Zeit an, mit Blicken, die ganz anders waren, als wie sie sonst zwischen Menschen gewechselt werden. Sie betrachtete ihn ruhig, aber mit einem tiefen Wohlgefallen, er dagegen zuckte unter dem feurigen Strahl ihres dunklen Auges, wie der verwundete Grenzer unter dem Messer des Feldschers, und wenn er seinen Blick an ihrem stolzen Gesicht haften oder an ihrer herrlichen Gestalt herabgleiten ließ, schien es wahrhaftig, als empfinde er einen heftigen Schmerz.

Täglich fand Barbara Kapitanowitsch Blumen auf ihrem Fenster. Sie wusste, wer sie pflückte und band und in das mit Wasser gefüllte irdene Töpfchen stellte, ihre Stiefel glänzten jetzt stets wie himmlische Sterne, sie wusste, wer ihnen diesen Glanz verlieh, und sie wusste auch wer es war, der ihr das Bild der heiligen Barbara auf den Deckel ihrer Truhe geklebt hatte.

Einmal war sie in den Pfarrhof gegangen, ohne dass es jemand bemerkt hatte, und als sie zurückkam, in der Dunkelheit des Abends, und durch das Fenster in die Stube blickte, in der die Lampe unter dem Bilde der heiligen Mutter Gottes brannte, sah sie Gospoditsch vor der Tür ihrer Kammer stehen und durch das Schlüsselloch in dieselbe blicken.

»Steht es so mit dir, mein Vöglein«, dachte sie, »klebst du schon an der Leimrute und flatterst und kannst nicht mehr davonfliegen.« Und als sie hereinkam, war ein Lächeln um ihren vollen stolzen Mund, aus dem mindestens ebenso viel Glück als Spottsucht sprach.

»Nun, was tust du, Bruder Gospoditsch«, begann sie, »warst du fleißig? Bist du müde? Willst du essen?«

»Wie es dir gefällt«, sagte er, während seine hellen durchdringenden Augen immer wieder die weichen Linien ihres schlanken schmiegsamen Leibes verschlangen.

»Du hast gepflügt?«

»Wie du es befohlen hast, das große Feld jenseits des Kreuzes.«

»Gut, dann wollen wir jetzt zusammen essen und trinken.«

Sie rief Milada, ließ den Tisch decken und setzte sich an denselben. Gospoditsch stand mitten in der Stube, blickte auf seine Stiefel, drehte seinen Schnurrbart und seufzte.

»Haben die Leute schon zu Nacht gegessen?«, fragte die Witwe das Mädchen.

»Ich danke, wir haben gegessen.«

»Dann bringe uns das Kraut und den Speck und auch einen Krug mit Wein.«

Milada lief hinaus und Barbara Kapitanowitsch gab Gospoditsch einen Wink, sich zu ihr zu setzen. Beide fanden nicht das richtige Wort, solange das Mädchen hin und her ging, und dann begannen sie zu essen. So blieb es lange Zeit still in der Stube, wie in einer Kirche, nachdem der Sakristan die Türen gesperrt hat und nur noch die Mäuse um Altar und Beichtstuhl und Bänke herumspazieren. Doch der Wein löste die Zungen. Gospoditsch begann zu erzählen, er wusste, dass Barbara Kapitanowitsch ihm zuzuhören liebte, wenn er von den Heldentaten berichtete, die er verrichtet. Heute war er aufgeräumt und erzählte einen gar lustigen Streich, den er dem hochwürdigsten Bischof von Dialowar gespielt hatte. Die schöne Witwe trank so, dass ihre Wangen immer mehr erglühten und lachte, dass die Münzen, die sie um den Hals trug, auf ihrer Brust wie die Schellen eines Schlittens erklangen.

»Du bist ein so mutiger Mann«, sagte sie endlich, indem sie näher zu Gospoditsch rückte, »weshalb bist du mir gegenüber so wenig herzhaft?«

»Weiß ich es?«, gab Gospoditsch zur Antwort, zuckte die Achseln und blickte zur Seite.

Da rückte Barbara Kapitanowitsch noch näher, ganz nahe zu ihm hin und dann, indem sie laut zu lachen anfing, schlang sie den Arm um seinen Hals und küsste ihn.

Seit diesem Abend begann die schöne Witwe Gospoditsch in einer Weise zu begünstigen und zu beschenken, dass nicht der Neid der Leute im Hause, sondern aller jungen Männer im Dorfe rege wurde. Was sie noch von ihrem Manne her besaß, wurde jetzt gut angewendet, sie gab Gospoditsch die Pfeife des Seligen, sein Messer, seinen Pelz, seine Uhr. Wenn ihr Mann noch gelebt hätte, so hätte sie ihm wahrscheinlich die Haut abgezogen und auch Gospoditsch gegeben.

»Ich will doch sehen, ob ich den elenden Zigeuner nicht ausstechen kann«, sagte Nikolitsch, der hübscheste Bursche im Dorfe, der beim Tanze vor der Schenke beiläufig so viel war, wie der Kaiser in Wien. Und als er dies sagte, war es auch schon beschlossene Sache bei ihm, die schöne Witwe zu erringen und Gospoditsch nötigenfalls das Messer zwischen die Rippen zu stecken. Er wartete am nächstfolgenden Sonntag, nach dem Segen, an der Kirchentüre auf die schöne Witwe und als sie heraustrat, lächelte er sie an und ging mit ihr, ohne erst um Erlaubnis zu fragen.

Gospoditsch war in die Stadt geritten, um Schießpulver zu kaufen, das sie einem kranken Rosse eingeben wollten. Als er zurückkam und hereintrat, fand er Barbara Kapitanowitsch in ihrem Sonntagsputz mit Nikolitsch an dem Tische sitzen und Wein trinken. Das gefiel ihm nicht, noch weniger gefiel ihm, dass die schöne Witwe ihn nicht einlud, mitzutrinken, sondern fortschickte, indem sie ihn nach dem kranken Pferde sehen ließ.

Es war spät am Abend, als Nikolitsch fortging. Gospoditsch, der hinter dem Zaun auf ihn wartete, hätte ihn gar nicht gesehen, wenn ihn nicht die brennende Pfeife verraten hätte. Er sprang auf ihn los, packte ihn an der Brust und drückte ihn an das Zauntor, sodass dieses laut ächzte.

»Kommst du daher, um den Weibern Komplimente zu machen«, sagte Gospoditsch leise, und mit den Zähen knirschend, »nimm dich in Acht, dass nicht jemand deine Scherze missversteht.«

Nikolitsch griff vorsichtig nach dem Messer, aber Gospoditsch erriet gleich, was er wollte, ließ ihn los und riss schnell einen Pfahl aus dem Zaune.

»Bete ein Vaterunser«, murmelte er, »denn es ist aus mit dir.«

Nikolitsch begann um Hilfe zu rufen und zugleich so rasch er nur konnte zu laufen, Gospoditsch ihn verfolgend, fiel zum Glück über die Wurzel eines Lindenbaumes, und so entkam der Unglückliche in dem Augenblick, wo die schöne Witwe mit einer Laterne in der Hand aus dem Hause kam.

»Was geschieht hier?«, fragte sie.

»Nichts«, sagte Gospoditsch, der sich die Knie mit der Hand abwischte, »aber es hätte nicht viel gefehlt, so hätte ich diesen Burschen, der wie ein Apfel aussieht und wie ein Hase läuft, erschlagen.«

Die schöne Witwe begann zu lachen und je zorniger Gospoditsch wurde, umso lauter lachte sie, bis sie sich endlich zur Erde setzen musste.

»Ah! – Ah!«, keuchte sie. »Mir tun die Seiten weh – du bist ja eifersüchtig, mein Täubchen, wie ich sehe, ich werde dich wirklich heiraten müssen, sonst sehe ich dich noch einmal hängen.«

»Lach' nicht«, sagte endlich Gospoditsch, »mir schießt das Blut zu Kopf – ich könnte vergessen –«

»Dummkopf«, rief Barbara Kapitanowitsch sich aufrichtend, »an einem Faden lenke ich dich, wie einen Maikäfer. Was sprichst du auf einmal so stolz? Die Liebe hat dir alle deine Sinne geraubt. Aber im Ernste. Ich muss dich schon zum Manne nehmen, das sehe ich, und ich will es tun, wenn du mir schwörst, dann nicht den Herrn herauszukehren. Denn ich habe lange genug das Joch ertragen. Ich habe es satt.«

»Ich schwöre alles, was du verlangst«, erwiderte Gospoditsch, »wenn du mir versprichst, dass kein anderer dich mehr besuchen darf.«

»Brauche ich diese Laffen vielleicht? Meinst du, dass ich sie brauche?«

»Ich glaube es nicht.«

»Also komm, trinken wir zusammen«, rief Barbara, indem sie ihn mit der Faust in die Rippen stieß, »beim Wein kommen gute Gedanken. Komm nur, mein süßes Täubchen!«

Es währte nicht allzu lange und man begann im Hause der reichen, schönen Witwe zu scheuern, zu kochen, zu braten und zu backen, Barbara Kapitanowitsch feierte ihre Hochzeit mit Danilo Gospoditsch.

Es geschah dies im Sommer, kurz vor der Ernte.

Die Hochzeitskuchen waren noch nicht alle aufgegessen und schon zeigte Gospoditsch zu aller Überraschung ein ganz anderes Gesicht, nur Barbara Kapitanowitsch war nicht im Mindesten davon betroffen.

»Ich habe es gewusst«, sagte sie zu Milada. »Ein Mann ist wie der andere, deshalb wollte ich mir nicht noch einmal den Ring an den Finger stecken lassen, er drückt gar sehr, der kleine Ring, aber da es so weit gekommen ist, muss man es mit Anstand tragen.«

War Gospoditsch bisher der fleißigste Mensch im Dorfe gewesen, so zeigte er sich nun ganz unerwartet träge wie ein Pascha. Jede noch so kleine Arbeit schien ihm Schrecken einzuflößen. Er saß den ganzen Tag da, und wenn er nicht aß und trank, rauchte er seine Pfeife. Es kam die Ernte. Alle gingen hinaus auf das Feld, Barbara Kapitanowitsch befehligte die Arbeiten, legte selbst Hand an, sie schnitt das Getreide mit der Sichel und band es in Garben, gleich den anderen, alles in der furchtbaren Sonnenhitze. Gospoditsch blieb zu Hause, im kühlen Schatten, und wenn er je hinausging, so war's nur, um seine Frau zu bespötteln oder die Leute, denen der Schweiß über das gebräunte Antlitz rann, zu tadeln.

Im Hause begann er auch mehr und mehr den Herrn zu spielen. Er verstand mit einem Male alles besser, Barbara war nicht imstande, ihm irgendetwas recht zu machen, sei es das Hemd, das er anzog, sei es die Suppe oder das Sauerkraut, das sie ihm auf den Tisch stellte. Er beschuldigte sie sogar, dass sie ihm Wasser in den Wein schüttete. Sie begegnete seinen Vorwürfen anfangs stolz und ruhig, dann aber fing sie an, sich ernstlich zur Wehre zu setzen, und als sie erst einmal einen ordentlichen Wortwechsel gehabt hatten, nahm das Streiten kein Ende mehr.

Es kam der Herbst, die Weinlese begann. Wieder überließ Gospoditsch seinem Weibe Plage und Arbeit, als aber erst der junge Wein wie Feuer in die Fässer rann, da kam er in den Keller und trank so lange, bis sie ihn hinauftragen mussten, einem Sacke gleich.

Barbara sagte nichts, aber sie sperrte den Keller ab, und als Gospoditsch die Schlüssel verlangte, verweigerte sie ihm dieselben in einer Weise, dass er sie nicht zum zweiten Male verlangte. Dafür ging er jetzt in die Schenke und kam, einen Abend wie den anderen, betrunken nach Hause und schrie und tobte wie ein Wahnsinniger.

Und so wurde es wieder Winter. Ohne jeden Anlass zeigte Gospoditsch mit einem Male einen förmlichen Hass gegen Milada, das arme Mädchen zitterte schon, wenn er nur einen Blick auf sie warf. Er fluchte, wenn sie die dampfende Schüssel auf den Tisch stellte, wenn sie ihm den Tabak brachte, den sie für ihn geschnitten hatte, oder den Weinkrug hinsetzte. Da war kein Tag, wo er die Unglückliche nicht bei seiner Frau verklagte, sodass sie, solange die liebe Sonne schien, in ihre Schürze und nachts in ihr Strohkissen hineinweinte und endlich mit roten Augen umherging wie ein Kaninchen.

»Mit dir werde ich noch fertig«, hieß es jedes Mal, wenn Milada den Zorn ihres Herrn erregt hatte und den Nachbarn gegenüber äußerte er sich wiederholt: »Sie muss mir fort, ich jage sie aus dem Hause.«

»Ich weiß nicht, was du mit Milada hast«, sagte einmal Barbara.

»Was ich mit ihr habe?«, schrie Gospoditsch. »Ist sie nicht träge, ungeschickt, frech? Kann man irgendetwas von ihr haben, so wie es in der Ordnung ist?«

»Ich war immer mit ihr zufrieden.«

»Du – aber ich – ich bin ganz und gar nicht zufrieden«, fuhr Gospoditsch fort, »wenn du sie nicht bald fortschickst, ich weiß nicht, was ich tue, ich erschlage sie noch am Ende.«

Eines Sonntags, während die Frauen in der Messe waren, saß Gospoditsch schon am Morgen in der Schenke, bewirtete ein paar beurlaubte Soldaten, erzählte, sang und prahlte, kam betrunken nach Hause und fiel auf die Bank nieder, gerade als seine Frau zurückkehrte. Sie sah ihn nur an und ging in ihre Kammer, um sich umzukleiden. Zum Unglück kam Milada, noch in ihrem Feiertagsanzug, mit Korallen um den Hals und ein mit Spitzen besetztes Tuch auf dem Kopfe, herein und deckte den Tisch.

»Siehst du denn nicht, dass mir meine Pfeife ausgegangen ist«, begann Gospoditsch. Milada zündete einen Kienspan an und gab ihm Feuer. Er dampfte eine Weile scheinbar ruhig vor sich hin, mit einem Male aber schlug er auf den Tisch, dass die irdenen Teller durcheinander tanzten. »Willst du mich zum Besten haben, du Faulenzerin, du Gottvergessene, habe ich dir nicht gesagt, dass meine Pfeife nicht brennt.« Wieder brachte das Mädchen einen brennenden Span, kniete vor Gospoditsch nieder und zündete ihm sorgsam die Pfeife an. »Sie brennt nicht, was ist das wieder, gewiss hast du sie verhext, du Prinzessin«, rief er und riss ihr die Korallen herab, dass sie wie Blutstropfen über den Boden hinrollten.

Milada begann zu weinen.

»Heulst du mir was vor«, fuhr Gospoditsch fort, »ich habe eben genug von dieser Musik gehört, schweige still.« Und ohne lange zu fragen schlug er sie derb auf den Mund.

»Nie hat mich noch ein Mensch geschlagen«, begann Milada zu klagen, »außer meiner Mutter, die Gospodina hat mich noch nie berührt, nicht mit dem kleinen Finger hat sie mich berührt, und Ihr –«

»Und ich? – Was?«, schrie Gospoditsch und sprang auf. »Ich gebe dir jetzt die Schläge, die du bisher zu wenig erhalten hast.«

»Jesus Maria!«

»Und Joseph!«, spottete Gospoditsch, während er auf die Arme losschlug. »Geh hin, beklage dich, es wird sich endlich zeigen, wer Herr im Hause ist, du oder ich, packe deine Sachen, du gehst mir auf der Stelle, zu den Zigeunern gehst du, dort gehörst du hin.« Er stieß sie mit dem Fuße zur Tür hinaus wie einen Hund.

Milada weinte sich aus, dann schnürte sie ihr Bündel, zog ihren Schafspelz an, brach sich aus dem Zaun einen tüchtigen Stecken und kam zur Frau in die Kammer, um Abschied zu nehmen.

»Wohin gehst du denn?«, fragte Barbara betroffen.

»Der Herr schickt mich fort.«

»Wer?«

»Der Herr – dein Mann.«

»So? Und da packst du gleich zusammen«, sagte Barbara. »Ich aber lasse dich nicht gehen, du bleibst.«

»Ich kann nicht, Gospodina.«

»Und warum nicht?«

»Weil – weil ich es nicht mehr ertragen kann.«

»Was hast du denn zu ertragen?«

»Dass der Herr mich immer schimpft«, erwiderte das Mädchen, seine Tränen trocknend, »das ginge noch, auch dass er mit nichts, was ich auch tue, zufrieden ist, aber er fängt schon an, mich zu schlagen.«

»Wann hat er dich geschlagen?«

»Jetzt eben.«

»Weshalb ist er denn so böse auf dich?«

»Wenn du es durchaus wissen musst ...«

»Ja, ich muss es wissen.«

»Weil ich ihm kein Gehör schenke«, sagte Milada, »deshalb ist er böse, nur deshalb, und das kann ich doch nicht tun, was er von mir verlangt. ›Liebst du denn nicht deine Frau, die so schön ist‹, sagte ich zu ihm, ›die Schönste weit und breit.‹ Da lachte er. ›Gewiss ist sie schön‹, gab er zur Antwort, ›aber du gefällst mir auch. Hat der Hahn etwa nur eine Henne? Und ich bin wahrhaftig kein Gimpel.‹ Ja, Gospodina, das hat er gesagt, so wahr ich lebe, ich will auf der Stelle verderben, wenn er es nicht gesagt hat.«

»Ich glaube dir, Milada«, sagte Barbara, »und deshalb bleibst du. Er soll dir kein Härchen krümmen, das ist meine Sache.«

Milada ging hinaus, zog den Schafpelz ab, stellte den Stecken hin und packte ihre Sachen wieder aus.

Als Gospoditsch und seine Frau zu Tische gingen und das Mädchen die Suppe hereinbrachte, sprang der Erstere auf und schrie, während seine Augen schrecklich flammten: »Bist du noch da, hab' ich dir nicht befohlen, augenblicklich mein Haus zu verlassen?«

»Dieses Haus ist mein Haus«, sagte Barbara stolz, »und das Mädchen ist ein braves Mädchen und bleibt bei mir.«

»Wenn ich aber sage, dass sie fort muss«, schrie Gospoditsch und schlug auf den Tisch.

»So bleibt sie doch«, entgegnete Barbara, »weil ich es will.«

»Das wollen wir sehen«, murmelte Gospoditsch, der Zorn erstickte ihn fast.

»Ärgere dich nicht«, sagte Barbara, »es könnte dir schaden.«

»Marsch! Hinaus!«, befahl Gospoditsch, ergriff sein Pfeifenrohr und stürzte auf Milada los.

»Du rührst sie nicht an«, rief Barbara, »ich verbiete es.«

»Verbieten! Mir! Ich lasse mich nicht von einem Unterrock kommandieren, ich nicht.«

»Was hast du mir geschworen?«

»Und du mir? Ist das dein Gehorsam?« Er fasste Milada bei den langen Zöpfen und schlug auf sie los.

Gleich beim ersten Streiche floss ihr Blut, und als seine Frau ihm in den Arm fiel, ließ er zwar Milada los, stieß aber dafür Barbara an die Wand und begann sie mit dem Pfeifenrohr zu bearbeiten. Barbara wehrte sich, so gut sie konnte, mit den Fäusten und ohne einen Laut von sich zu geben, bis Milada den Wütenden von hinten fasste. Jetzt stieß ihn Barbara mit dem Fuße von sich, sodass er wankte. »Weil sie dich nicht will«, murmelte sie, »weil sie ehrlich ist, deshalb, ich weiß alles.«

In diesem Augenblick war es, als stürze das Dach über Gospoditsch ein, er blickte entsetzt zuerst auf Milada, dann auf seine Frau und lief dann zur Türe hinaus und geradeaus in die Schenke.

Barbara blieb einige Zeit mitten in der Stube stehen. Sie steckte die beiden braunen Zöpfe auf, die ihr bei dem Ringen mit ihrem Manne losgegangen waren und zog das Hemd herauf, das er ihr zerrissen hatte. Das arme Mädchen stand indes stumm und regungslos beiseite, nur ihre Augen versuchten ängstlich in dem kalten, finsteren Antlitz der Gospodina zu lesen und flehten um Hilfe, um Rettung bei ihr.

»Gut, sehr gut«, sagte endlich Barbara, nachdem sie sich auf der Bank beim Ofen niedergelassen hatte. »So musste es kommen, man weiß doch jetzt, woran man ist.«

Diese Worte waren nebenbei an Milada gerichtet, aber sie hatte nicht das Herz, darauf zu antworten.

Barbara ergriff den Krug, setzte ihn an und trank den feurigen Wein, sie erhitzte er nicht, er führte sie vielmehr. »Da«, sprach sie, indem sie ihn dem Mädchen hinhielt, »trink, der Wein macht Mut.«

Milada trank und stellte dann den Krug nieder.

»Was tun?«, begann Barbara von Neuem, sie starrte das Mädchen an, als stände eine geheimnisvolle Schrift auf dessen Gesicht, die sie zu enträtseln suchte.

Milada wischte sich den Mund mit dem Ärmel. »Oh«, sagte sie seufzend, »hättest du ihn doch lieber am Galgen gelassen.«

Barbara sah sie an, mit einem Blick, der so furchtbar war, wie der eines Richters über Leben und Tod und dann senkte sie die Augen zu Boden und dachte nach.

Sie dachte lange und kummervoll nach, ohne sich zu regen, kaum dass die Wimper zuckte, und endlich lächelte sie, aber es war das schreckliche Lächeln einer Löwin, die ein Opfer wittert, dass ihr nicht mehr entrinnen kann.

Es war spät, als Gospoditsch heimkehrte, von zweien seiner Zechbrüder begleitet, die ihn lachend an die Türe seines Hauses lehnten und sich dann eilig davonmachten. Als Barbara öffnete, fiel er wie ein Baum, den die Axt gefällt hat, zu ihren Füßen nieder. Sie zog ihn herein, schloss die Türe und ließ ihn dann liegen. Nach einer Weile wankte er in die Stube herein, den Stecken, den Milada draußen angelehnt hatte, in der Hand. Seine Augen glotzten wie die eines Ertrunkenen.

»Wo sind denn diese verdammten Weiber!«, rief er und verlor dabei das Gleichgewicht, als wäre die Stube ein Schiff auf hoher See. »Ich will sie schon lehren, wer der Herr ist – Guten Abend, Frauchen – bist du jetzt zahm – was? Jetzt befehle ich hier, ich allein. Begreifst du das? Oder verlangt dein Herz nach Schlägen, süßes Täubchen?« Er schlug mit dem Stecken um sich, fiel zu Boden, suchte sich aufzuraffen, aber gab es endlich auf und schlief ein, so wie er dalag auf der Diehle, halb unter dem Tisch.

Barbara warf nur einen Blick auf ihn, aber einen langen, zufriedenen Blick und ging dann leise auf den Fußspitzen hinaus.

Ihre Leute waren eben in der Backstube versammelt. »Wo ist denn der Herr?«, fragte sie ruhig. »Weiß niemand, wo er ist?«

»Wo wird er sein?«, erwiderte Milada mit einem hässlichen Blick voll Hass und Verachtung. »In der Schenke.«

»Geht alle aus, ihn zu suchen«, gebot Barbara, »und dass Ihr mir nicht nach Hause kommt, ehe Ihr ihn gefunden habt. Nur du bleibst bei mir, Milada.«

Alle gehorchten rasch und willig. Sie zogen sich an, nahmen Laternen und Kienfackeln und gingen hinaus in die kalte, sternenhelle Winternacht.

»Suche mir jetzt die Stricke zusammen«, sagte Barbara leise zu Milada.

»Welche Stricke?«

»Die, auf denen wir die Wäsche trocknen.«

»Zu welchem Zweck?«

»Frage nicht lange.«

Barbara kehrte in die Stube zurück, setzte sich auf die Bank und wandte kein Auge von Gospoditsch, als fürchte sie, er könne ihr entkommen. Sie atmete auf, als das Mädchen mit den Stricken hereinkam.

»So«, sagte sie, indem sie aufstand, »jetzt hilf mir ihn binden.«

»Wen?«

»Meinen Mann.«

»Wie du es befiehlst, Gospodina.«

»Du tust es doch gern?«

»Gewiss von Herzen gern.«

»Also, nur flink«, flüsterte Barbara, »du die Füße, ich – die Hände.«

Sie warfen sich auf ihn, und obwohl Gospoditsch, ohne zu wissen, was mit ihm geschah, halb im Traume, aufschrie und wütend um sich schlug, hatten sie ihn doch in wenigen Augenblicken überwältigt und ihm die Füße gefesselt und die Hände auf dem Rücken gebunden.

»Das wäre gelungen«, sagte Barbara, nachdem sie tief Atem geschöpft, »der tut uns nichts mehr.«

Milada lachte, sie war so glücklich, sie drehte sich im Kreise herum, als gäbe es ein Tänzchen und küsste die Gospodina auf die Schulter.

Barbara gab ihr indes einen Wink mit den Augen und sie gingen zusammen in den Hof hinaus.

»Was hast du vor, Gospodina?«, fragte das Mädchen neugierig.

»Du wirst es zeitig genug erfahren.«

Barbara zog jetzt mit Miladas Hilfe den Schlitten in den Hof. Es war dies ein kleiner Leiterwagen, den man für den Winter von den Rädern genommen. Die beiden Frauen füllten ihn mit Stroh an, bereiteten einen Sitz aus einer Futterkiste, führten die Pferde heraus und spannten sie vor. Dann hing Milada die Zügel an den Brunnen und die Gospodina steckte die Peitsche in das Geschirr des Handpferdes.

»Mach fort jetzt«, sagte sie, »zieh dich an.«

»Wie soll ich mich anziehen?«

»Du siehst ja, dass wir fort fahren.«

Milada sah die Gospodina blöde an und ging in die Backstube, während Barbara, ohne den gebunden Daliegenden weiter zu beachten, rasch durch die Stube in ihre Kammer schritt und nachdem sie den Pelz angezogen, ein Tuch um den Kopf schlang und ein zweites vor den Mund band. Da kam auch schon Milada, gleichfalls im langen Schafspelz und in gleicher Weise vermummt, des Frostes wegen. Die beiden Frauen glichen jetzt Türkinnen, nur ihre Augen blitzten wie aus Haremsschleiern hervor.

»Was nun?«, fragte das Mädchen entschlossen.

»Du fragst zu viel«, erwiderte Barbara, »hilf mir, das ist alles, was ich von dir verlange.«

»Auf mich zähle, Gospodina, ich bin dir treu, ich liebe dich, ich gebe mein Blut für dich.«

»Komm also!«

Kein Wort wurde mehr gesprochen, die beiden verständigten sich ausschließlich durch Blicke und Winke. Sie ergriffen Gospoditsch, schleppten ihn in den Hof hinaus, warfen ihn auf den Schlitten und deckten das Stroh über ihn. Milada öffnete das Tor, dann stiegen sie in den Schlitten, Barbara ergriff Zügel und Peitsche und fort ging es in die Nacht hinaus. Sie flogen förmlich durch das Dorf, der Schlitten glitt über die Schneebahn, wie eine Flintenkugel die Luft durchschneidet. Die Hütten mit ihren Nachtmützen von Schnee, die Bäume mit ihren weißen Armen schossen vorüber, als reiße sie eine übernatürliche Gewalt vom Boden weg. Vor dem Dorfe, wo der Wald begann, zeigten sich Wölfe, verschwanden aber bald wieder, sie zogen offenbar einen Besuch in einem Stalle oder Hühnerhof der Jagd nach dem windschnellen Gespann vor.

Es ging durch den Forst wie durch ein Heer steinerner Gestalten, die sich von den Mauern der Kirchen losgelöst und von den Sargdeckeln der Grüfte erhoben hatten. Barbara bekreuzte sich und das zitternde Mädchen an ihrer Seite begann laut zu beten. Sie erreichten glücklich das freie Feld.

Der Himmel war klar und mit Sternen besät, in dem matten Lichte der letzteren erglänzten Schneefelder und Eiszapfen, gefrorene Bäche und bereifte Gesträuche.

Als sie sich der Stadt näherten, wurde es hell und heller, der Schnee leuchtete, und aus demselben stieg rasch der Hügel mit dem Galgen hervor und malte sich schwarz auf dem Winterhimmel ab.

Auf diesen Hügel zu trieb Barbara die Pferde.

Da war der Galgen.

Noch zwei Mal knallte die Peitsche und der Schlitten hielt unter dem Hochgericht, und die Raben, die auf demselben saßen, erhoben sich in die Lüfte und grüßten Barbara, ihr Haupt umkreisend, mit fröhlichem Krächzen. Sie nickte ihnen zu, sprang aus dem Schlitten, band die Pferde an einen Baum und begann die eine Leiter vom Schlitten loszumachen, während Milada das Stroh auseinander warf und Gospoditsch hervorzog.

»Was ist denn? Gebt Ihr mir keine Ruhe?«, murmelte dieser. »Teuflisches Weibsvolk.«

Die Leiter fiel, und schon riss Barbara ihren Mann bei den Beinen heraus, während Milada ihn vom Schlitten hinabstieß. Er fiel in den Schnee, erhob den Kopf und blickte erstaunt um sich. Indes wurde die zweite Leiter losgemacht und Barbara band beide mit Stricken zusammen.

»Das ist doch zu dumm«, sagte Gospoditsch, »wo bin ich denn, und wer hat mich denn gebunden?«

Die frostige Luft brachte ihn schnell zu sich.

»Ich habe dich gebunden«, erwiderte Barbara.

»Du – und was hast du vor?« Gospoditsch erblickte den Galgen und schauderte.

»Ich werde dich einfach dort wieder aufhängen, mein Täubchen«, sagte Barbara, »wo ich dich herabgenommen habe.«

»Scherze nicht.«

»Ich scherze nicht«, gab seine Frau gelassen zur Antwort, »willst du mir helfen, Milada?«

»Ihn hängen?«, rief das Mädchen. »Gewiss mit tausend Freuden.«

Sie lehnten die Leiter an den Galgen und ergriffen Gospoditsch, um ihn auf dieselbe zu stellen.

»Bei Gottes Barmherzigkeit«, stammelte der Räuber, »lass mich los, ich will in den Wald gehen und mich niemals wieder bei dir blicken lassen, ich will nicht am Galgen hängen, ich will nicht.«

Vergebens flehte, vergebens drohte er. Sie hoben ihn auf die Leiter und banden ihn an derselben fest. Dann stieg Barbara über seine Schulter hinauf, machten den Strick an dem Galgen fest und legte ihm die Schlinge kunstgerecht um den Hals.

»Erbarmen!«, bat Gospoditsch. »Ich will alles tun, was du nur willst, schenk mir nur das Leben.«

»Nein, du musst hängen«, sagte Barbara. Sie stieg rasch hinab, band ihn von der Leiter los und zog diese weg.

Schon tanzte Gospoditsch den schrecklichen Tanz zwischen Himmel und Erde.

»Machst du jetzt auch noch verliebte Augen auf mich«, rief Milada lachend, »was?«

»Bete lieber ein Vaterunser für seine arme Seele«, sagte Barbara.

Sie sprachen beide ein kurzes Gebet, bekreuzten sich und verließen die schreckliche Stätte.

Noch einige Augenblicke und der Schlitten flog auf der Schneefläche dahin.

Gospoditsch hing wieder an derselben Stelle, wo ihn der Henker aufgehängt hatte und diesmal schnitt ihn niemand ab.

Die Leute in Zagorien sagten, er sei sogar dem Teufel zu schlecht gewesen und so habe ihn dieser eines Tages wieder zurückgebracht, zur Freude der Raben, die sich lange genug an ihm belustigten.

Unter der Peitsche

Es ist mir von vielen Seiten gesagt worden, in Kritiken, in Briefen, von bedeutenden Männern und geistreichen Frauen, dass meine »Venus im Pelz«[1] eine Abnormität behandle, dass sie mehr ein pathologisches als poetisches Interesse errege. Ich muss gestehen, dass ich auf jeden anderen Vorwurf gefasst war, nur nicht auf diesen. Indem ich in einer Reihe von Novellen die Liebe, ihre verschiedenen typischen Erscheinungen behandelte, konnte ich an der rein sinnlichen Liebe nicht prüde vorübergehen; sobald ich aber einmal diesen Vorwurf erfasst hatte, musste ich sofort auf einen zweiten, auf ein noch ungelöstes Problem stoßen: auf die innige Verwandtschaft von Wollust und Grausamkeit.

Die Handlung, welche ich mit diesem Problem in meiner »Venus im Pelz« in Verbindung gebracht habe, mag etwas sehr Apartes haben, abnorm ist der Vertrag, durch welchen ein gebildeter Mann in unserer nüchternen Zeit freiwillig und in allem Ernst der Sklave seiner Geliebten wird, abnorm sind viele der Szenen, der Wendungen, aber der Kern der Geschichte ist normal, denn es ist ein Gesetz der Natur, nicht erklärt noch, aber festgestellt, dass Wollust Grausamkeit erzeugt und umgekehrt. Und gerade in der weichen, sinnlichen Natur des Weibes ist dieser Prozess ein ganz gewöhnlicher, wenn er sich auch nicht immer so fantastisch äußert wie bei meiner Heldin.

---

1   Das Vermächtnis Kains, Novellen von Sacher-Masoch. Erster Teil: Die Liebe.

Auch den Pelz, mit dem ich meine Heldin umkleide, hat man mir übel genommen, und doch ist er das normale Attribut der Herrschaft und Schönheit, der Tyrannei, der Wollust und Grausamkeit.

Übrigens beruht meine »Venus im Pelz« vollkommen auf Tatsachen, so zwar, dass aus einer Reihe wirklicher Geschichten die eine poetische – meine Novelle – heranwuchs. Ich will heute eine davon erzählen, welche ganz speziell den Satz illustrieren soll, dass das Weib gut ist, wo es liebt und wieder geliebt wird, grausam jedoch, wo es nicht liebt, sich aber geliebt weiß.

Die Heldin meiner Geschichte ist heute in Wien und ist eine der schönsten Frauen der österreichischen Aristokratie. Ihren Namen darf ich selbstverständlich nicht nennen, ja nicht einmal andeuten, aber statt des Namens will ich ihr Porträt geben und so wahr und getreu malen, wie ich nur vermag.

Sie ist Baronin und ist heute noch jung und schön; als die Geschichte spielte, war sie um etwa fünf Jahre jünger und – nicht bloß im Verhältnis zu anderen Frauen – sondern überhaupt das verführerischste Weib, das die Fantasie eines Poeten ersinnen, das der Pinsel eines Malers malen kann.

Sie war ideal bis zu ihren kleinen rosigen Zehen herab, bis in die kleinsten Haarspitzen, welche lose auf ihre ewig heitere olympische Stirne fielen. In vollendeter Harmonie der Proportionen war sie weder groß noch klein, zugleich schlank und üppig; sie hatte den Bau einer griechischen Statue und den zugleich plastischen und pikanten Kopf einer Marquise aus der Rokokozeit, einer Pompadour, und in diesem wunderbaren Antlitz hatte sie ein Paar grüne Augen von einem Ausdruck, der sich nicht schildern lässt, dämonisch innig und eisig kalt zugleich, die Augen einer Sphinx; und eine Flut dunkler Haare, welche über den Nacken bis auf den Rücken herabfiel, denn es war im Sommer auf dem Lande bei Wien, und sie war immer sehr dekolletiert.

Das Hinreißendste an dieser Frau war aber ihr Gang; sie ging mit Esprit, mit aller Poesie der Wollust; das Herz blieb einem stillestehen im Leibe, wenn man sie das erste Mal gehen sah.

Und sie konnte lieben, lieben wie eine Löwin, und sie liebte einen Mann, den ihr Besitz so wahnsinnig machte, dass er die höchste Seligkeit darin fand, nichts weiter zu sein als ihr Sklave.

In einer heiligen Liebesnacht lag er zu ihren Füßen und bat in höchster Verzückung: »Misshandle mich, damit ich mein Glück ertragen kann; sei schlecht mit mir, gib mir Fußtritte statt Küsse –«

Das schöne Weib sah den Geliebten mit ihren grünen Augen seltsam an, eisig und doch verzehrend; dann ging sie durch das Zimmer, schlüpfte langsam in eine prachtvolle weite Jacke von rotem Atlas, reich mit fürstlichem Hermelin besetzt, und nahm eine Peitsche von ihrem Toilettetisch, eine lange Peitsche mit kurzem Stiel, mit der sie ihre große Dogge zu strafen pflegte.

»Du willst es«, sagte sie, »ich werde dich also peitschen.«

»Peitsche mich«, rief der Geliebte, noch immer auf den Knien, »ich bitte dich darum.«

»Aber ich werde dich vorher binden, damit du dich nicht zur Wehr setzen kannst –«

»Ich mich wehren, was fällt dir ein?«

»Genug, ich will es«, entschied die schöne Frau und ohne weiter zu fragen, löste sie die starke seidene Schnur, mit der ihre Pelzjacke gegürtet war, und band dem knienden Manne die Hände auf den Rücken wie einem Delinquenten.

»Nun – peitsche mich«, rief der vor Wollust trunkene Mann.

Sie lachte und holte zu einem Hiebe aus, der mit unbarmherziger Gewalt in seinen Rücken schnitt; im nächsten Augenblicke aber warf sie die Peitsche weg und schlang zärtlich die Arme um seinen Hals. »Habe ich dir wehgetan?«, fragte sie besorgt. »Verzeih' mir, ich bin ein abscheuliches Geschöpf.«

»Peitsche mich nur, wenn es dir Vergnügen macht«, sagte der Geliebte.

»Aber es macht mir kein Vergnügen.«

»Ich bitte dich, peitsche mich«, rief er.

»Ich kann nicht, ich liebe dich zu sehr«, erwiderte die Baronin und löste seine Bande, »aber ich möchte einen Menschen peitschen, den ich nicht liebe, das wäre ein Genuss.«

Wenige Tage nach dieser seltsamen Szene ließen sich die Liebenden zum Andenken an dieselbe fotografieren, die Baronin in ihrer Pelzjacke auf einer Ottomane ruhend, die Peitsche in der Hand, ihr Anbeter zu ihren Füßen. Das Bild war ebenso originell als fesselnd, und als der Sklave der schönen Frau nicht lange danach einen Freund gewann und derselbe es zufällig zu sehen bekam, gerieten alle seine Sinne so sehr in Aufruhr, wurde seine jugendliche überreizte Fantasie so entzündet, dass er den Freund nicht allein um das schöne Weib in der fürstlichen Pelzjacke, sondern sogar um die Peitschenhiebe von ihrer kleinen weißen Hand zu beneiden begann.

Der Zufall wollte, dass die Baronin, welche weder prüde noch bedenklich war, in diesem Augenblicke mit ihrem Sonnenschirm an das Fenster ihres Sklaven pochte – dieser wohnte nämlich ebenerdig – es war dies das Signal zur Promenade.

Ihr Anbeter eilte mit seinem jungen Freunde auf die Straße und benützte die Gelegenheit, den neuen Fanatiker der vielumworbenen, sieggewohnten Frau vorzustellen. Der Eindruck der lebendigen Schönheit übertraf noch jenen der fotografierten, der arme jugendliche Schwärmer ging wie im Fieber neben der liebenswürdig lächelnden Göttin, im Fieber trank er an demselben Abend bei ihr den Tee und bestieg im Fieber den Zug, um nach Wien zurückzukehren.

Er kam aber bald wieder und stieg diesmal bei seinem glücklichen Freunde ab; er begann damit, diesem offen seine Leidenschaft für die Baronin zu beichten, und endete damit, ihr selbst ein Geständnis abzulegen. Die Baronin lächelte.

Der junge Schwärmer sprach hierauf von dem seltsamen Bilde, von dem berauschenden Eindruck, den es auf ihn gemacht.

»Aber das Bild ist eine Lüge«, schloss er.

»Wie?«, rief die Dame.

»Mein Freund liegt als Sklave zu ihren Füßen, und das ist mindestens eine Phrase, denn die Peitsche ist wohl nie gebraucht worden.«

»Doch!« – Die Baronin lächelte wieder.

»Sie haben ihn gepeitscht!«, schrie der Fieberkranke auf.

»Gewiss.«

»Und ist es Ihnen ein Genuss, einen Menschen zu peitschen?«

»Einen Menschen, der mich liebt? – Gewiss!«, entgegnete die schöne Frau; in ihren Augen lauerte etwas Böses.

»Nun, so peitschen Sie mich!«

Die Baronin sah den jungen Fanatiker einen Augenblick lang an, dann lächelte sie, aber diesmal so, dass ihre prachtvollen Zähne sichtbar wurden.

»Aber, wenn ich peitsche, peitsche ich im Ernste«, sagte sie, »und vor unserm Freunde.«

»Vor der ganzen Welt, wenn Sie wollen«, sagte der Wahnsinnige, »aber Sie ziehen dazu Ihre Pelzjacke an.«

Eben trat ihr Anbeter ein. Sie erklärte ihm alles mit wenigen Worten und verschwand dann, um bald in einer fließenden, weißen Atlasschleppe und ihrer roten, hermelinbesetzten Jacke zu erscheinen, die Haare mit Perlen durchflochten, Stricke und die Hundepeitsche in der Hand.

»Ich werde Sie binden«, sagte sie.

Der junge Schwärmer hielt die Hände hin.

»Nicht so.« Das schöne Weib band ihm mit unglaublicher Geschwindigkeit die Hände auf den Rücken, dann die Füße, sodass er stehen, aber sich nicht bewegen konnte, und fesselte ihn dann an das Fensterkreuz. »So«, sagte sie dann mit rätselhaftem Lächeln, schürzte den weiten, pelzbesetzten Ärmel ihrer Jacke auf und betrachtete ihr Opfer einen Augenblick mit grausamem Vergnügen.

Und nun begann sie zu peitschen; er zuckte bei jedem Hiebe zusammen, aber er war Mann genug, nicht den leisesten Ton des Schmerzes von sich zu geben, Mann genug, auch dann nicht um Gnade zu bitten, als schon sein Blut unter der Peitsche des schönen Weibes floss, das ohne Erbarmen lospeitschte, bis es selbst müde war.

Dann warf sie die Peitsche weg, gab ihrem Geliebten einen Kuss und streckte sich auf den üppigen Samtpolstern ihrer Ottomane aus.

Und die Pointe?

Der Mann, den sie gepeitscht hatte, war von der Stunde an ihr Sklave, aber sie – sie fand es bald nicht einmal der Mühe wert, ihn zu peitschen.

Das Todesurteil einer Frau

In einem Gebirgslande lebten in einem stillen Bergwinkel zwei Nachbarfamilien auf ihren Gütern in guter Freundschaft und freundlichem Verkehre, obwohl die Verhältnisse derselben sehr verschieden waren.

Die eine nämlich, welche wir Zoller nennen, war durch unsinnige Spekulationen und schlechte, verschwenderische Wirtschaft ihres Hauptes in materieller Beziehung stark heruntergekommen, von vier hübschen Besitzungen waren drei im Laufe der Jahre verkauft worden und die letzte, unansehnlichste, ziemlich verschuldet und überdies noch verwahrlost. Zum Überflusse war dem Hause auch ein reicher Kindersegen zuteil geworden, und es liefen drei eben so schöne als wilde Mädchen in dem Wirtschaftshofe und auf den mit Gras bewachsenen Wegen des weitläufigen Gartens umher, und vier kleine Zoller balgten sich barhaupt und bloßfüßig mit den Bauernbuben um die Wette.

Ganz anders sah es bei dem Nachbarn aus. Herr von Kronenberg besaß eines der größten Güter der Provinz und verwaltete es mit lobenswerter Umsicht. In dem hübschen, im Zopfstil erbauten Schlosse, welches von einem Hügel herab in die Landschaft blickte, herrschte ein gewisser feiner Luxus, ohne dass deshalb das Erträgnis des Kronberg'schen Eigentums je vollkommen in Anspruch genommen worden wäre. Der alte Herr sparte sich ein hübsches Kapital zusammen, obwohl er nur einen einzigen Sohn hatte, der, den Traditionen der Familie entgegen, der Landwirtschaft den Rücken kehrte und sich der Diplomatie gewidmet hatte. Einst der Spielkamerad der zwei ältesten Fräulein Zoller, war er seit Jahren im Orient gewesen und kehrte jetzt plötzlich krank in das Elternhaus zurück, um in der heimatlichen Luft und der Pflege der Mutter bald zu genesen. In den ersten Wochen hatte er niemanden gesehen, kaum hatte er sich aber so weit erholt, dass er das Zimmer verlassen und in dem schönen Schlosspark spazieren gehen konnte, ließ er eines Tages anspannen und fuhr zu den Zollers hinüber, um seine Jugendfreundinnen zu begrüßen.

Als der elegante, offene Wagen vor dem wurmstichigen Tore des kleinen Gutshofes hielt, eilten zwei kleine Mädchen mit dunklen Zöpfen und Augen herbei, um Robert von Kronenberg mit ihren hellen Stimmen zu begrüßen und ihm ihre frischen, vollen Lippen zum Kusse darzubieten. Langsam, mit der ruhigen Hoheit einer gebietenden Frau, kam die dritte der jungen Damen, die älteste, dem einstigen Spielkameraden entgegen und bot ihm treuherzig die Hand; und Robert war von der holden Erscheinung im ersten Augenblicke so ergriffen, dass er nur die kleine Hand ein wenig zu drücken wagte und der schönen Leonore lange sprachlos in die blauen seelenvollen Augen sah. Das übermütige Kind, mit dem er sich so toll herumgetrieben, das gleich ihm kühn über Hecken und Gräben gesprungen war, stand als hochgewachsene Jungfrau, das anmutige Gesichtchen von hellblondem Haare lieblich eingefasst, stolz und sittsam vor ihm und lächelte doch zugleich so innig mit den ihm wohlbekannten, treuen Kinderaugen.

»Und von dir, Leonore«, sagte er endlich, »bekomme ich keinen Kuss?« Das holde Mädchen errötete und trat einen Schritt zurück. »Die Eltern werden sich sehr freuen, dich zu sehen«, sagte sie, das war die ganze Antwort. Sie gingen zusammen in das Haus, Herr Zoller und seine Frau schlossen Robert herzlich an ihre Brust, die beiden andern Mädchen zerrten hierauf den »Türken«, wie sie Robert nannten, in den Garten und begannen ihn zu necken und sich mit ihm herumzutreiben, aber Leonore blieb still und stand nur beiseite und ließ ihre großen und ausdrucksvollen Augen auf dem Jugendfreunde haften, der ihr so ganz verändert schien, so groß und schön, und weltgewandt und männlich, und am besten gefiel ihr, dass er so von der Sonne verbrannt war.

Robert, dessen Herz nicht weniger von den Flammenaugen der schönen Georgierinnen und Griechinnen versengt worden war, fühlte in der Nähe des sanften, blonden, deutschen Mädchens auch in seiner Seele sich etwas wie Genesung vollziehen, er kam täglich, er lebte endlich förmlich mit dem Hause Zoller, er half den Mädchen vormittags im Garten und in der Küche, er ging mit ihnen in den Stall, in die Milchkammer, er speiste bei Zoller und führte nach dem Essen die ganze wilde Bande der Zoller'schen Kinder durch Felder und Hochwald weit in das Gebirge hinein, oder ritt mit Leonore aus.

Bald wusste es die ganze Umgebung, dass Robert von Kronenberg Fräulein Leonore Zoller liebte und dass sie ihn wieder liebte, nur die beiden schienen es nicht zu wissen, wenigstens hatten sie sich es noch nicht gesagt.

Es kam die Stunde, wo der »Türke« das stolze Mädchen allein traf im Garten, sie nahm Blumenkohl aus, eine sehr prosaische Situation, aber ihm gefiel sie in ihrer weißen Latzschürze besser als die Odalisken in ihren goldgestickten Kaftanen, und er ergriff ihre Hand und gestand ihr, was er auf dem Herzen hatte.

Sie hörte ihn ruhig an, dann sagte sie ihm, dass sie ihn liebe, dass er der erste Mann sei, dem ihr Herz gehöre, und der letzte, dem es gehören werde, aber sie glaube nicht, dass eine Verbindung möglich

sei; sie schilderte ihm mit rückhaltloser Offenheit die misslichen Verhältnisse ihrer Eltern und schloss damit, dass sie sich als ein *armes*
Mädchen bezeichnete. Robert schwur, dass ihm dies gleichgültig sei,
er erklärte, dass er als der einzige Erbe reicher Eltern nicht im Entfern-
testen daran denke, eine Partie im Sinne der Welt zu machen, er suche
ein braves Weib, das er achten, das er lieben könne, dies habe er in
ihr gefunden und zugleich das höchste Glück, das es für ihn auf Erden
gebe.

Er zog Leonore sanft an seine Brust. Sie gehörte ihm.

Wochen, Monate vergingen den Liebenden im süßen Taumel, Leonore nahm in ihrem reinen unschuldigen Herzen keinen Anstand,
Robert Zusammenkünfte ohne Zeugen zu gewähren, welche im Walde
bei einem Felsen, welcher die grünen Wipfel der Tannen hoch über-
ragte, stattfanden. Als der erste Schnee sie vertrieb, ging das ahnungs-
lose Mädchen in seinem Vertrauen noch weiter, es öffnete auf Roberts
Drängen ihm nachts das Fenster und warf eine Strickleiter hinab,
welche es am Fensterkreuz befestigt hatte.

So verging der Winter, Leonore erwartete von Tag zu Tag, von
Monat zu Monat, dass Robert sich ihren Eltern erklären, dass er um
ihre Hand anhalten würde. Vergebens. Je zarter sie sich in dieser
Angelegenheit zeigte, umso mehr schien Robert seine Absichten zu
vergessen.

Und als sie ihn endlich unter Erröten und Tränen zu erinnern
wagte, begann er zerstreut und verdrießlich zu werden und seine Be-
suche wurden seltener.

Es war im Frühjahre, als Leonore, die sanfte, verschämte Leonore,
im Schloss Kronenberg erschien und plötzlich in Roberts Zimmer
stand. »Du kommst nicht mehr zu mir«, begann sie mit einem höhnischen Lächeln, »ich bin also gezwungen, zu dir zu kommen. Übrigens
wird mein Besuch sehr kurz sein. Ich habe dir nur eine Mitteilung zu
machen« – hier stockte sie – »ich fühle mich Mutter.«

Robert erblasste.

»Du weißt wohl als Mann von Ehre, was du jetzt zu tun hast«,
fügte das tiefgekränkte Mädchen hinzu. Robert trat an das Fenster
und schwieg. Er war Leonorens müde, aber in diesem Augenblicke
trat die Schuld, welche er ihr gegenüber auf sein Gewissen geladen
hatte, so lebhaft vor seine Seele, dass er keine Worte fand. Leonore

verließ ihn hierauf, und als sie am nächsten Tage eine vertraute Dienerin zu ihm sandte, war er nach der Residenz gefahren. Von dort schrieb er ihr, er sei abgereist, um seine Angelegenheiten zu ordnen, er werde seine Pflicht gegen sie zu erfüllen wissen. Er schrieb noch einmal, dann nicht mehr.

Leonore hatte lange genug gezweifelt, gelitten, geschwiegen, jetzt kam auf einmal eine unglaubliche Tatkraft über das bescheidene, sanfte Mädchen. Sie verkaufte heimlich ihren Schmuck und reiste ohne Wissen ihrer Eltern ihrem Verführer nach. In der Residenz traf sie ihn mitten unter seinen Freunden, von einer Orgie zur andern eilend, und stellte ihn zur Rede, sie verlangte nichts mehr als ihr Recht, sie mahnte ihn an sein Wort, und als er Ausflüchte nahm und seine Eltern vorschützte, schrieb sie an diese und setzte ihnen alles auseinander, ihre Unschuld, seine Verführung, ihre Leiden, ihre verzweifelte Lage, aber ohne Erfolg. Sie bekam statt des Trostes, den sie erwartete, nur Anklagen und Vorwürfe zur Antwort, ja der Vater Roberts ging so weit, ihr die unwürdigste Spekulation zuzumuten, sie habe seinen Sohn durch ihre Koketterie umgarnt, schrieb er, und sich ihm nur in der Absicht hingegeben, ihn dadurch zu einer Heirat zu zwingen und auf diese unerlaubte Weise sich einen reichen Gatten zu erobern.

Zugleich erfuhr sie, dass Robert die Bekanntschaft einer eleganten, schönen Frau, der Witwe eines sehr reichen Fabrikanten, gemacht habe, und im Begriffe sei, derselben seine Hand zu reichen. Leonore überwand nun den letzten Rest von Scheu und Schamhaftigkeit und ging zu ihrer Nebenbuhlerin, welche sie in sichtlicher Verlegenheit empfing. Das arme, geängstigte Mädchen öffnete der Frau, welche im Begriffe war, ihr zugleich Glück und Ehre zu rauben, ihr ganzes Herz, sie bat, sie beschwor, sie drohte, aber sie fand statt der erwarteten Teilnahme nur kühle Entschuldigungen. »Sie lieben Robert und sehen durch ihn Ihre Ehre in Gefahr«, sagte die reiche Witwe endlich, »nun, auch ich liebe ihn, und auch ich bin kompromittiert, wenn er sich jetzt zurückzieht. Sie sehen, wir stehen ganz gleich, und ich bin durchaus nicht die Frau, mein Recht und meinen Vorteil aufzugeben.«

Mit gebrochenen Knien wankte Leonore die Treppe hinab. Noch einmal ging sie zu Robert, aber sie fand seine Türe geschlossen.

Resigniert, dem Leben, seinen Freuden und seiner Schönheit den Rücken kehrend, auf das Ärgste gefasst, kam sie nach Hause zurück und eröffnete den Ihren ohne jede Erregung, beinahe kalt, was sich mit ihr zugetragen, ihr Unglück und ihr Schicksal. Die Liebe der Eltern half ihr über die traurige Katastrophe hinweg. Sie wurde Mutter. Die Verwandten, die Freunde, die Nachbarn wendeten sich von dem gefallenen Mädchen ab. Das sonst so gesellige, heitere Haus glich einem Kloster. Niemand kam, niemand ging aus demselben hinaus.

Leonore trug stumm, was ihre Schuld so gut war wie die Roberts, sie klagte nicht, sie weinte nicht, sie verbarg sich nur, und sie brütete, aber kein Mensch ahnte, worüber sie brütete. Sie sah sich ausgestoßen aus der Gesellschaft, der Schande preisgegeben, gebrandmarkt, dies konnte die stolze Seele dieses Weibes nicht für die Dauer ertragen.

Zu seinem Unglück kehrte Robert nach Kronenberg zurück. Er kam mit seiner Braut, um sie den Eltern vorzustellen, und der eitle Mann begnügte sich nicht damit; er musste sich an der Seite der schönen Frau der Welt zeigen, sie fuhr mit ihm im Phaeton, selbst die Pferde lenkend in extravaganter Toilette, zu den Nachbarn, oder galoppierte mit ihm durch die Felder. So geschah es, dass sie einmal ein bleiches junges Weib trafen, das, als es sie erblickte, sich bebend hinter einem Baume verbarg. Dieses Weib, dem die Tränen der Empörung und der Wut über die verhärmten Wangen herabflossen und das die geballten Fäuste drohend gen Himmel hob, war Leonore.

Den nächsten Tag erhielt Robert das folgende Billett von ihr: »Ich habe sie gesehen, die du liebst, die deine Frau wird. Ich begreife vollkommen, dass ein armes Geschöpf wie ich vor einer so strahlenden Schönheit zurückstehen muss, ich bin nicht einmal eines Neides fähig. Ich wünsche dir und ihr das höchste Glück auf Erden und für mich nichts weiter als eine letzte Unterredung mit dir, welche du mir nicht verweigern kannst. Ich will Abschied nehmen von dir! Deine – Leonore.«

Robert glaubte diesen seltsamen Zeilen. Während er sich selbst der unedelsten Handlungsweise einem Mädchen gegenüber anklagen musste, das ihm alles geopfert, hielt er es für möglich, dass dasselbe Mädchen seine Infamien mit Segenswünschen vergelten könne. Verblendet von einem maßlosen Eigendünkel, sagte er Leonoren die verlangte Zusammenkunft zu und wählte für dieselbe den Felsen im Walde, bei dem sie ihre ersten Rendezvous gehabt hatten.

Es war ein trauriges Wiedersehen. Leonore saß, als Robert kam, das Haupt in die Hände gestützt, auf einem Stein und erhob langsam das große Auge zu ihm. Der treulose Mann erschrak vor dem finstern, entschlossenen Ausdruck dieses Auges und eine böse Ahnung überkam ihn.

»Was willst du, Leonore?«, begann er.

»Abschied nehmen –«, sagte sie kalt.

»Ich habe dir wehe, ich habe dir Unrecht getan«, fuhr er fort.

»Von Recht ist zwischen uns nicht die Rede«, fiel Leonore ein, indem sie sich stolz und drohend erhob, »du hast mich verführt, entehrt. Willst du das gutmachen?«

»Wie soll ich?«, stammelte Robert.

»Ich frage dich zum letzten Male«, rief Leonore: »Willst du mein Gatte werden?«

»Ich kann nicht, Leonore.«

»Gut. Dann bin ich gezwungen, selbst meine Ehre herzustellen, oder wenn ich dies nicht kann, Rache an dir zu nehmen«, sprach das tief beleidigte junge Weib, indem es zugleich zwei Pistolen hervorzog und die eine ihrem Verführer vor die Füße warf.

»Was beginnst du?«, rief er erschreckt.

»Ich nehme für mich dasselbe Recht in Anspruch, das der Mann hat, um seine verlorene Ehre herzustellen. Schieße du zuerst, denn ich will meines Schusses sicher sein.«

»Du willst mich morden?«

»Ist derjenige, der seinem Feinde die Waffe zur Verteidigung in die Hand gibt, ein Mörder?«, fragte sie empört. »Schieß!«

»Nein, ich schieße nicht«, erwiderte Robert, am ganzen Leibe bebend.

»Dann bereite dich zum Tode«, sagte Leonore kalt.

»Du wärst imstande –!«, schrie er.

»Ich töte dich, verlass dich darauf«, entgegnete sie, spannte den Hahn der Pistole und richtete die Mündung auf ihn.

Halb instinktiv ergriff Robert in diesem Augenblicke die Waffe, die zu seinen Füßen lag, und indem er mit derselben Leonore abzuwehren suchte, wich er einige Schritte zurück.

»Versuche nicht zu entfliehen«, rief sie, »ich schieße dich nieder, sobald du dich noch einen Schritt weiter bewegst.«

»Leonore!«, flehte der Verführer.

»Schieß!«

Er senkte den Lauf der Pistole. Da trat sie rasch auf ihn zu und murmelte: »Bete!« – und jetzt in der Todesangst schoss er, aber er traf sie nicht.

»Nun bist du in meiner Hand«, sagte sie, »ich halte Gericht über dich und verurteile dich zum Tode. Bete!«

Er versuchte mit einer raschen, wahnsinnigen Bewegung ihr die Pistole zu entreißen; in demselben Augenblick traf ihn die Kugel. Er sank lautlos zu Boden.

Sie verschwand nach der Tat.

Man behauptete in der Gegend, sie habe sich in den Fluss gestürzt; nach anderen Nachrichten soll sie unter fremdem Namen jenseits des Ozeans leben, geachtet und geliebt.

Gelobt sei Gott, der uns den Tod gegeben!

Eine Geschichte aus Spanien

Das Haus des Lebens, wie die Juden den Friedhof nennen, lag in einem kleinen Tal, das von zwei Hügeln eingeschlossen war. Uralte Bäume füllten den ganzen Raum und breiteten ihre Äste wie ein grünes Dach über die aufrecht stehenden Leichensteine, über verwitterte Mausoleen und von hohem Gras und wilden Blumen überwucherten Grüfte. Seit der Zerstörung des Tempels begruben die Kinder Israels hier ihre Toten. Das Reich der Römer war gefallen, wie das der Goten, von der maurischen Herrlichkeit waren nur noch stolze, schwermütige Ruinen da, die spanische Weltmonarchie, in der die Sonne nicht mehr unterging, hatte dasselbe Schicksal ereilt, aber sie, die Vertriebenen, Heimatlosen, hatten alles überdauert, sogar die Inquisition und die Scheiterhaufen.

Während oben, auf dem Plateau, in der kleinen, spanischen Stadt und unten im Hafen der Lärm und die Unruhe der Arbeit, des Handels herrschten, war hier die Stille und der Frieden.

Alles lag im Schatten und kein Laut drang von außen herein. Nur selten glitt ein warmer Sonnenstrahl durch das düstere Blattwerk und beschien kurze Zeit eine hebräische, halb erloschene Inschrift, nur selten sang ein Vogel hier. Nur die Bienen summten unablässig in dieser von Blumen in allen Farben und von einem schweren Duft erfüllten Wildnis.

In einem Winkel des Friedhofs, von zwei Zypressen beschattet, lag ein kleines Grab und auf diesem Grabe saß ein Greis. Er saß immer hier, zu jeder Jahreszeit, Tag und Nacht. Mit seinem langen weißen Sterbgewand, seinem weißen Haar, seinem Bart, der wie Schnee über seine Brust niederwallte, glich er selbst einem Denkmal von Stein. Er saß unbeweglich, in Gedanken, in Erinnerungen oder in sein Gebet versunken und schien niemand zu sehen, wer auch vorüberkam.

Ihn aber kannte ein jeder, den Vater Menachem, der hundert Jahre alt geworden war und noch immer rüstig, mit frischem Geist unter einem neuen Geschlecht wandelte, ein Patriarch voll Güte und Würde.

Während der Greis sann und träumte, hatte sich ein Falter unmittelbar vor ihm auf eine Rose gesetzt, und jetzt kam ein großer, schöner Knabe gelaufen um ihn zu fangen.

Menachem erhob das Haupt, sah dem Kinde in das edelgeschnittene Antlitz, das von blondem Haar umrahmt war, und aus dem ihn zwei große blaue Augen anlächelten und murmelte: »Ghiron!«

»Nein, Vater Menachem«, sagte der Knabe, »ich heiße Schamai und bin der Sohn der Kive Castallio.«

»Du hast aber die Gestalt, die Züge und den Blick meines Sohnes, den ich verlor, als er zehn Jahre zählte. Es ist lange her. Ein halbes Jahrhundert. Mein Gott, wie rasch die Zeit vergeht und wie langsam.«

»Dies ist sein Grab?«, fragte Schamai.

Der Greis nickte, strich ihm die Haare aus der Stirn und lächelte. »Was tust du hier, mein Kind?«, sprach er dann. »Dies ist kein Ort für dich. Du kannst es noch nicht fassen, warum dieser friedliche Platz das Haus des Lebens genannt wird. Bleib draußen, Schamai, wo die Sonne scheint, wo die Meereswogen singen, wo der Pflug die Erde durchzieht, wo die weißen Segel irdische Schätze herbeiführen, lebe, lebe mein Kind, dann, eines Tages, wirst du hierher kommen, und du wirst verstehen. Du wirst hier den Frieden finden und das Glück, das du vergebens gesucht im Strome der Zeiten.«

»Vater Menachem«, sagte der Knabe, indem er sich neben dem Greise niederließ und sich sanft an ihn schmiegte, »man sagt, dass du alle Haggadoths kennst, erzähle mir ein Märchen.«

»Ein Märchen?« Menachem nickte mit dem Kopfe. »Ja, ein Märchen oder ein Traum, was wäre es sonst?« Er strich mit der Hand über die Stirne und begann:

»Es war einmal ein Mann, nicht besser, nicht gerechter, nicht klüger, als die anderen. Er verehrte Gott und liebte die Menschen. Er suchte die Wahrheit, und fand den Irrtum, er wollte recht handeln und beging Fehler, er unterrichtete sich, er dürstete nach Weisheit und sah endlich, dass ein Mensch ist wie der andere und dass ein Menschenschicksal dem anderen gleicht. Er nährte Hoffnungen, Wünsche, Träume, die niemals in Erfüllung gingen, er strebte nach Dingen, die er niemals erreichte. Er begnügte sich zuletzt damit, für sich und die Seinen zu sorgen und lebte dahin, wie alle anderen. Er nahm ein Weib, schön, wie eine junge Rose, er liebte sie. Sie schenkte ihm ihr ganzes Herz, und sie schenkte ihm auch Kinder, die er liebte. Er war nicht reich und nicht arm, er konnte den Seinen geben, was sie brauchten und war zufrieden.

Aber die Jahre zogen dahin und mit ihnen die Menschen, sie fielen wie die Blätter im Herbste und kehrten nicht wieder, andere traten an ihre Stelle und wieder andere, und endlich war der Mann allein.

Er hatte alle begraben, Eltern und Geschwister, Weib und Kinder, Verwandte und Freunde, alle, alle, aber an ihm ging der Todesengel vorüber Jahr für Jahr, und er blieb Jahre und Jahre allein, einsam, verlassen, in einer Welt, die ihm fremd geworden war, unter Menschen, die er nicht verstand und die ihn nicht verstanden.

Er hatte gelebt, Glück und Unglück, Freud und Schmerz waren an ihm vorübergegangen, die Welt bot ihm nichts Neues mehr, keine Überraschung, keine Freude, nicht einmal einen neuen Schmerz, eine neue Sorge.

Und so begann der Mann, sich nach dem Tode zu sehnen, den alle fürchten, und wenn er zu seinem Gotte betete, rief er aus der Tiefe seiner Seele: ›Herr, nimm mich hinweg aus diesem Tal der Schatten und lass mich endlich sehen dein ewiges Licht.‹«

Der Knabe schwieg einige Zeit, dann sprach er: »Der Mann bist du, Vater Menachem.«

»Ja, der Mann bin ich.«

»Und du willst sterben?«

»Ja, mein Kind, für mich ist der Tod, was für dich das Leben ist.« Der Greis erhob sich und nahm den Knaben bei der Hand. »Komm. Dir stehen noch die goldenen Pforten des irdischen Paradieses offen, dir lacht die Jugend entgegen, das Glück, die Schönheit, Ehre und Ruhm, komm.«

Sie schritten zusammen durch die Reihen der Gräber zur Pforte hinaus und dann den Abhang hinauf. Oben, vor dem Tore der Stadt, wies der Greis auf die maurischen Kuppeln, die im Abendlicht glänzten, und auf das blaue, sonnige Meer. Dann geleitete er das Kind bis zu dem kleinen Hause, vor dem seine Mutter, die schöne Kive, stand, ihr jüngstes Kind an der Brust, und nahm mit einem gütigen Lächeln Abschied.

Drei Tage später lief der Knabe eilig durch die jüdische Gasse, er kam vom Friedhof. Vater Menachem hatte ihn gesendet, zehn Männer der Chebura Kdischa zu suchen, er fühlte die Stunde nahen, die er so lange mit geduldiger Sehnsucht erwartet hatte.

Langsam erklomm der Greis den Abhang, warf noch einen letzten Blick auf Meer und Land und trat dann durch das düstere Tor in die Stadt. Als er auf der Schwelle seines Hauses Atem holte, kam schon Schamai mit den zehn Männern.

»Was wollt Ihr, Vater Menachem?«, fragte der Älteste unter ihnen erstaunt.

»Sterben«, erwiderte der Greis. Langsam trat er in das Haus, in die große Stube des Erdgeschosses, mit der Hand an der Wand tastend und sank, wie er war, im weißen Sterbgewande, auf sein einfaches Lager.

»Wollt Ihr einen Arzt?«

»Ich will sterben«, erwiderte Menachem. In die Kissen zurückgelegt, den Blick erhoben, die Hände auf der Brust gefaltet, begann er schwerer und schwerer zu atmen.

Die zehn Männer bildeten einen Halbkreis um ihn, und der Sterbende betete das Schema, das Sterbegebet, und sprach die dreizehn Glaubensartikel.

Als er zu Ende war, begannen die zehn Männer einen Psalm zu beten.

Plötzlich richtete sich der Greis auf. Sein Antlitz war verklärt. Er hatte die Hände erhoben und murmelte: »Gelobt sei Gott, der uns den Tod gegeben!« Dann sank er in die Kissen zurück und lag da, ein Lächeln um die Lippen.

Nachdem eine Viertelstunde verstrichen war, hoben die Männer den Toten auf und legten ihn mitten in die Stube auf den Boden. Die Arme lagen straff zu beiden Seiten, und die geballten Fäuste bildeten ein hebräisches Sch – Schadai.

Nachdem ein Leintuch über die Leiche gebreitet war und das Lämpchen zu Häupten derselben angezündet, wurde das Fenster geöffnet. Die Seele zog in ihre Heimat.

Im Hause war es still, und still draußen unter dem Abendhimmel, an dem sich die ersten Sterne zeigten.

An dem Tage, wo man Menachem begrub, waren alle Läden geschlossen, niemand blieb zu Hause, alle gaben ihm das Geleite, alle.

Schon lag er im Leichenhemd, im Talar mit den Schaufäden, die weiße Kappe auf dem Kopf, auf dem Brett.

Einer nach dem andern trat heran, berührte die große Zehe des Toten und bat ihn leise um Vergebung.

Dann stimmten die Männer das herzzerreißende »Joschef besseser«, das Geleitgebet an.

Die schluchzenden Frauen hielt man fern, um die Ruhe des Toten nicht zu stören und langsam trug man die Leiche auf dem Brett hinaus, mit den Füßen voran.

Auf dem Friedhof angelangt, bildeten alle, die dem Toten gefolgt waren, einen Kreis um das Grab, das man ihm neben dem seines Sohnes gegraben hatte.

Die Wenigen, welche entfernt mit ihm verwandt waren, traten vor und sprachen: »Gott hat es gegeben, Gott hat es genommen, der Name Gottes sei gelobt!«

Dann zerrissen sie ihr Gewand an der linken Seite.

Nun trat der Rabbiner an den Toten heran und sprach: »Wir gedenken, Gott, vor dir, des geschiedenen Menachem Ben Joseph und beten für das Heil seiner Seele. Nimm ihn auf, lass' seine Seele einziehen zur ewigen Ruhe, zur ewigen Freude, zur ewigen Seligkeit, lass' ihn teilhaftig werden der Segnungen, die du den Frommen und Gerechten verheißen hast, als Lohn für alles irdische Leid, für all' ihre Sorgen, ihr Ringen und Mühen dahier. Der Allerbarmende vergibt. Ja, Menachem, du bist schon im Lichte und wir sind noch in der Finsternis. Du bist in der Wahrheit und wir sind noch im Irrtum, du bist im Frieden und wir im Kampfe und in der Zerstörung.

Gib uns, o Gott, dass auch wir den Kampf zu Ende kämpfen und in Frieden eingehen in dein Reich.

Gesegnet sei das Angedenken des Gerechten. Amen.«

Langsam wurde der Tote in das Grab gesenkt, sitzend das Antlitz gegen Sonnenaufgang.

Dann fielen die Schollen hinab in die Tiefe, und die Menge verließ ernst und schweigend den Friedhof. Ein jeder riss, ehe er heraustrat, eine Handvoll Gras aus, warf es hinter sich ohne umzublicken und sprach: »Gedenke, dass du Staub bist!«

Zuletzt war niemand da, als der Totengräber und der Knabe. Als der Hügel aufgeworfen war, legte das Kind einen großen Strauß aus Blumen, die er auf dem Friedhof gepflückt, auf denselben. »Schlafe sanft, Vater Menachem!«, sprach er. Dann ging er hinaus in das Licht, wo die Ähren wogten, und die Meereswellen rauschten.

Tag und Nacht in der Steppe

Tag

Ich wollte in die Steppe, um ein paar Trappen zu schießen. Es ist dies eine Jagd, die unendlich viel Reiz hat. Der Trappe gehört nicht zu dem kleinen Wilde, das mancher Jäger ganz verschmäht, er übertrifft alle unsere jagdbaren Vögel an Größe. Vier Fuß lang und mit sieben Fuß Flügelbreite, wiegt er zwanzig bis dreißig Pfund und ist mit seinem stolzen Gang und seinem langen weißen Bart ein ganz mächtiges Tier. Auch ist es nicht leicht, ihm beizukommen. Man muss zu allerhand Listen seine Zuflucht nehmen. Wohl kommt er in Scharen zu den Feldern der Landleute und zeigt eine besondere Vorliebe für Kohl und Rübensaat, aber es ist der scheueste Vogel, den es gibt. Sobald der Jäger oder sonst etwas Verdächtiges naht, erhebt er sich schon auf fünfhundert Schritte. Er scheint seine Schwäche zu kennen, denn er kann sich nicht ohne Weiteres vom Boden erheben, er muss einen förmlichen Anlauf dazu nehmen und sein Flug ist schwer und niedrig. Es gibt verschiedene Mittel, ihm nahe zu kommen. Er kennt den Landmann und fürchtet ihn deshalb nicht, während derselbe pflügt oder sät oder erntet, spaziert er mit der ihm eigentümlichen spanischen Grandezza hinter, vor oder neben ihm. Der Jäger kleidet sich also als Bauer und geht langsam, die Pfeife im Munde, mit Bauernschritten, bis er ihn zum Schusse bekommt, aber es ist nicht leicht, ihm das Gewehr zu verbergen. Er kennt das Blinken eines Flintenlaufes sehr gut von jenem einer Sense oder Sichel auseinander.

Besser ist es, sich in Bauernkleidern auf einen Bauernwagen zu legen und die Flinte in dem Stroh, Heu oder Mais, mit dem der Wagen beladen ist, zu verbergen.

Aber der Wagen darf ja nicht mit Pferden, er muss mit Ochsen bespannt sein und recht langsam heranfahren, während der Bauer, der das Gespann lenkt, mit der Peitsche neben demselben einhergeht.

Ich wählte das letztere Verfahren. Als ich vor Sonnenaufgang aufstand und in Bauernkleidern, die Flinte unter dem Arm, aus dem Hause trat, war mein Mann, der Grundbesitzer Jan Walko, schon zur Stelle. Er hatte den niederen Leiterwagen mit Heu geladen, weil es sich im Heu am besten liegt, und hatte zwei große weiße Ochsen mit schönen langen Hörnern, die eine Lyra bildeten, vorgespannt. Nachdem ich mich bequem auf den Rücken gelegt hatte, setzte sich das Gefährte langsam in Bewegung.

Ich hatte Muße, die Gegenstände, die mich umgaben, genau zu betrachten.

Wir fuhren durch das Dorf, kreuzten das frische Dunkel eines Birkenwäldchens, kamen durch hohes gelbes Korn, dessen Ähren sich schwer zu uns herüber neigten, holperten über eine schadhafte Brücke und da waren wir auf weichem üppigem Samt und vor uns lag die Steppe.

Für jetzt nur vor uns, bald aber auch rechts und links und hinter uns, und als die Sonne vollends aufgegangen war, umfing sie uns ganz und gar.

Anfangs zeigten sich noch lange Reihen von dunklen Heuschobern, stand da oder dort ein Bauer, der seine Sense dengelte, oder ein Mädchen mit rotem Kopftuch, das Kräuter suchte, tauchte einer großen Mohnblüte gleich aus dem hohen Grase. Wenn der Nebel sich träge zur Seite wälzte, blinkte in der Ferne das griechische Kreuz einer Dorfkirche, oder zeigte sich ein niederer Schafstall, zeigte sich ein Ziehbrunnen. Kleine grasbewachsene Hügel stiegen empor, nicht selten beisammen liegend wie eine Reihe Gräber und vom Volke auch für Gräber, für Denkmale irgendeiner Tartarenmetzelei, irgendeiner Kosakenschlacht angesehen. Kleine Haine belebten die Grasfläche, Lerchen stiegen empor aus dem blitzenden Tau, der dieselbe in einen weiten Wasserspiegel verwandelte.

Allmählich wurden die Hügel kleiner, die Bäume seltener, und endlich verschwanden sie ganz und der liebliche Gesang der Vögel verstummte. Die Nebel verflatterten an der Erde. Wir waren mitten in der weiten unabsehbaren Steppe, und schön war der Morgen da mit seinem Glanz, mit seiner jugendlichen Fröhlichkeit.

Weithin war nichts zu sehen als die Üppigkeit hohen smaragdenen Grases, blühender Kräuter und farbiger Blumen. Ganze große Strecken schienen gelb, rot, weiß oder blau bemalt, vor allem gelb, und das alles zusammen gab ein Farbenspiel so kräftig, so heiter, so festlich, wie ein Regenbogen, der auf der Erde lag. Ein schwerer Duft steigt aufwärts und bleibt auf den matten Schwingen der Luft träge liegen, er nimmt den Kopf ein, er berauscht, er bezaubert, er regt die Sinne auf wie der Wohlgeruch einer asiatischen Schönen.

Rostbraune Trappen schreiten durch das Gras, die weißen Flecke auf ihren schwarzen Flügeln schimmern deutlich herüber, Störche stehen schläfrig auf einem Bein, büßende Fakirs in der Wüste, Geier kreisen, Adler erheben sich in den Äther, Tausende von Insekten schwirren, Tausende von Grashüpfern erheben sich vor uns, um sich wieder niederzulassen und wieder zu erheben, sodass ein immerwährendes Gestiebe großer grüner Funken auf der grünen leicht bewegten schwimmenden Fläche zu sehen ist.

Und sobald man nur etwas hinhorcht, ist die Steppe nicht so stille als sie scheint, man hört ein immerwährendes Schwirren, Knistern, Zischen, Pfeifen, Seufzen, und andere Töne, wie das Lallen eines Kindes, rätselhaft, sehnsüchtig und verworren.

Die Sonne ist heiß, es ist dieselbe Sonne, welche die Gesichter unserer Kleinrussen mit jenem schönen Braun überzieht, das so gut stimmt zu ihren ehernen, ernsten, schwermütigen und entschlossenen Zügen.

Bis zum Horizont ist nichts zu sehen als Land und darüber blauer Himmel und kleine Wölkchen, nicht einmal der Silberfaden eines Bächleins ist zu entdecken.

Die Steppe blaut um uns wie das Meer und verschwimmt in der Ferne wie das Wasser in zitterndem Glanz. Und nicht die Erde allein erscheint uns mit einem Male so groß, so unbegrenzt, und der Himmel spannt sich weiter aus und scheint uns ferner zu sein.

Dem Menschen ist zumute wie dem Vogel, der die Luft durchstreicht.

Wie in der Luft hemmt auch in der Steppe nichts seinen Blick, da ist keine Stadt, kein Turm, kein Dorf, kein Haus, nicht einmal eine verfallene Schenke aus Weidenruten geflochten und mit Stroh gedeckt, kein Mensch, nicht einmal die Fußstapfen eines Menschen oder das Geleise eines Wagens.

Die Natur ist hier unentweiht wie im Urwald, aber in diesem ist alles Finsternis, Feindseligkeit, Druck, auf der Steppe aber umgibt uns Licht, Heiterkeit, Freiheit! Auch der Urwald ist weit, still, ohne Menschen, aber diese Ruhe ist wie das Ende alles Lebens, wie Tod und Vernichtung, jene der Steppe ist wie der Frieden des Paradieses, ehe das Leben entstand, wie der lachende Morgen vor der Schöpfung.

Es ist, als sollte jeden Augenblick die Stimme des Herrn ertönen, die aus Wüsten Propheten zu den Menschen sendet und die Völker teilt und wandern heißt.

Das Auge findet keine Grenze, es ist nur nicht fähig, so weit zu sehen, als sich die Welt seinem Blicke öffnet.

Ich schoss zwei Trappen und einen großen Geier, damit war die Jagd zu Ende und es war auch schon Mittag da, der Mittag der Steppe, drückend in seiner Stille und Hitze. Überall strömte flüssiges Gold nieder. Das geblendete Auge fand nirgends Ruhe. Die Graswogen leuchteten, jeder Halm blitzte für sich auf. In der Luft war ein leises Knistern wie von elektrischen Funken. Endlich zeichnete ein Ziehbrunnen seine Silhouette auf den leuchtenden Himmel, Rauch wirbelte empor, ein Strohdach wurde sichtbar, eine Hütte wuchs aus dem Boden

herauf. Das erfrischende Rieseln einer Quelle ließ sich deutlich vernehmen.

»Wem gehört die Hütte?«, fragte ich meinen Bauer.

»Einer Witwe«, sagte er verschmitzt lächelnd.

Die Räder unseres Wagens zerschnitten trennend das hohe Gras.
Ein rotes Feuer loderte in der offenen Türe. Die Ochsen hielten von
selbst stille. Ich sprang ab. Aus dem Steppenhause trat ein junges
Weib, barfuß, mit nackten Armen, wirr flutendem schwarzen Haar,
nur mit einem rot gestickten Hemde und einem kurzen blauen Rock
bekleidet. Sie begrüßte uns und musterte uns ruhig mit ihren prachtvollen schwarzen Augen. Ihr fein modelliertes Gesicht war braun wie
die Erde, auf der ihr Fuß stand.

So mag die ägyptische Königin, die schöne Schlange vom Nil, vor
Marc Aurelius hingetreten sein, als er kam, um ihr die Krone zu rauben und sie ihn zur Strafe zum ersten ihrer Sklaven machte.

»Nun, hast du was zu essen für uns, Eva?«, fragte der Bauer.

»Ich werde sehen«, gab sie zur Antwort.

Wir traten in das Haus und ruhten aus. Sie bereitete das Mahl.
Nachdem wir gegessen und getrunken, streckten wir uns auf den
Holzbänken aus, die längs der Wände liefen und schliefen bald ein.
Pferdegetrappel weckte uns.

Ein junger Bursche, schlank gebaut, mit einem Gesichte, das auf
den ersten Blick Vertrauen erweckte, trat herein, offenbar ein Hirte.
Zwei große blaue Augen sahen uns erstaunt an.

»Ah! Du, Akenfy?«, rief der Bauer.

»Ja, so ist es, habt Ihr gejagt?« Er nahm seine Mütze ab und warf
den kurzen Schafspelz von den Schultern auf die Ofenbank.

»Allerdings haben wir gejagt«, erwiderte der Bauer, »was aber führt
dich etwa her?«

»Nicht mich allein«, sprach Akenfy bescheiden, »ein mächtiges
Gewitter hängt schwarz am Himmel; wir alle, die wir unsere Pferde
in der Nähe weiden, haben uns beizeiten hierher geflüchtet.«

Andere Pferdehirten traten in die Stube, auch Eva wurde sichtbar,
sie ging hin und her ohne Akenfy zu beachten, ja die beiden wechselten
nicht einmal einen Blick zusammen und doch fühlte man sofort, dass
zwischen ihnen irgendeine Beziehung bestand.

»Ist das ihr Geliebter?«, fragte ich leise meinen Bauer.

»Welcher?«

»Nun, Akenfy.«

»Er wird es wohl sein«, gab der Bauer zur Antwort und seufzte.

Indes hatten sich Wolken auf Wolken getürmt, es war dunkel geworden. Eine brütende Stille herrschte, die geradezu furchtbar war. Die schwüle Luft legte sich auf die Brust gleich einem heißen Stein. Mit einem Male zuckten Blitze, begann das Rollen des Donners und schon stürzte der Regen auf die Steppe, das Gras grausam peitschend. Ein Meer ging zur Erde nieder. Die Wogen schäumten wild auf. Wohin man blickte, war nur noch ein wild bewegter Wasserspiegel, in dem das einsame Steppenhaus wie die Arche inmitten der Sintflut schwamm.

Schlag auf Schlag folgte, ein jeder schien die Erde zu spalten und ihre Grundvesten zu erschüttern.

Dann erhob sich ein Orkan, ebenso wütend wie das prasselnde und flammende Gewitter, trieb die finsteren Wolken vor sich her, trieb die Wogen des Wassers auseinander und ebenso plötzlich, wie die Elemente ihre Fesseln zerbrochen hatten, kehrten sie zur gewohnten Ruhe zurück.

Der Regen hörte auf, der Himmel wurde helle, die grüne Steppe schimmerte freundlich, gleichsam verjüngt. Ein Regenbogen umspannte glänzend das weite Land.

Die Hirten verließen das Haus, trieben ihre Pferde aus den Ställen und schwangen sich auf den Rücken derselben. Eva war mitten unter ihnen, scherzend, mit fröhlichen funkelnden Augen, und wie von einer diabolischen Laune ergriffen, fasste sie eines der schwarzen Pferde an der Mähne und schon saß sie auf dem stolz wiehernden Tiere, ohne Sattel, ohne Zügel. »Hört, ihr Burschen!«, rief sie. »Wer mich einholt und gefangen nimmt, der darf mich küssen.«

Schon jagte sie ihren Renner über die Steppe, die Hirten folgten mit wildem Geschrei. Akenfy, bleich mit unheimlich lodernden Augen, hatte bald alle anderen überholt. Vergebens wendete Eva ihr Pferd und kehrte im weiten Bogen zum Steppenhause zurück, er erreichte sie fünfzig Schritte vor demselben, riss sie herüber auf sein Pferd und, während das ihre davonflog, presste er seine Lippen auf die ihren.

Mein Bauer lachte. »Sie ist nicht umsonst die Tochter einer Wissenden, einer Hexe«, sagte er zu mir, »sie hat ihn behext.« Es wurde

Abend als wir den Rückweg antraten. Der westliche Himmel flimmerte in bizarrer Farbenpracht. Überall war Summen, Schwirren und Gesang. Die Sonne versank, ohne nur das kleinste dunkle Abbild eines Gegenstandes auf der ruhenden Steppe zu zeichnen. Das Licht verrann auf dem regungslosen Grasmeer und mit einem Male lagerte sich ein riesiger Schatten über die ganze Erde.

Nacht

Jahre waren vergangen und es war tief im Herbste, als ich in der Steppe von dem Abende überrascht wurde. Zur Dämmerung gesellten sich Dünste, welche wie ein durchsichtiger Flor uns umgaben, um sich in der Ferne mehr und mehr zu verdichten. Die Bäume waren fast ganz entblättert, ihre kahlen Äste ragten, wie die Arme Ertrinkender aus dem Wasser, über den grauen Nebel empor. Ein Teich erglänzte matt, bleiern. Der Wind pfiff über die Fläche, riss die letzten Blätter von den Zweigen und warf die Wolken Ballen gleich hin und her, zerriss die hässlichen Schleier und schleifte sie durch das Gras.

Zugvögel strichen, ohne einen Laut von sich zu geben, in Schwärmen durch dasselbe, belebten die Büsche und hüpften die Äste der Bäume hinauf. Durch den grämlichen Himmel, der mehr und mehr sichtbar wurde, flogen wilde Gänse, Störche, Kraniche den Mündungen des Dnieper und der Donau zu.

Es wurde rasch Nacht. Die Ruhe, das Schweigen der Steppe hatten jetzt etwas Erhabenes an sich, heilige Schauer sanken auf uns nieder. Die Sterne zogen herauf, sie vermehrten sich zusehends, und als das dunkle Firmament endlich von ihnen bedeckt war, da schien ihre Zahl größer als sonst, als zu irgendeiner Zeit und an irgendeinem Orte. Ihre Bilder zeichneten sich deutlich ab und schienen so nahe. Es war, als führen wir in den Himmel hinein, den Sternen zu, welche am Horizonte wie große Kerzen brannten, die zu einem nächtlichen Feste aufgesteckt werden; und als baue die Milchstraße eine glänzende Brücke von der Erde zu den Wolken.

Und wie die Pferde, die meinen kleinen Wagen zogen, durch die grünen Graswellen weiter und weiter schwammen, da blitzte es am Horizonte auf, zuerst wie ein neuer großer Stern, dann immer mächtiger, eine riesige Flamme, bis endlich deutlich eine rote lodernde Feuersäule emporstieg.

Mein Kutscher hielt an, spähte hinaus, schüttelte den Kopf und sagte dann: »Ich will der Sohn einer Hündin sein, wenn das nicht der Hof der Eva Kwirinewa ist, der da brennt.«

»So fahre hin.«

»Wozu?«

»Um zu retten.«

»Was wollen Sie an so einer Baracke aus Holz und Stroh retten. Ehe wir hinkommen, ist nur ein Aschenhaufen da.«

»Nun, fahre nur.«

»Ich fahre schon, wenn der Herr es will«, sagte der Kutscher und lenkte die Pferde zur Seite. Die Steppe ächzte unter den Rädern des Wagens auf, dann glitten wir wieder geräuschlos dahin wie über weichen Samt. Plötzlich tauchte zur Seife eine dunkle Gestalt aus dem hohen Grase auf, sie winkte uns und kam dann auf uns zugelaufen. »Nehmt mich auf«, flehte sie, »nehmt mich auf, ich habe mich verirrt auf der Steppe.«

»Wer bist du?«

»Ein Mädchen, das bei Eva Kwirinewa im Steppenhause im Dienste war.«

»Im Steppenhause? Dort brennt es ja. Wir wollen hin, um zu retten.«

Das Mädchen machte eine Bewegung mit der Hand, die deutlicher sagte als es die Sprache vermochte, dass dort nichts mehr zu retten war.

»Wie ist das Feuer entstanden?«

»Wie es entstanden ist?«, erwiderte das Mädchen gleichsam erstaunt. »Wie kann es entstanden sein, sie hat es ja doch selbst angezündet, ihr Haus, wer kann ihr verbieten, ihr eigenes Haus anzuzünden? Sie wollte es einmal so.«

»Wer? Eva Kwirinewa.«

»Eva Kwirinewa, Gott gebe ihr den ewigen Frieden.«

Die Feuersäule verschwand, man sah nur noch Rauch emporsteigen, der leicht gerötet war.

»Nun ist alles vorbei«, seufzte das Mädchen auf.

»Was ist vorbei?«, rief ich. »So erzähle doch.«

»Es war heute Nachmittag«, begann sie, »die Sonne stand schon tief, als unerwartet Herr Delgopolski vor unserem Hause hielt, er war zu Pferde, er kam von der Jagd oder sonstwo her. Genug, er war sehr ermüdet, hielt sein Pferd an und pfiff. Ich sprang hinaus und ergriff den Zügel, aber schon erschien die Frau auf der Schwelle.«

»Eva Kwirinewa?«, fragte der Kutscher.

»Wer sonst?«, fuhr das Mädchen fort. »Als sie den edlen Herrn erblickte, lächelte sie recht böse, – o sie konnte so böse lächeln, dass einem das Herz im Leibe stillestand.

›Hat der Herr die Gnade, mich wieder einmal zu besuchen‹, begann sie in einer Weise, die mir Angst machte.

›Ich komme nicht, dich zu besuchen‹, gab Herr Delgopolski stolz zur Antwort, ›ich habe mich verirrt, bin todmüde, will unter deinem Dache rasten.‹ Er stieg ab, band sein Pferd an und Eva Kwirinewa ging mit ihm in die Stube. Er ging voran, sie folgte ihm. In der Türe wendete sie sich um und winkte mir, draußen zu bleiben. Ich blieb also bei dem Pferde, raufte Gras aus und gab es ihm, holte Wasser und tränkte es. Ich hörte die beiden drinnen laut sprechen, laut und heftig. ›Was haben die etwa zu streiten?‹, dachte ich, aber ich regte mich nicht.

Dann wurde es ruhig. Die Frau ging ein und aus auf den Fußspitzen. Einmal blieb sie vor dem Hause stehen, hielt die Hand über die Augen und spähte nach allen Seiten aus, ob jemand komme.

Die Sonne war untergegangen, es wurde dunkel.

Plötzlich kam die Frau; sie hatte sich vom Kopf bis zum Fuße angezogen, wie zur Kirche oder zum Jahrmarkt, sie trug rote Stiefeln, einen bunten Rock, und über dem gestickten frischen Hemde, das so weiß war wie Schnee, ihren neuen Pelz, von blauem Tuch mit weißem Lammfell, sie hatte wohl zehn Schnüre Korallen und Münzen um den Hals, dass es nur so funkelte, und ein rotes seidenes Tuch um den Kopf. Sie war ein schönes Weib, wie ich sie so ansah.

›Was hat sie nur vor‹, dachte ich.

›Gib mir die Stricke‹, sagte sie leise.

›Die Wäsche hängt auf den Stricken‹, erwiderte ich.

›So wirf sie zur Erde, wirf sie fort‹, sprach sie, ›und gib mir die Stricke.‹

Ich gab sie ihr und sie ging hinein, leise, wie eine Katze schlich sie sich. Wozu sie nur die Stricke braucht, dachte ich, näherte mich leise dem Fenster der Stube und blickte hinein. Mich konnten sie nicht sehen, da es schon vollkommen finster war draußen, ich aber sah alles genau, was in der Stube vorging, denn Eva Kwirinewa hatte ein Licht angezündet und auf den Tisch gestellt, und ich hörte auch alles, was sie sprachen, denn das Fenster war zerschlagen und nur so zur Not mit Papier verklebt.

Herr Delgopolski schlief auf der Ofenbank. Als jetzt das Licht auf ihn fiel, sah ich, dass sie ihn mit den Stricken gebunden hatte. Sie hatte ihm die Arme gebunden und die Füße und hatte ihn an die Bank gefesselt.

Eva Kwirinewa saß bei ihm als er erwachte. Er versuchte sich zu regen, sich zu erheben, aber die Stricke hinderten ihn.

›Was ist das für ein Scherz‹, rief er aus, ›und was sollen diese festlichen Kleider?‹

›Heute ist ein großes Fest für mich‹, erwiderte Eva, ›es ist der Tag gekommen, wo ich an Ihnen Rache nehmen kann.‹

Herr Delgopolski riss vergebens an den Stricken, dann begann er laut um Hilfe zu rufen, aber niemand hörte ihn als ich, und wie sollte ich ihm helfen, ich armes schwaches Mädchen.

Eva Kwirinewa saß ruhig da, die Arme über der Brust verschränkt und lachte. Es war ein furchtbares Lachen. ›Schweigen Sie, oder ich schneide Ihnen die Zunge heraus‹, sagte sie endlich, sprang auf und fasste ein Messer. Er schwieg. Er kannte sie offenbar. Sie war alles imstande, was sie sagte. Wie sie sah, dass er sich ihr ergab, warf sie das Messer auf den Tisch und setzte sich wieder zu ihm hin.

›Bereuen Sie, was Sie mir getan haben?‹, sagte sie ruhig, ja stolz.

›Soll ich etwa bereuen, dass ich ein schönes Weib mein genannt habe‹, versetzte Herr Delgopolski spöttisch, er ahnte noch nicht, was ihm bevorstand, ›und du bist heute noch schön, Eva, komm' küsse mich.‹

›Scherzen Sie nicht‹, sagte sie strenge, ›Sie haben schlecht an mir gehandelt, sehr schlecht, wie ein Teufel haben Sie an mir gehandelt. Ich habe Akenfy aus Liebe zum Manne genommen und habe ihm drei schöne Kinder geboren. Da kamen Sie –‹

›Bist du nicht eine Hexe?‹, rief Herr Delgopolski. ›Und einer Hexe Tochter? Hast du mir nicht einen Liebestrank gegeben?‹

›Ja, das habe ich getan.‹

›Was willst du also?‹

›Ich habe Sie geliebt und ich wollte Sie in meinen Armen sehen‹, sagte Eva.

›In deinen Armen!‹, rief Herr Delgopolski. ›Du wolltest mich zu deinen Füßen sehen und du hast es erreicht. Ich habe um deine Gunst gebettelt, wie um die Gunst einer Kaiserin.‹

›Gut, gut‹, rief sie, ›und dann? Habe ich Sie nicht glücklich gemacht? Habe ich nicht – als mein Mann – als Akenfy – als der Narr mir drohte –‹

›Habe ich ihm nicht Gift gegeben und auch den Kindern, meinen Kindern allen, als Sie Ihnen lästig wurden‹, sprach sie, immer ruhig, ohne sich zu regen.

›Habe ich es von dir verlangt, entsetzliches Weib!‹, schrie er auf.

Sie beachtete es nicht und fuhr fort. ›Sie aber haben eines Tages ein reiches Fräulein kennengelernt, das weiß war und blonde Locken hatte, und Samt und Seide trug und Zobel, und Sie haben mich verraten, verspottet, mit Hunden aus Ihrem Hofe gejagt, das Fräulein aber haben Sie zu Ihrer Frau gemacht. War es nicht so? Ja, so war es, und dafür werde ich Sie jetzt töten.‹

›Wahnsinnige!‹, schrie er auf.

›Ich bin ganz bei Vernunft‹, entgegnete sie. Dann stand sie auf, trug Stroh und Heu zusammen und zündete es an.

›Was tust du?‹, fragte er, er war ganz bleich und bebte am ganzen Leibe.

›Ich zünde mein Haus an‹, sagte sie mit ihrem bösen Lächeln, ›wir werden beide in den Flammen sterben.‹

Da wollte ich in die Stube, ich weiß selbst nicht wozu, ich armes schwaches Mädchen, ich versuchte die Türe aufzustoßen, aber sie war versperrt und verrammelt, ich rief Eva Kwirinewa, ich rief um Hilfe, aber mir antwortete nur das Prasseln des Feuers und der Wind, der klagend über die weite traurige Erde strich. Eine namenlose Angst fasste mich, ich konnte nicht einmal beten und so lief ich, wie sinnlos, in die Steppe hinein.«

Wir blickten jetzt alle zugleich nach der Richtung, wo das Haus der Eva Kwirinewa lag. Das Feuer war erloschen, der Rauch hatte sich verzogen, weithin war nichts zu sehen als die ruhige feierliche sternbeglänzte Steppennacht.

Lola

Es gibt einen weiblichen Typus, welcher mich seit meiner Jugend her unaufhörlich in Anspruch genommen hat.

Es ist dies das Weib mit den Sphinxaugen, welches grausam durch die Lust und lüstern durch die Grausamkeit wird.

Das Weib mit dem Tigerkörper, welches von dem Manne angebetet wird, obwohl es ihn quält und erniedrigt; dieses Weib ist immer dasselbe, sei es im biblischen Kleide, wenn es das Lager des Holofernes teilt, sei es unter dem funkelnden Panzer der böhmischen Amazone, die ihren Verführer aufs Rad flechten lässt, oder sei es, dass es, geschmückt mit dem Hermelinpelz der Sultanin, ihre Liebhaber in den Wellen des Bosporus verschwinden lässt.

Als sie mir das erste Mal erschien, dachte ich, sie würde eine sehr angenehme Gefährtin abgeben.

Ihr Vater war höherer Offizier in Lemberg und ein Freund meiner Familie. Wir waren beide noch Kinder, als sie mir den ersten Schrecken verursachte. Es war im Garten, wo wir uns ein kleines grünes Häuschen aus verschlungenen Zweigen erbaut hatten. Sie hatte mich soeben verlassen, um sich einige Schritte weiter auf eine Bank niederzulassen, wo ich sie in tiefe Träumereien versenkt glaubte. Ich näherte mich ihr ganz leise, ohne dass sie meine Annäherung bemerken konnte. Ich wollte sie überfallen, in meine Arme drücken und ihr einen Kuss geben, denn ich war verliebt in sie, das heißt wie eben ein Junge von zehn Jahren in ein kaum zwei Jahre älteres Mädchen verliebt sein kann.

Da sah ich, wie sie einem Halbdutzend noch lebender Fliegen die Flügel abriss und deren konvulsivische Zuckungen aufmerksam beobachtete.

Sie hatte einen Blick, welcher mich schaudern machte.

Dieser Blick hatte etwas Unbeschreibliches.

Es war wie ein wollüstiger Schmerz, eine teuflische Freude und ein lachender Schrecken zugleich.

Wer weiß es denn?

Ich fand diese Handlung abscheulich und dennoch faszinierte mich Lola, ich hasste sie in diesem Augenblick, und zu gleicher Zeit fesselte sie alle meine Sinne.

Ich war immer noch ein Kind, als sie schon eine große und schöne Jungfrau war. Demnach behandelte sie mich stets wie ein Kind. Sie ging so weit, mich zum Mitwisser ihrer kleinen Romane, ihrer Passionen und sogar ihrer Laster zu machen.

Sie liebte Pelzwerk leidenschaftlich und hatte ein fieberhaftes Bedürfnis, zu quälen.

Die Grausamkeit war ihr angeboren, wie bei anderen der Hang zum Putze oder romantischen Abenteuern.

Ich sah sie beinahe nie anders, als mit einer pelzgefütterten, geschmückten Kazabaïka.

Eines Tages, als wir vom Spaziergange zurückgekehrt waren, entledigte sie sich ihres Mantels und zog ihr Korsett aus. Noch einmal – ich war eben weiter nichts als ein Kind, und sie brauchte sich vor mir nicht zu genieren. Sie befahl mir, ihr beim Anziehen ihrer Kazabaïka behilflich zu sein.

Während sie sich mit nackten Armen, welche sie danach über ihrer herrlichen Büste kreuzte, in den weichen Pelz gleiten ließ, durchlief ein wollüstiger Schauer ihren ganzen Körper. Als ich ihr einen Kuss auf den Nacken drückte, warf sie mir einen unbeschreiblichen Blick zu, einen Blick, den ich sofort wiedererkannte. Es war derselbe, den ich bei ihr einst, als sie die armen Fliegen peinigte, wahrgenommen hatte.

»Wenn ich mit meinem Pelze umhüllt bin, deucht es mir, dass ich eine große Katze wäre«, sagte sie mir eines Tages, »und eine diabolische Lust ergreift mich, mit einer Maus zu spielen, aber es müsste eine große Maus sein.«

Dabei hatten ihre Augen in der Finsternis einen phosphoreszierenden Glanz angenommen und ihre Haare gaben ein elektrisches Knistern von sich, wenn man sie zu streicheln, zu glätten anfing.

Wenn diese feine Taille sich mit seidenweicher Haut umgab, das mollige Pelzzeug ihre Brüste und Hüften liebreichst umkoste, so hatte Lola für mich einen unsagbaren Reiz.

Sie strahlte dann den Geruch eines wilden Tieres, vermengt mit jenem der blutigsten Wollust, aus.

Sie gefiel sich in Situationen, die es ihr ermöglichten, Sklaven zu martern, Männer zu unterjochen und zu peinigen. Nach einer Vorstellung von »Essex« in der Oper sagte sie mir: »Ich würde gerne 10 Jahre meines Lebens hingeben, wenn ich ein Todesurteil unterschreiben und bei der Exekution anwesend sein könnte.«

Trotzdem war dieses Mädchen weder brutal noch exzentrisch. Im Gegenteil, sie war vernünftig, mäßig, und schien so zart und fein organisiert, wie alle sentimentalen Geschöpfe. Da es ihr nicht erlaubt war, in die Kaserne zu gehen, um den körperlichen Züchtigungen der Soldaten, welche zur Bastonnade oder zum Spießrutenlaufen verurteilt waren, beizuwohnen, wusste sie ein Freundschaftsbündnis mit der Frau eines Hüters, welcher der Präfektur zugeteilt war, zu knüpfen.

Dieser Frau lag es ob, die körperlichen Strafen an Kindern und Frauen zu vollstrecken. Sie erfüllte ihre Aufgabe ohne Mitleid, aber auch ohne Freude, ernst und ruhig, wie die Vollstreckung einer traurigen Pflicht.

Und dennoch stellte sie mehr als die nervöse Lola den Typus eines grausamen Weibes dar.

Sie war ein junges Weib mit mächtigen, derben Formen, entschlossener Miene, frischen Farben, einer herausfordernd stumpfen Nase, einem großen Mund mit vollen Lippen und grauen, kalten Augen.

Halb bürgerlich und halb bäuerisch gekleidet, zog sie meine Aufmerksamkeit stets auf sich, wenn sie in ihrer kurzen Bauernjacke aus Schafhaut, welche ihre breiten Hüften umflatterte, und dem kokett geknüpften roten Halstuche über den Hof ging.

Oftmals schlich Lola zur Zeit der Exekution in einen Winkel, wo sie sich teilweise verdeckt hielt, um den schönen weiblichen Büttel zu bewundern, der, seine Ruten schwingend, den linken Arm auf die Hüfte stützte. Sie schien sie um diese grausame Aktion zu beneiden.

Während der Unruhen von 1846 wurden viele Schüler, welche an den Verschwörungen teilgenommen hatten, verhaftet. Unter ihnen befand sich auch ein Gymnasialschüler, der kaum 16 Jahre zählte. Das

Gesetz erlaubte nicht, ihn »auf die Festung« zu schicken und er wurde daher zu 30 Rutenstreichen verurteilt.

Da tauchte bei Lola der seltsame Gedanke auf, die Vollziehung der Exekution zu übernehmen.

Da sie weder mit Mädchen noch Knaben, welche gestohlen oder sich sonst gemeiner Vergehen schuldig gemacht hatten, etwas zu tun haben wollte, bat sie die Frau des Kerkermeisters inständigst, ihr den jungen Revolutionär zu überlassen.

»Warum nicht«, sagte das junge Weib, »wenn es Ihnen Vergnügen bereitet.«

»O ja – ein großes Vergnügen!«

»Gut! Dieses Vergnügen werden Sie haben; aber mein Mann darf davon nichts wissen, weder er, noch sonst jemand.«

Der junge Schüler, welcher bereits ein männliches Aussehen hatte, wollte sich einer Abstrafung, welche er als schimpflich ansah, nicht unterwerfen. Er begann Widerstand zu leisten, warf sich der Kerkermeisterin zu Füßen, als sie sich in Begleitung zweier kräftiger Zuchtäuslerinnen nahte, um ihm die Hände und Füße zu binden.

»Schlage mich nicht«, bat er mit Tränen in den Augen. »Du würdest mich schimpflichst entehren!«

»Nicht *ich* werde dich schlagen«, sagte das junge Weib, nachdem sie die Assistentinnen wieder fortgeschickt hatte, »ein schönes Fräulein, welches mich um diese Gunst lediglich zu seinem Vergnügen gebeten hat, wird es tun!«

Der arme Junge verstand anfänglich nicht, aber als die Kerkermeisterin ihn in ihre Arme geschlossen und über eine Bank gelegt hatte und Lola in ihrer Kazabaïka mit einer Rute in der Hand und einer Maske aus schwarzem Samt über dem Gesichte vor ihm erschien und ihre Ärmel hochschürzte, da bat er neuerdings um Gnade – jedoch vergebens.

Lola näherte sich ihm ganz nahe und begann ihn zu peitschen.

Die Kerkermeisterin sah ihr, die Hände auf die Hüften gestützt, zu.

Als die Streiche heftiger wurden und der Unglückliche jämmerlich zu klagen anfing, stieß Lolas Freundin ein helles, brutales Lachen aus.

»Es ist dies das erste Mal, wo ich daran so viel Vergnügen finde«, rief sie aus.

Dann, als Lola geendet hatte, wollte die Kerkermeisterin noch einige Hiebe hinzufügen, bei welchen sie ihre ganze Energie entwickelte.

»Sie sagen, dass Ihnen dies Vergnügen bereitet hat?«, meinte Lola.

»Ich finde, dass dies zu wenig gesagt ist.«

»Ich habe, während ich peitschte, ein köstliches Gefühl empfunden und es schien mir, als müsste ich vor Glückseligkeit sterben.«

Die Stadt Graz, an dem schönen Flusse »Mur« gelegen, die ein Witzwort des Königs von Holland, Vater Napoleon des III.: »Die Stadt der Grazien an den Ufern der Liebe« (La ville des grâces sur les bords de l'Amour) benannt hat, ist der Zufluchtsort aller pensionierten Offiziere und Funktionäre Österreichs. Dort war es, wo sich eines Tages mein Vater und Lolas Papa, der General geworden war, wiederfanden. Hier fand ich auch nach einer großen Zahl von Jahren das schöne und seltsame Mädchen wieder.

Sie war größer und stärker geworden, während ihr Charakter der gleiche geblieben war. Sie trug stets eine pelzverbrämte Kazabaïka bei sich und über ihrer Ottomane war eine Peitsche befestigt.

»Sind Sie noch so grausam wie früher?«, frug ich sie.

»Wollen Sie eine Probe machen?«, antwortete sie lachend. »So brauchen Sie sich nur von mir hinreißen zu lassen!«

Ich hütete mich wohl und trachtete, ihr nicht allzu oft zu begegnen.

Eines Morgens, im Winter, fuhr sie ganz allein in einem offenen Schlitten vorüber; als sie mich erkannte, ließ sie den Kutscher halten und rief mich. Sie hob ihren Schleier auf. Sie war bleich und ihre Augen hatten ein entsetzliches Feuer.

»Wissen Sie, von wo ich komme?«, fragte sie mich.

»Es würde mir schwer sein, es zu erraten.«

»Gut! Ich komme von der Hinrichtung des Mörders Baron Jominis, der ich beigewohnt.«

»Lola! Sie scherzen!«, rief ich.

»Nein, wirklich, ich war dort; ich fühle noch in meinen gesamten Nerven die mystischen Wonnen dieses Schauspieles.«

Während sie dies sagte, kam ein Schütteln wie bei Frost über sie und sie presste den großen Pelz enger an sich.

»Und haben Sie nicht ein wenig Mitleid empfunden?«

»Ich habe bloß etwas bedauert.«

»Und dies wäre?«

»Dass ich nicht das Recht habe, ihn zu begnadigen.«

»Nun, und hätten Sie ihm Gnade angedeihen lassen?«

»O nein, wahrhaftig nicht, aber ich hätte mir gedacht, dass er auf meinen Befehl sterben müsse, und würde eine viel größere Lust gefühlt haben.«

»Lola«, schrie ich, »Sie sind verrückt.«

»Keineswegs, mein Freund; wenn ich sähe, dass meine Passionen mich den Männern verhasst machen, würde ich sie verbergen; aber ich weiß, dass ich, selbe offen und freimütig kundgebend, die Männer viel mächtiger fessle, als die anderen Frauen mit ihrem sentimentalen Augenaufschlag. Eine Frau, welche den Mann peinigt, wird immer angebetet werden. Der Pelz ist ein Aufregungsmittel hierzu.«

Was den Pelz anbelangt, hatte Lola recht. In diesem Augenblicke erschien sie mir in dem schweren wohligen Mantel, welcher sie umhüllte, wie ein schönes wildes Tier; und unwillkürlich streichelte ich ihren Pelz, als wenn er die warme Haut einer schönen Tigerin gewesen wäre.

Einige Monate später hörte ich, dass Lola an einen Ulanenmajor verheiratet und mit ihrem Gatten nach Ungarn, wo sein Regiment in einige Dörfer und Städtchen verteilt lag, abgereist war. Das junge Paar bewohnte das Schloss des Fürsten Bathyani, welches der Besitzer ihnen liebreichst zur Benützung überlassen hatte. Es war wieder Winter und Lola langweilte sich zum Sterben. Da sandte ihr das Schicksal ein fatales Spielzeug. Eines Abends hörte Lola im Kreise der Offiziere erzählen, dass ein junger Pole, welcher sich in die Politik gemischt hatte, wie das in Österreich öfters vorzukommen pflegt, als einfacher Soldat in das Regiment ihres Gatten gesteckt worden sei. Sie erbat sich den jungen Mann zur persönlichen Dienstleistung.

»Zu welchem Zweck?«, frug sie ihr Gatte. »Wenn es geschieht, sein Schicksal zu erleichtern, so ist es von dir nichts als eine romantische Laune. Ein Verräter verdient kein Mitleid.«

»Eben deswegen«, sagte Lola ruhig, »ich will ihn selbst für seinen Verrat bestrafen.«

Sie brachte es zustande, ihrer Laune Geltung zu verschaffen. Der Pole wurde dem Schlosse auf Befehl Lolas als Diener zugeteilt. Nun langweilte sie sich nicht mehr. Es war für sie ein teuflisches Vergnügen, den jungen Mann, welcher aus guter Familie stammte, zu demütigen, zu quälen und zu peinigen; und dies alles ließ der Unglückliche über sich ergehen; es schien sogar, als ob er die Qualen, welche seine Herrin an ihm vollzog, mit einer gewissen Bereitwilligkeit auf sich nahm. Lola bemerkte dies. Eines Tages kehrte sie von einem Spazierritte heim. Nachdem sie ihre Kazabaïka angezogen hatte, befahl sie dem jungen Polen, ihr die Stiefel auszuziehen und ihre kleinen Seidenpantoffeln anzulegen. Indem er dieser angenehmen Pflicht kniend nachkam, konnte der Unglückliche der Versuchung nicht widerstehen, den eleganten kleinen Fuß seiner Herrin an seine Lippen zu drücken. Sie aber stieß ihn heftig zurück, ließ ihn in den Hof bringen und sah mit dem Ausdrucke einer grausamen Freude von ihrem Fenster aus der Bastonnade zu, die er auf ihren Befehl aufgemessen bekam.

Von diesem Augenblicke an war das Schicksal dieser zwei Geschöpfe entschieden. Einige Tage später verließ der Major seine Gattin, um eine kleine Inspektionsreise vorzunehmen.

Als er zurückkehrte, fand er die Türe des Schlafzimmers geschlossen. Nach Sprengung der Türe gewahrte er den Polen in Lolas Armen. Beide aber waren tot.

Einige Zeilen von der Hand des unglückseligen jungen Mannes gaben die nötige Aufklärung. Er hatte Lola geliebt und ihr, um sich für die grausame Behandlung zu rächen, erst Gewalt angetan, sie dann ermordet und sich getötet.

So endete dieses grausame Weib. Seitdem habe ich oftmals Frauen dieses Typus wiedergesehen, denn die östlichen Gegenden sind die eigentlichen Geburtsstätten dieser schönen Tigerinnen in Samt und Pelz, und ich habe immer mehr und mehr das mystische und erschreckliche Problem der wollüstigen Grausamkeit verstehen gelernt.

Die meisten Charakterzüge dieses grausamen Typus, mit dem Zauber, welchen sie auf den Mann ausüben, scheinen mir nichts anderes zu sein, als die Kundgebungen von Atavismus. Die Natur hat, ihre Wesen erschaffend, ihnen die Erinnerungen der primitivsten Zeiten zurückgelassen. Überall in der Natur verteidigt sich das Weibchen zuerst gegen die Liebkosungen des Mannes. Ohne Zweifel war der Mensch seit Langem denselben Naturgesetzen unterworfen.

Jeder Eroberung war demnach ein Ringen vorangegangen. Deswegen wohl wird das Weib noch heute instinktmäßig dazu getrieben, den Mann zu quälen. Und deswegen auch rufen diese schlechten Behandlungen des Mannes vonseiten des Weibes bei ersterem die Illusion der Weiblichkeit hervor.

Und so ist es jedes Mal. Der Pelz erinnert auch an die Vorzeiten, wo die Menschen zottig waren, und ruft die Empfindung einer wilden, bestialischen Kraft hervor, welche den schwachen modernen Mann völlig berauscht.

Die Verwandtschaft zwischen Grausamkeit und Wollust ist daher wohl ein atavistischer Zug. Die Bienen töten ihre Männchen nach der Begattung. Ebenso erzählt uns die Legende, dass die skythischen Amazonen die Männer wie Sklaven behandelten und sie nach dem Beischlafe töteten.

Ein anderes Beispiel. Es gibt Tiere, welche krepieren, indem sie sich vermehren. Ebenso berühren sich beim Menschen im Augenblicke des Liebesdeliriums die zwei Pole – der Tod und das Leben.

Wie oft stammeln die Liebenden in der Verzückung ihres Glückes: »Jetzt sterben!« Nichts erscheint bei Liebenden natürlicher und leichter als Selbstmord.

Es ist wohl dieselbe Reminiszenz, welche bewirkte, dass in den Mysterien des Eleusis im Augenblicke der Geburt eines neuen Lebens sich die tolle Lust zeigte, zu quälen, zu verstümmeln, zu töten, gepeinigt und getötet zu werden.

Darum auch ist der Soldat, welcher jederzeit bereit ist, den Tod zu empfangen und ihn zu geben, der Günstling der Frauen.

Theodora

Eine rumänische Geschichte

Es war an einem unfreundlichen Novembertag, genauso unfreundlich, wie die Botschaft, die er brachte, als Baron Andor bei Theodora Wasili eintrat und ihr verkündigte, dass er sie verheiraten werde.

Sie war ein Mädchen aus dem Dorfe und die schönste, stolzeste unter diesen Erscheinungen, die alle noch ihren römischen Ursprung verraten. Der Baron sah sie einmal in der Schenke tanzen und gewann ihr Herz durch ein paar Schnüre großer, roter Korallen, die noch dazu falsch waren, und durch ein Schminktöpfchen, das er beim jüdischen Krämer für sie kaufte, denn diese Naturkinder schminken sich alle.

Später beschenkte sie der Baron allerdings reicher. Sie ging gleich einer Bojarin einher und nahm mehr und mehr die Gewohnheiten einer vornehmen, verwöhnten Dame an. Auch jetzt, wo seine Worte sie wie ein Blitzstrahl trafen, saß sie in der Ecke, auf dem türkischen Diwan in roten, goldgestickten, türkischen Pantoffeln und einer rotsamtenen, mit Marder besetzten Pelzjacke da, von der sich ihr strenges Antlitz mit den großen, dunklen Augen und dem schwarzen Haar fast dämonisch abhob.

Sie hatte ihre Hände in den weiten Ärmeln verborgen und ihre Füße ruhten auf einem großen Bärenfell. Sie sah den Baron an und erwiderte kein Wort, ja sie regte sich nicht einmal. Sie war starr vor Entsetzen bei dem Gedanken, diese Räume zu verlassen und wieder Bäuerin zu werden.

»Bogulescu, den ich für dich ausgesucht habe, ist der reichste Bauer im Dorfe«, fuhr der Baron fort, »und außerdem sollst du alles mitbekommen, was du nötig hast. Ich hoffe, du wirst gescheit sein, Theodora.«

Sie war in der Tat gescheiter, als der Baron es erwartet hatte. Keine Klage, keine Drohung kam über ihre Lippen, sie gehorchte stumm und ergeben. Sie war zu stolz, etwas zu erwidern. Als der Baron sich zu ihr herabneigte und sie auf die Stirne küsste, lächelte sie sogar, aber es war ein kaltes, hässliches Lächeln.

Erst als der Baron das Zimmer verlassen hatte, sprang sie auf, ging durch das Zimmer, trat an das Fenster, blickte lange hinaus in die herbstliche Landschaft und warf sich dann plötzlich vor dem Muttergottesbilde, unter dem ein blaues Lämpchen brannte, nieder, um unter heißen Tränen zu beten.

Bogulescu nahm sie, weil sie eine gute Partie war. Sie bekam ein paar schöne Pferde mit, ebenso viel Kühe, fünfzig Lämmer und auch bares Geld, eine Summe, die der Baron gewohnt war, in einer Nacht zu verspielen, die jedoch für den rumänischen Bauer ein Vermögen bedeutete.

Bei der Hochzeit spottete man ebenso gut über sie, wie über ihn. »Sie habe gemeint, Baronin zu werden«, hieß es, »und nun müsse sie ihre Gänse weiden, wie jede andere«, und er bekam noch bösere Dinge zu hören, aber Bogulescu war ein Philosoph, er setzte sich darüber hinweg.

Nachdem er den Pferden und Kühen den Rücken geklopft, sich an den Lämmern sattgesehen und das Geld geküsst hatte, nahm er die Frau, ohne einen Seufzer auszustoßen, mit in den Kauf. Von Liebe war zwischen den beiden keine Rede, noch weniger von Achtung, und so gab es von Anfang an keine sonderlich glückliche Ehe, umso mehr, als bald darauf Baron Andor eine junge schöne Dame aus der Hauptstadt als Frau heimführte und Theodora noch mehr als früher den Kopf hängen ließ und die Hände in den Schoß legte.

Niemand verstand, was sie litt. Vor allem war sie das schwere Leben, die harte Arbeit und die grobe Kost einer Bäuerin nicht mehr gewöhnt.

Sie duldete stumm und trotzig, aber sie wurde täglich bleicher und magerte sichtlich ab. Den Winter hindurch saß sie ganze Tage beim Feuer, starrte in die Flammen und brütete in dumpfem Sinnen.

Einige Zeit sah Bogulescu zu, als es aber Frühjahr geworden war, das Ackern und die Aussaat begonnen hatten und Theodora noch immer die Hände in den Ärmeln ihres Schafpelzes vergrub, da wurde er ungeduldig und endlich brach eines Tages sein Zorn gegen die Frau los. Allerdings war Bogulescu seiner sittlichen Empörung durch mehrere Gläschen kräftigen Kornbranntweins zu Hilfe gekommen, sonst hätte es ihm doch an Courage gefehlt, mit der »Baronin«, wie man seine Frau im Dorfe nannte, anzubinden.

Er kam plötzlich herein und begann laut zu schreien.

»Willst du endlich aufhören, zu schlafen? Willst du arbeiten, Faulenzerin, oder soll ich dich dazu antreiben, wie ein blödes Vieh?«

»Ich glaube, du bist betrunken«, erwiderte Theodora, ohne sich zu rühren.

Da ging ihr Mann auf sie zu und wollte sie schlagen, aber er kam an die Unrechte. Sie sprang auf und stellte sich ihm mit flammenden Augen, wogender Brust und geballten Fäusten entgegen.

Sie glich in diesem Augenblick einem schönen Raubtier und hätte wohl noch einem Mutigeren, als es Bogulescu war, Furcht einflößen können. Ihr Mann wich zurück, brummte einige unverständliche Worte und verließ endlich die Stube als Besiegter.

Von da an legte er Theodora nichts mehr in den Weg, nährte aber im Stillen die Hoffnung, dass der Tod ihn bald von ihr befreien werde, denn sie bekam hohle Wangen und alle Welt sagte, dass sie die Auszehrung habe.

Indes kam es anders, als die Leute im Dorfe es erwartet hatten. Eines Tages im Herbst brachte man Bogulescu auf seinem Wagen tot aus dem Walde. Eine riesige Tanne, die er für den Baron fällen sollte, hatte ihn erschlagen.

Plötzlich änderte sich Theodora vollständig. Das Träumen und Brüten war zu Ende, die unnütze Frau, die Faulenzerin, die Baronin zeigte sich plötzlich tatkräftig, arbeitsam, klug und umsichtig.

Sie führte fortan die Wirtschaft selbst, ging als die Erste hinaus auf das Feld, kehrte als die Letzte heim und arbeitete für drei. Die Dorfleute staunten sie nun an. Ja, während sie gemeint hatten, nun würde alles verfallen, blühte im Gegenteil alles auf, die Äcker gaben besseren Ertrag, das Vieh wurde fetter und auch Haus und Hof gewannen ein freundlicheres und reinlicheres Ansehen.

Die größte Veränderung ging aber mit Theodora selbst vor. Sie erholte sich nicht nur rasch, sondern wurde bald stark und gesund, ihre Wangen wetteiferten an Frische und Farbe mit jenen der jüngsten Dorfschönen, und ihre Augen leuchteten mehr als je.

Es währte nicht lange und die junge Witwe galt in der ganzen Gegend als das fleißigste und schönste Weib, und zahlreiche Bewerber fanden sich ein. Sie empfing jeden freundlich, aber sie erklärte, dass sie ihre Freiheit nicht wieder aufgeben und um keinen Preis zum zweiten Male heiraten werde. Endlich ließ man sie in Frieden. Während aber einerseits alle jungen Männer mit sehnsüchtigen Seufzern nach ihr blickten, wenn sie in ihrem bunt geflickten Lammpelz, Korallen und Goldmünzen um den Hals, rote Stiefel an den Füßen, sonntags zur Kirche ging, fürchteten sie doch zugleich den »schönen Satan«, wie man jetzt Theodora allgemein nannte.

Sie verstand es, ihre Wirtschaft und ihre Leute zu regieren. Wehe demjenigen, der nicht gehorchte oder irgendeinen Fehltritt beging. Dann spaßte sie wahrhaftig nicht. Man betrachtete sie endlich als eine

Art Besserungsanstalt. Wenn eine Dirne, ein junger Bursche nicht gut tun wollten und alle Mittel erschöpft schienen, gaben die Eltern den Ausbund zu Theodora Bogulescu in Dienst und sie zähmte jeden Wildfang in kürzester Frist.

In dieser Zeit weilte Baron Andor selten auf seinem Gute. Den Winter verbrachte das junge Paar in Wien oder in Paris, den Sommer in einem Modebade. Wenn sie je in die Heimat kamen, so sah man sie nur selten außerhalb des Herrenhauses, das ein großer Park umgab, und so kam es, dass der Baron und Theodora sich seit Jahren nicht begegnet waren.

Plötzlich wurde erzählt, der Baron habe infolge seines glänzenden Auftretens im Auslande einen großen Teil seines Vermögens eingebüßt und sich entschlossen, einige Jahre auf seinem Gute zu leben, um das Verlorene einzubringen.

Theodora hörte die Kunde ohne jede Erregung, wie es schien, als sie aber eines Tages dem Baron auf der Landstraße begegnete, wurde sie purpurrot und fühlte ihr Herz gewaltig pochen. Sie ritt in die Stadt, wo eben Jahrmarkt war, und saß wie ein Mann im Sattel, die Peitsche in der Hand, während der Baron ihr langsam auf seinem englischen Pferde entgegenkam. Er fixierte sie, erkannte sie aber erst, als sie vorüber war.

»Theodora!«, rief er.

Sie hielt und wendete sich im Sattel um.

»Was wollen Sie von mir?«

»Dich fragen, wie es dir geht.«

»Das kümmert Sie wohl wenig.«

»Du siehst ja prächtig aus.«

»Gottlob, ich bin gesund.«

Sie hatte dies alles über die Schulter hinweg, mit einem kalten Lächeln gesprochen, und jetzt, ohne eine neue Frage abzuwarten, trieb sie ihr Pferd mit der Peitsche an und sprengte davon.

Im nächsten Frühjahre begann die Revolution. Die rumänischen Bauern, welche sich wiederholt gegen ihre Herren erhoben hatten und jedes Mal mit Waffengewalt niedergeworfen worden waren, benützten die allgemeine Bewegung, welche ganz Europa ergriffen hatte, zu einem neuen Versuch, das verhasste Joch abzuschütteln. Der allgemeinen

Auflehnung folgten blutige Exzesse, diesen die offene Empörung. Die waffenfähigen Männer eilten in die Berge, wo sie, meist unter der Führung ehemaliger Räuber, zahlreiche Banden bildeten, und bald wütete in allen Tälern der Krieg; die Edelhöfe wurden überfallen, die Herren und ihre Beamten und Diener misshandelt oder ermordet, alles bewegliche Eigentum wurde geraubt und sodann in den verwüsteten Gebäuden Feuer angelegt.

Baron Andor machte sich eben bereit, nachdem er seine Frau vorangeschickt hatte, sein Gut zu verlassen, als auch bei ihm die Plünderer erschienen. Vergebens suchte er sich durch den Park zu retten, er wurde entdeckt, eingeholt und in den Hof zurückgeschleppt. Während die anderen raubten, beratschlagten die Führer, ob sie den Baron an das Scheunentor annageln oder sich damit begnügen sollten, ihm eine Tracht Hiebe zu geben.

Da erschien Theodora unter ihnen.

»Was wollt Ihr mit dem Herrn?«, fragte sie.

»Rache nehmen«, gab man ihr zur Antwort.

»Dann gebet ihn mir«, rief sie, »er hat niemandem so großes Unrecht zugefügt, wie mir, ich werde ihn bestrafen, wie es ihm gebührt.«

Die Bauern aus dem Dorfe, welche gleichfalls die Waffen ergriffen und sich den Insurgenten angeschlossen hatten, stimmten ihr lachend bei.

»Ja, sie soll ihn haben«, riefen sie, »das ist noch schlimmer, als wenn wir ihm den Tod geben.«

»Nimm ihn also, er ist dein«, entschied der Anführer.

Theodora löste rasch einen Strick, mit dem sie ihre Bunda gegürtet hatte, und band dem Baron die Arme auf den Rücken.

»So«, murmelte sie, »jetzt wollen wir die Hochzeit feiern!«

Dann stieß sie ihn mit der Faust in den Rücken und trieb ihn mit einer Gerte, die sie vom Zaun brach, vor sich her.

Andor ging, den Kopf gesenkt, stumm und verzweifelt vor ihr her. Er wusste, dass er verloren war, dass ihm bei diesem Weibe weder Flehen noch Drohungen etwas nützen würden. Womit wollte er ihr auch drohen? Für den Augenblick war die Rebellion Herrin des Landes, und womit wollte er sie rühren?

Vor der Türe ihres Hauses blieb er stehen und sprach:

»Wenn du mich töten willst, so töte mich gleich.«

»Hast du mich gleich getötet?«, fragte sie mit einem höhnischen Blick. »Nein, du hast mich langsam morden wollen, und wenn ich heute noch lebe, so ist dies nicht dein Verdienst. Sterben sollst du, aber langsam, nachdem du alle Qualen gelitten, die du mir bereitet, du Unmensch.«

Sie stieß ihn in den Hühnerstall und schob den Riegel vor. Hier blieb er auf dem Stroh liegen, bis die Insurgenten fortgezogen waren. Dann öffnete Theodora die Türe und hieß ihn herauskommen. Während ihr Knecht einen Ochsen herausführte, zog sie selbst den Pflug hervor und spannte Andor vor denselben.

Er leistete keinen Widerstand, er wusste, dass er dadurch seine Lage verschlimmern würde. Es galt Zeit zu gewinnen, dann konnte ihn vielleicht noch ein Zufall, das Erscheinen von Soldaten, retten.

Nachdem sie den Ochsen neben ihn gespannt hatte, ergriff sie die Zügel und die Peitsche, und der Pflug setzte sich in Bewegung. Der Knecht folgte.

Auf dem Acker angelangt, trat er hinter den Pflug und Theodora trieb das seltsame Gespann an. Bald hatte sich eine neugierige Menge, meist Frauen und Kinder, versammelt, welche das unerhörte Schauspiel anstaunten und den unglücklichen Gutsherrn noch mit Schimpf und Spott verfolgten.

Nachdem Theodora noch drei Tage mit ihm gepflügt hatte, war Andors Kraft zu Ende. Am vierten Tag hielt er plötzlich mitten im Acker inne.

»Ich kann nicht mehr«, murmelte er, »beim besten Willen nicht.«

Sie trieb ihn kräftig an und wieder ging es einige Zeit, dann stürzte er zu Boden, aber Theodora gab nicht nach, und er erhob sich noch einmal und beendete sein Tagewerk.

Als sie ihn das nächste Mal wieder einspannen wollte, sank er in die Knie und flehte um Mitleid.

»Hast du mit mir Mitleid gehabt?«, gab sie ihm zur Antwort. Statt ihn zu schonen, spannte sie ihn diesmal allein in den Pflug.

Nachdem Andor keuchend die dritte Furche gezogen hatte, brach er zusammen. Theodora riss ihn empor, er stürzte von Neuem nieder.

»Erbarmen, Theodora!«, rief er stöhnend, dann lief ihm ein Blutstrom aus dem Munde.

Sie betrachtete ihn, die Arme in die Hüften gestemmt, mit einer ruhigen Befriedigung.

Er war auf die schwarzen Schollen hingesunken, die er mit seinem Blute färbte.

»Ich sterbe«, murmelte er.

»Das sollst du«, sprach sie, »wie ein Tier sollst du unter freiem Himmel krepieren, dann wird dir Gott verzeihen.«

»Weshalb hasst du mich so?«

»Weil ich dich zu sehr geliebt habe.«

Andor seufzte tief auf. Es war der letzte Ton, den er von sich gab.

Als er tot war, sah ihn Theodora noch ein letztes Mal an, dann kehrte sie langsam nach Hause zurück, lud die Flinte ihres verstorbenen Mannes und verließ das Dorf, um sich den Insurgenten anzuschließen.

Als der große Kampf zu Ende war, erzählte einer der Rebellen, der wieder zu seinem Pflug zurückgekehrt war, dass Theodora in einem Gefecht mit Truppen durch eine feindliche Kugel geendet hatte.

Man musste es glauben, denn seiter hat man nie wieder von ihr gehört.

Die Toten sind unersättlich

Du hast mich beschworen aus dem Grab
Durch deinen Zauberwillen,
Belebtest mich mit Wollustglut,
Jetzt kannst du die Glut nicht stillen.

Press' deinen Mund an meinen Mund,
Der Menschen Odem ist göttlich!
Ich trinke deine Seele aus,
Die Toten sind unersättlich.

Heine

Bei uns lernt man sich so leicht kennen, bei den Bauern haben die Türen keine Schlösser und die Hütten noch häufiger keine Türen, und die Tore der Gutsbesitzer stehen auch noch einem jeden offen.

Wenn ein Gast zu Abend kommt, gibt es keine betrübten oder ängstlichen Gesichter wie in dem gemütlichen Deutschland, und es fällt den Familiengliedern nicht ein, einzeln in die Küche zu schleichen und dort heimlich ihr Nachtmahl zu verzehren, und zu den Feiertagen, wenn Verwandte und Freunde sich von weither zusammenfinden, da werden Rinder, Kälber und Schweine, Hühner, Gänse und Enten geschlachtet und der Wein fließt in Strömen wie in homerischen Zeiten.

Ich kam also zu der Familie Bardossoski, wie eben ein Edelmann in das Haus des andern kommt, ohne viel Umstände, und kam bald jeden Abend hin. Ihr Herrenhaus lag auf einem kleinen Hügel und unmittelbar hinter demselben stiegen die grünen Vorberge der Karpaten empor. Die Familie hatte sehr viel Angenehmes an sich, das Beste war aber, dass die beiden Töchter des Hauses bereits ihre Verehrer besaßen, ja die jüngere sogar in aller Form verlobt war, man sich also ungezwungen unterhalten und sogar, was Polinnen gegenüber unerlässlich ist, ein wenig den Hof machen konnte, ohne gleich für einen Bewerber angesehen zu werden.

Herr Bardossoski war ein echter Landedelmann, schlicht, fromm und gastlich, stets heiter, aber nicht ohne jene stille Würde, die kein äußeres Mittel braucht, um sich zur Geltung zu bringen. Seine Frau, eine kleine üppige, noch immer hübsche Brünette beherrschte ihn ebenso vollkommen, wie die Königin Maria Kasimira den großen Sobieski beherrscht hat, aber es gab Dinge in denen der alte Herr nicht zu scherzen beliebte, dann genügte ein Drehen seines langen Schnurrbartes oder ein hastig herausgestoßenes blaues Wölkchen aus seiner Pfeife, das rasch zu einer respektablen Wolke anwuchs und ihn gleich dem Göttervater Zeus einhüllte, und niemand wagte mehr zu wiedersprechen. Ich habe ihn nie ohne diese lange türkische Pfeife mit dem Kopfe aus rotem Ton und dem Bernsteinspitzchen gesehen, die dem Fremden bei uns zu sagen scheint, du bist nicht mehr in Europa, mein Freund, hier ist jenes Morgenland, aus dem deine ganze Weisheit kommt, aus dessen unversiegbaren Quellen alle deine Denker und Poeten geschöpft haben. Bardossoski hatte 1837 unter Chłopicki gefochten und war im Jahre 1848 unter Bem bei Schäßburg verwundet worden. Im Jahre 1863 hatte er seinen einzigen Sohn zu den Insurgenten geschickt und durch den mörderischen Stoß einer Kosakenlanze verloren; von diesem Sohne war nie die Rede, aber sein Bild von einem welken Kranz und einem verstaubten Trauerflor umgeben, hing über dem Bette des Alten zwischen zwei gekreuzten krummen Säbeln.

Von den beiden Fräuleins war die ältere Kordula das, was man interessant nennt, hoch und gut gewachsen, mit prachtvollem dunklem Haar, schönen Zähnen, grauen Augen, aus denen eine durchdringende Klugheit sprach, und einem Gesichte, in dem sowohl um die kleine Stumpfnase als die aufgeworfenen Lippen eine unbeugsame Festigkeit lag; die jüngere, Aniela, dagegen eine jener unendlich weißen, rosenwangigen blonden Schönheiten, welche immer sehr ermüdet scheinen, deren blaue Augen auch im Wachen träumen und deren tiefes Atemholen wie Seufzer klingt. Diese war es, welche bereits den Verlobungsring am Finger trug.

Ich lernte auch die beiden jungen Männer kennen, welche die Herzen dieser so verschiedenen Schwestern erobert hatten. Der Verehrer der älteren war ein Herr Husezki, der in dem nahen Städtchen das Amt eines Adjunkten bei Gerichte bekleidete. Er zeigte jenen Ernst und wissenschaftlichen Eifer, welcher die jüngere Generation bei uns auszeichnet, war französisch gekleidet, trug Brillen und zupfte stets an seinen schneeweißen Manschetten.

Der Bräutigam der schönen Aniela war ein Gutsherr aus der Nachbarschaft und nannte sich *Manwed Weroaki*, ein hübscher junger Mann mit blitzenden Zähnen unter einem kleinem schwarzen Schnurrbart, kurzem gelocktem dunklem Haar, schmachtenden Augen, jederzeit in weiten Pantalons, welche in hohen Stiefeln staken und einem Schnürrock, alles von schwarzer Farbe. Er rauchte Zigarren, liebte es das Gespräch auf Literatur zu bringen, und war imstande, hundert Verse aus dem Pan Thadeus oder Konrad Wallenrod des Mickiewicz auswendig herzusagen. Sein Lieblingsstück war die Geschichte von Demeyko und Doweyko und er verstand es den Zweikampf derselben über der Bärenhaut so drastisch vorzutragen, dass er sogar dem alten Herren jedes Mal ein Lächeln abnötigte, das sich rührend kindlich in seinen weißen Schnurrbart stahl.

Noch war ein dritter junger Herr da, der die Gewohnheit hatte, immer zu spät zu kommen und diese üble Gewohnheit war sein Fatum, denn er war auch bei Panna Aniela zu spät gekommen und begnügte sich jetzt damit, sie unausgesetzt anzusehen und sooft sie eine Bewegung machte, aufzuspringen und alle nur möglichen Gegenstände herbeizuschleppen, und so kam es, obwohl er sich einbildete ihre Wünsche zu erraten dass er einen Fußschemel brachte, wenn sie eine Schere verlangte und den beim Fell emporgehobenen kleinen Wachtelhund eine Luftfahrt machen ließ, wenn ihr feuchter Blick ihrem Taschentuch galt. Er hieß Maurizi Konopka, hatte ein Nachbargut gepachtet, auf dem er mit Maschinen arbeitete und überhaupt in allem genau nach dem Buche vorging, zum Erstaunen der Bauern; und erschien nie anders als im Frack, weißer Weste, Glacéhandschuhen, durchbrochenen Strümpfen und Ballschuhen. Da er stets erst ankam, wenn der ganze Kreis versammelt war und sich noch überdies alle Mühe gab, gleich einem Gespenste, unhörbar hereinzuschreiten, so erblickte man ihn gewöhnlich erst, wenn er auf seinen leichten Sohlen mitten im Zimmer stand, und da er es für unanständig hielt durch einen lauten Gruß oder ein Räuspern auf seine Gegenwart aufmerksam zu machen, geschah dies so plötzlich, dass in der Regel alle zusammenschraken, mit Ausnahme des alten Helden, der höchstens für einen Augenblick die Pfeife aus dem Munde nahm, was aber freilich bei ihm schon viel sagen wollte.

Maurizi war ein ausnehmend hübsches Milchgesicht jener Art, die von reifen erfahrenen Schönheiten bevorzugt wird, aber sehr wenig geeignet das Ideal eines Mädchentraumes vorzustellen, daher ihm auch das herbe Los zuteil wurde, Abend für Abend, und die galizischen Winterabende sind lang, mit Herrn Bardossoski und dem ernsthaften Adjunkten Tarock zu spielen, während wir anderen mit den Mädchen plauderten.

Anielas Verlobter gewann von Anfang an meine Sympathien für sich, er erzählte vortrefflich, was ihm bei vielen den Ruf eines Aufschneiders eintrug, dafür bestritt er aber auch in der Regel die Kosten der Unterhaltung, ohne dabei je dem bescheidenen Wesen untreu zu werden, das den Polen in Damengesellschaft so liebenswürdig macht. Wir wurden schnell vertraut, besuchten uns gegenseitig und gingen viel zusammen auf die Jagd. Wenn wir dann recht müde und ausgehungert, gleich den sieben Schwaben, mit einem Hasen als Beute bei ihm ankamen, wurde sofort der Samovar hereingebracht und der brave Valenty kam, uns die kotigen Stiefel auszuziehen. Dann half kein Verwahren, ich musste ein Paar von Manweds Saffianpantoffeln anziehen und einen seiner köstlichen Schlafröcke, er selbst stopfte mir die lange Pfeife und mir blieb nichts übrig als die Nacht unter seinem gastlichen Dache zuzubringen.

Dann trieb er allerlei Possen, zog die Leintücher aus den Betten, hüllte sich in dieselben und wandelte als Gespenst im Hause umher, seufzend und wehklagend, um endlich den alten Valenty, der inbrünstig betete, bei den Füßen unter seinem großen Kotzen hervorzuziehen und den Mägden mit einem geschwärzten Kork Schnurrbärte zu malen.

In der Nähe von Manweds Edelhof lag einsam auf einem breiten und flachen Felsen das alte halb verfallene Schloss Tartakow, von dem mancherlei unheimliche Sagen lebten.

Einmal, an einem schwermütigen Winterabend, während der Schnee mit weißen Geisterfingern leise an die Fenster pochte, der Wind dem roten Kaminfeuer wunderliche Melodien entlockte, und in weiter Ferne ein Wolf heulte, brachte Aniela die Rede auf dasselbe.

»Haben Sie schon gehört«, sagte sie, »dass die Ruine bewohnt sein soll?«

»Wer kann in dem öden zerbröckelten Mauerwerk wohnen, als etwa Eulen oder Raben«, bemerkte Herr Husezki sehr verständig, wie es einem gebildeten, mit den Wissenschaften vertrauten jungen Mann ziemte.

»Nun, es gibt allerhand Bewohner dort«, versetzte Frau Bardossoska, »wenn man den Landleuten glauben darf.«

»Das ist gewiss, dass ein alter grauer Mann oben zu sehen ist, eine Art Kastellan«, sagte Aniela, »er trägt Kleider wie man sie vor vielen Hundert Jahren getragen hat und unsere Bauern behaupten, er sei an tausend Jahre alt, und in einem großen wohlerhaltenen Saale steht ein zauberhaft schönes Marmorweib mit toten weißen Augen, das soll in gewissen Nächten lebendig werden und durch die düsteren Gänge wandeln, allerlei Spuk im Gefolge, und seltsame Stimmen werden dann laut, ein wildes Heulen, ein schmerzliches Klagen, ein süßes Locken –«

»Bah«, machte der Adjunkt, »eine Äolsharfe, ich selbst habe sie schon gehört.«

»Wer weiß, der Boden hier ist von Dämonen bevölkert«, sprach Manwed, »in den Hütten der Bauern rumort der Did[1] und hilft heimlich die Kühe melken, fegt die Stuben, wäscht das Geschirr, striegelt die Pferde, und lässt sich nur dann blicken, ein Männchen von einem Fuß Höhe und langem grauem Bart, wenn der Herr des Hauses sterben soll; an dem Ufer der Teiche und Flüsse, im schwarzen Dickicht, wiegt sich die Russalka[2] auf schwankenden Zweigen und singt und bindet aus ihrem Haare goldene Fesseln, mit denen sie den Betörten, der ihr naht, gefangen nimmt und eine goldene Schlinge in der sie ihn erwürgt; in den von grünem Gitterwerk verschleierten Höhlen des Gebirges wohnen die mutwilligen und verliebten Majki[3], welche hoch oben auf grünen Wiesen ihre Zaubergärten mit goldenen Zäunen einschließen, Brücken aus Perlen über die rauschenden Wasser bauen, und auf blumigen Waldblößen tanzen, sie entführen Jünglinge, die ihnen gefallen und bezaubern sie mit ihren duftigen bekränzten Locken, ihren zarten Gliedern, aber in ihrem schönen Antlitz, in ihren blitzenden Augen wohnt keine Seele. Die Wölfe in Rudeln durchstreifen die wilden Weiber, die das Volk auch die Göttinnen[4] nennt, Wälder und Berge, ein entsetzliches Geschlecht, das die Kinder der Menschen entführt und ihre hässlichen Wechselbälge in ihrer Wiege zurücklässt, das die alten Männer zu Tode kitzelt und die jungen nach der Brautnacht grausam erdrosselt. Unter dem Volke wohnen auch die Wissenden,[5] welche die geheimen Kräfte der Natur beherrschen, welche das Pestkraut kennen und die giftigen Schlangenbisse heilen, sie können den Sternen das Licht nehmen und den Menschen die Gesundheit, wenn ihr Leib schläft, fliegt ihre Seele als Vogel aus und zu gewissen Zeiten reiten sie auf einem schwarzen Kater nach Kiew und halten über der Heiligen Stadt schwebend, hoch in den Lüften ihre Versammlungen. Ja, hier bei uns nehmen Sterne, die zur Erde

1   Hausgeist der Kleinrussen.

2   Die Nixe der Kleinrussen.

3   Majka heißt die Elfe der galizischen Karpaten.

4   Bochinki.

5   Widma, die wissende, die Hexe der Kleinrussen, aber ohne den zynischen Charakter der deutschen.

fallen Menschengestalt an und werden zu Vampiren,[6] und es gibt Menschen mit dem bösen Blick und nachts irren die Seelen der Kinder umher und verlangen nach der Taufe.

Weshalb sollte es hier nicht auch allerlei Spuk geben und ein schönes Weib aus kaltem Marmor, dessen weiße Glieder zur Mitternachtsstunde das warme Blut des Lebens durchströmt!«

»Was für ein Fantast!«, rief Herr Husezki. »Nun möchte ich aber selbst wissen, was es mit dem alten Schlosse eigentlich auf sich hat.«

»Die Wahrheit kann ich Euch sagen, Ihr jungen Leute«, begann der alte Herr nach einer kleinen Pause, während der Panna Kordula den Samovar mit roter Kohlenglut gefüllt und Anielas kleine rosig angehauchten Hände auf dem Piano ein paar Akkorde einer melancholischen Volksmelodie gegriffen hatten. Er begann damit, sich in blaue Wolken einzuhüllen.

»Das Wahre an der Sache ist«, fuhr er fort, »dass in der Tat in dem großen Saale des Schlosses ein herrliches Marmorbild zu sehen ist, das ein schönes Weib darstellt, ein Wunder von einem Weibe. Einige behaupten ein Vorfahre der Familie Tartakoswki sei mit dem roten Kreuze auf der Brust nach Palästina gezogen, um das Heilige Grab zu befreien, und habe aus Byzanz ein Venusbild, von der Hand eines griechischen Künstlers gefertigt, mitgebracht.

Andere erzählen, dass eine durch ihre Schönheit und durch ihre Laster berühmte Dame aus der Familie Tartakowski, sich von einem italienischen Bildhauer in dieser Weise habe meißeln lassen, und zwar in einem Kostüme, das nicht der Mode unterliegt und das schon Eva im Paradiese getragen hat, notabene vor dem Sündenfall. Dies soll zur Zeit des Benvenuto Cellini geschehen sein und die schöne Dame war die Starostin Marina Tartakowska.«

»So ist es«, sagte plötzlich eine tief sanfte Stimme, die aus der Unterwelt zu kommen schien.

Alle fuhren zugleich von ihren Sitzen empor, Aniela stieß einen gellenden Schrei aus und schlug die Hände vor das Gesicht, Panna Kordula ließ eine Tasse fallen, welche wie eine Granate auf dem Boden explodierte, und der von einem Splitter getroffene kleine Wachtelhund begann wütend zu bellen.

6   Letawiza, der fliegende Stern.

»Ich bitte um Vergebung und falle den Herrschaften zu Füßen«, säuselte Maurizi Konopka, welcher wieder in seinen Tanzschuhen ungehört hereingeschwebt war und jetzt mitten in unserem Kreise stand. »Das lebensgroße Porträt«, fuhr er leise fort, »hängt in einem düstern getäfelten Zimmer des Schlosses, dessen Decke ein großes Gemälde, Diana im Bade, den sie überraschenden Aktäon in einen Hirsch verwandelnd, darstellt. Die Starostin ist in dunklen Samt gekleidet und hat eine polnische Mütze mit Reiherbusch auf. Ich habe das Bild gesehen und die Starostin schien mich anzusehen und mir war dabei zumute, als sollte meine Haut auf gut tartarisch über eine Trommel gespannt werden.«

»Das mag sein«, fiel der Adjunkt ein, »in Krakau befinden sich vielerlei alte merkwürdige Akten, darunter auch mancher Prozess aus der Zeit der Starostin Marina, welcher von der Willkür dieser schönen Witwe zeugt, die auf Tartakow gleich einer unbeschränkten Monarchin residierte und gebot. Einmal war sie des Mordes an einem ihrer Diener angeklagt, und da dieser adeliger Abkunft war, begab sich eine königliche Kommission zu ihr, aber schon der Anblick dieser berückenden Frau genügte, um die Richter zu entwaffnen, und die Justiz kehrte, von Amor mit einem Rosenzweige verjagt, unverrichteter Sache heim. Übrigens soll das Schloss jetzt so gut wie herrenlos sein.«

»So«, sagte Pan Bardossoski, indem er seine Bernsteinspitze erstaunt aus dem Munde nahm, »was wäre denn aus der Witwe des letzten Besitzers, der schönen Zoë Tartakowska geworden?«

»Sie hat in der letzten Zeit in Paris gelebt«, erwiderte der Adjunkt, »aber ich habe vor Kurzem erst vernommen, dass sie gestorben sei.«

»Schade«, murmelte der alte Herr, »sie war eine Frau, wie die Starostin Marina, nur etwas nach der Mode zugeschnitten, aber ein schönes Weib.«

»Nun, nun, schwärme mir nur nicht zu sehr«, sprach Frau Bardossoska.

Einige Zeit sprach niemand, dann sprang Manwed plötzlich auf und rief: »Ich muss hin.«

»Wohin?«

»In das gespensterhafte Schloss.«

»Was fällt Ihnen ein«, sagte Frau Bardossoska, »es ist doch unheimlich, was man so hört.«

»Nun, ich denke, was Herr Konopka zu wagen sich traute, dazu wird mir der Mut auch nicht fehlen«, versetzte Manwed und drehte seinen Schnurrbart.

»Oh, er scherzt nur«, hauchte Aniela.

»Ich scherze nicht, mein Fräulein.«

»Manwed, Sie werden nicht zu dem Marmorweibe gehen«, rief jetzt Aniela mit aller Heftigkeit, die ihr zu Gebote stand.

»Ich werde, und zwar nachts, ich will sehen ob die kalte Schöne lebendig wird.«

»Manwed«, sagte Aniela mit matter Stimme, aber in sehr bestimmtem Tone, »ich verbiete Ihnen zu gehen.«

»Vergeben Sie«, murmelte der Trotzkopf, »aber ich muss schon so ungalant sein und diesmal nicht gehorchen.«

Aniela sah ihn lange an, mehr erstaunt als böse, dann wendete sie sich ab, ihr Busen hob sich, ihr Atem stockte, Tränen flossen auf ihren Wangen herab.

Manwed nahm seine Mütze, empfahl sich kurz und ging. Nicht lange und wir hörten die Peitsche seines Kutschers knallen, die Glöckchen klingen.

Aniela verließ schluchzend das Zimmer.

Am folgenden Morgen besuchte ich Manwed in der Absicht Frieden zu stiften, aber er zeigte sich wo möglich noch halsstarriger als am vorhergehenden Abend.

»Alle sind sie Tyranninnen, unsere Frauen«, rief er erbost, »nur dass die einen uns mit Füßen treten und die anderen mit Tränen misshandeln. Wenn ich dieses eine Mal nachgebe, bin ich verloren. Jetzt werde ich das geheimnisvolle Schloss umso gewisser besuchen und zwar auf der Stelle.« Er zog sich rasch an, ließ sein Pferd satteln und nahm vor der Freitreppe seines Hauses Abschied von mir.

»Also du reitest wirklich?«

»Du siehst ja.«

»Nun, ich bin neugierig, was da herauskommt.«

»Ich auch.«

Ein gegenseitiges Zunicken und er gab dem Pferde die Sporen, der Schnee knirschte unter den Hufen desselben und leuchtende Eisstücke flogen auf. Ich sah ihm nach bis er in dem weißen Nebel verschwunden war.

Zwei Abende blieb Manwed aus, am dritten kam er, und wurde ziemlich kühl empfangen, Aniela schien ihn nicht einmal zu sehen, sie spielte und scherzte ziemlich laut, was sonst nicht ihre Art war, mit dem kleinen Wachtelhund, der sich darüber sehr erfreut zeigte, abwechselnd knurrte, winselte und bellte, sich bald auf die Vorderpfoten niederließ, bald auf die rückwärtigen aufstellte, und unablässlich wedelte.

Manwed saß gegen seine Gewohnheit schweigend da, sein Gesicht war ernst, nachdenklich, und sehr bleich, seine dunklen Augen loderten nur in demselben, eine finstere Falte lag über ihnen wie ein Schatten, oder die Narbe eines Säbelhiebes.

Endlich nahm der alte Herr das Wort. »Nun? Was? Waren Sie etwa oben, Herr Werofski?«

Das »Herr« wurde stark betont.

Manwed begnügte sich leise zu nicken.

»Nun so erzählen Sie«, rief der Adjunkt und riss seine weißen Manschetten hastig aus den Ärmeln seines schwarzen Rockes hervor.

»Ich bin nicht neugierig«, warf Aniela hin.

»Es ist immerhin interessant«, sagte die Hausfrau mit Würde, »nehmen Sie eine Tasse warmen Tees und dann erzählen Sie.«

Und Manwed nahm eine Tasse warmen Tees, lockerte den großen Knoten seines seidenen Halstuches, rieb sich die Augendeckel und begann zu erzählen.

»Wenn ich nicht hier unter Ihnen sitzen, den Samovar singen, das Feuer prasseln und die große Pfeife des würdigen Herrn Bardossoski vernehmlich seufzen hören würde, ich würde glauben, dass ich zwei Tage und zwei Nächte und wieder einen Tag geschlafen habe und dass mich die sonderbarsten und unheimlichsten Träume während dieser Zeit gequält haben, ja ich würde glauben, dass ich jetzt noch träume, denn ein feiner durchsichtiger Nebel, wie der Schleier einer Majka, aus blassem Mondlicht gewoben, trennt mich von Ihnen, und in weiter Ferne steht eine Gestalt und deutet und winkt –

Es war ein heiterer Wintermorgen, voll Glanz und goldenem Lichterspiel der Sonne auf dem weißen Schnee, der die Erde weich einhüllt, auf den hohen Fichten und Tannen, die ihre Äste wie schwarze Arme aus weißen Mänteln hervorstrecken, auf den Eisfransen, mit denen die Strohdächer der Bauernhütten an der Mitternachtsseite verziert sind, dem festgefrorenen Teiche, der sich in eine silberne Wiese verwandelt hat und dem schwarzen metallischen Gefieder der Krähen, welche auf dem Wege steif einherschreiten, mit einer Art Wichtigkeit vor sich hin nicken und schwer, gleichsam unwillig auffliegen, um sich wieder auf die Straße oder einen mit blitzenden Nadeln besäten Baum zu setzen. Langsam drehten sich aus allen Klüften und Spalten des Gebirges aschgraue Dünste empor, wie der Rauch ausgeblasener Kerzen, die Sonne verschleiernd, und kamen mir rasch entgegen.

In dieser feuchten, strömenden Nebelflut schien mein Pferd nicht zu gehen, sondern vorwärts zu schwimmen und von Zeit zu Zeit kauerte sich eine sagenhafte Erscheinung in undurchdringlichen Schleier gehüllt oder mit wallendem weißen Bart, in den Büschen und Feldrain nieder.

Doch es währte nicht zu lange, so wurde der Himmel zu durchsichtigem Alabaster, der sich mehr und mehr färbte, und endlich einen glühenden Kreis zeigte, aus dem die Sonne triumphierend hervortrat. Die grauen Wogen ballten sich zu Wolken zusammen und wälzten sich über den Wald hinüber. Ein rosenfarbener Hauch schwebte um sie, Bäume und Sträuche waren mit einem Male mit Lichtperlen behängt und der Schnee hatte den weißen Glanz des Atlas. Die Berge zeigten zwischen dunklem Holz Stellen so grell und so weiß wie Kreide, und jedes überragende Felsenhaupt war von einer leuchtenden Gloriole umstrahlt, der Himmel trug eine blaßgrüne Farbe, die sich nach und nach in das Blaue verlor, bis der reinste Azur mich überspannte und nur kleine weiße Wolken, wie wandernde Schwäne, durch denselben zogen.

Und da lag auch der graue zerbröckelte Felsen, mit dem düsteren Schlosse vor mir.

Ich ritt um denselben herum und fand einen sanften Abhang, über den sich ein verwilderter Park erstreckte, doch war auch hier keine Straße, nicht einmal ein Fußpfad zu entdecken. Mein Tier musste sich schnaubend selbst den Weg bahnen. So kam ich endlich zu einem großen Tore mit verrostetem Beschläge und sah mich vergebens nach einem Glockenzuge oder einem Türklopfer um. Zu beiden Seiten ragte die hohe, graue Mauer, auf deren breiter Zinne im Laufe der Jahrhunderte eine Art kleiner Garten entstanden war. Einzelne Wurzeln liefen die ganze Höhe der Mauer herab und verschlangen sich unten zu wunderlichen Bildungen. Über dem Tore war ein graues vom Regen verwischtes Wappen.

Ich stand in den Steigbügeln auf und ließ ein lautes ›Hurra!‹ ertönen, doch ehe noch das Echo der nahen Felsen es zurückgegeben hatte, öffnete sich mit einem schauerlichen Seufzen in dem einen Flügel des großen Tores ein schmales Pförtchen und ein alter Mann erschien in demselben, der mich mit tiefer Reverenz, die Mütze in der Hand, begrüßte. Ich habe seinesgleichen nie gesehen, wenn nicht etwa auf uralten Bildnissen oder auf dem Theater, wenn ein Stück aus der polnischen Geschichte dargestellt wurde.

Er machte den Eindruck, als wäre eine der grauen, verwitterten Steingestalten aufgestanden, die auf den Marmorsärgen unserer vor Jahrhunderten verstorbenen Edeln mit gefalteten Händen liegen. Die ganze Gestalt des Alten war in einer Weise verfallen und schlottericht, wie wenn sie im nächsten Augenblick in Moder zerstäuben sollte, das verschrumpfte Gesicht mit den vergilbten Wangen glich einem ehrwürdigen Pergament, von zahllosen kleinen Runzeln wie von einer unleserlich gewordenen Schrift überzogen. Seine Tracht war die altpolnische, etwa aus der Zeit Johann Kasimirs, wo der tartarische Schnitt den slawischen bereits vollständig verdrängt hatte. Er trug hohe faltenreiche Stiefeln von Saffian, der einst grün gewesen sein mochte, über weiten Beinkleidern einen langen Kontusch, dessen geschlitzte Ärmel auf dem Rücken zusammengeknüpft waren, einen breiten Metallgürtel, an einer starken Schnur hing ihm ein krummer Säbel um die Schultern, dies alles war fahl grau und düster von Farbe. Auf seinem kahlen Kopfe stand ein Büschel Haare aufwärts, das der Luftzug leise bewegte, es war als habe er nach der Mode jener Zeiten sein Haupt glatt rasiert und trage die tartarische Hordenlocke.

Sein grauer Schnurrbart hing bis auf den Kontusch herab. Er verneigte sich nochmals sehr artig und zeremoniell.

›Du bist wohl erstaunt einen Gast zu bekommen, was Alterchen‹, sagte ich so leicht hin, als es mir nur gelingen wollte. Er schüttelte das Haupt. ›Ich habe Sie erwartet‹, sagte er, und ein freundliches Lächeln zog über sein versteinertes Antlitz.

›Setze doch deine Mütze auf‹, rief ich.

Er nickte, setzte die graue Czapeka schief auf das linke Ohr, öffnete das Tor und nachdem ich hineingeritten war, schloss er es wieder und sperrte hinter mir zu. Der große Schlüssel sang weinerlich in dem rostigen Schlosse.

›Nun, willst du mir alle deine Schätze zeigen, Alterchen‹, begann ich, nachdem ich abgestiegen war und er den Zügel meines Pferdes ergriffen hatte.

›Es wird eine seltene Ehre für mich sein‹, gab er mit einer Stimme zurück, die wie eine verrostete Tür knarzte, ›und man nennt mich Jakub, wenn Sie nichts dawider haben, mein Herr Wohltäter.‹

Während er mein Pferd in den Stall führte, hatte ich Zeit mich im Schlosshofe umzusehen. Vor mir lag eine Art Palast mit bleifarbenem Dach, unter dem ein Drachenkopf bereit war, das Regenwasser in weitem Bogen auszuspeien, einem Balkon, den nackte Türken auf ihren steinernen Schultern trugen und einer prächtigen Freitreppe. In einer tiefen Nische, welche die Mauer bildete, waren der hässliche Kopf und die mit Ketten beladenen Hände eines Mongolenfürsten in Stein gehauen zu sehen. Der mit Steinen gepflasterte und mit einem leichten Schneeteppich bedeckte Hof hatte in der Mitte eine gemauerte Zisterne, über die eine große Linde ihre breiten Äste streckte, zwei Krähen, die auf denselben saßen, stießen von Zeit zu Zeit ein gellendes Freudengeschrei aus, als gälte es den Fremden würdig zu begrüßen, allerorten lag Schutt, lagen zerbrochene Ziegel oder wüste Steinhaufen.

Der Alte kam zurück, winkte mir und schickte sich an das Gitter zu öffnen, das die Freitreppe verschloss. Sein Gang und seine Bewegungen hatten etwas Schattenhaftes, ich glaube, wenn die Sonne geschienen hätte, ich hätte durch ihn durchsehen können. Ich bemerkte erst jetzt, dass ein großer Rabe stille und ernsthaft seinen Schritten folgte.

Er führte mich langsam die Freitreppe empor, schloss oben eine kunstreich verzierte Türe auf, und ich überschritt die Schwelle des verrufenen unheimlichen Gebäudes. Wir gingen über breite Marmorstiegen und heimliche Wendeltreppen auf und nieder, durch Gänge, welche jetzt breit und herrlich wie eine Allee und dann wieder dumpf und ängstlich wie der Schacht eines Bergwerkes waren. – Große holzbraune Türen mit Metallbeschlag wurden aufgeschlossen und wieder gesperrt, manchmal genügte ein Druck des Fingers und eine

Wand sprang auf und ließ uns durch, und durch die Zimmerfluchten, zogen mit uns die Schatten vergangener Jahrhunderte; hier hingen schwarze Rüstungen, mit weißen Engelfittichen, erbeutete Türkenfahnen, Heerpauken, tartarische Köcher mit vergifteten Pfeilen, in Gemächern, deren Tapeten Szenen aus dem Alten Testamente darstellend verblichen und von Motten zerfressen waren, die sich bei der leisesten Berührung in Schwärmen erhoben und umherschwirrten; dort einen Korridor weiter thronte die ganze kapriziöse Grazie einer Rokokoschönen. Da gab es niedliche mit verblasstem blauen Atlas oder gelb gewordenen weißen Musselin tapezierte Boudoirs mit großen Kaminen, auf denen dickbäuchige Porzellanchinesen, mit Toiletttischen, auf denen Spiegel in Silberrahmen und all' den Nippes jener Zeit zu sehen waren.

Aus majestätischen Sälen mit sinnigem Stuckaturschmuck und gigantischen Fresken kam man in Schlafgemächer mit prunkvollen Himmelbetten. Da stand eine Vase, wie sie nur der Schönheitssinn eines Helenen oder Italieners schaffen konnte auf marmorenem Piedestal, und eine Tür weiter nahm ein großer geschnitzter Schrank die Breite der Wand ein, gefüllt mit all' dem wunderlichen Glaswerk und Tongeschirr, bunt bemalt, mit kernigen Sprüchen versehen, wie es der bizarre deutsche Geschmack im fünfzehnten und sechzehnten Jahrhundert erzeugte. In dem kostbaren von der Zeit geschwärzten Getäfel der Wände pochte der Holzwurm, die Fenster waren meist erblindet, und an den alten Bildern, die allerorten die Wände schmückten, waren im Laufe der Jahrhunderte die Farben so stark gedunkelt, dass die kühnen Ritter, die prächtigen Starosten und die reichgekleideten Damen alle tief im Schatten zu stehen schienen und hie und da ein schönes Antlitz wie aus der Düsterheit der Nacht hervorleuchtete. Und alles war verwahrlost, verfallen, mit aschgrauem Staub bedeckt und mit Spinnweben behängt, die Luft roch nach Moder, und auch der alte graue Mann erschien mir plötzlich wie mit Schimmel überzogen.

Endlich kamen wir in ein mäßig großes Gemach, das im Viereck gebaut und mit dunklem Holze verkleidet war und in dem sich weder ein Einrichtungsstück, noch ein Geräte befand. An der mittleren Wand hing ein Bild in rauchigem Goldrahmen und auch dieses war mit einem grünen Vorhang bedeckt.

Der Alte winkte mir stehen zu bleiben, er hatte während der ganzen Wanderung kein Wort gesprochen und sprach auch jetzt nur durch Zeichen und Blicke, näherte sich auf den Fußspitzen dem grünen Vorhange und zog an einer verborgenen Schnur.

Staub stieg empor und aus der grauen Wolke, die sich schnell verzog trat eine weibliche Figur von seltsamem Reize. Es war eine hochgewachsene Frau von schlangenartiger Schlankheit in dunklen Samt gekleidet, welche mir ein kaum schön zu nennendes, aber in seiner sanften Wildheit und lächelnden Schwermut berückendes, von dunklen Locken, auf denen eine polnische Mütze leicht und kokett saß, dämonisch eingerahmtes Antlitz zukehrte. Ihre großen dunklen brennenden Augen schienen zu phosphorisieren und als ich zurückwich mir zu folgen.

Was in diesem Blick lag, ich weiß es nicht, etwas Unbegreifliches, das mir den Atem benahm, mir das Herz in der Brust hämmern und die Knie schlottern machte.

›Sie ist gut getroffen‹, flüsterte der Alte.

Ich sah ihn entsetzt an, wie man eben einen Menschen ansieht, bei dem man plötzlich entdeckt, dass sein Geist gestört ist. Er schien es zu bemerken, zuckte die Achseln und verhüllte das Bild. Ich empfand in diesem Augenblick einen brennenden Schmerz am Zeigefinger. Es war mein Verlobungsring, der mich zum ersten Male seitdem ich ihn trug in das Fleisch schnitt. ›Nun, Herr Jakub‹, sagte ich, ›werdet Ihr mir nun auch das Marmorweib zeigen?‹

Er streckte seine dürre Hand, die nicht viel anders als ein welkes Blatt war, aus dem Ärmel des Kontusch hervor und schwenkte sie hin und her. ›Ich weiß es‹, sagte er mit seiner knarrenden Stimme, ›dass der Herr deshalb gekommen ist, aber jetzt ist es nicht an der Zeit. Kommen der Herr Wohltäter morgen nachts, da haben wir Vollmond, da werden die Toten lebendig.‹

›Bist du bei Sinnen‹, stieß ich halb unbewusst hervor.

›Sehr wohl, mein teurer Herr‹, erwiderte er mit einem Lächeln, das sich wie ein Sonnenstrahl in seinen grauen Schnurrbart stahl, ›ich weiß auch was ich rede, das Bild ist gut getroffen und auch der tote Stein hat Ähnlichkeit, ich kenne sie, doch wer soll sie denn kennen, wenn ich sie nicht kenne? Habe ich sie doch auf diesen meinen Knien geschaukelt, so wahr ich Gott liebe.‹

Mir schauerte vor der tiefen Überzeugung, mit der der Alte das Unmögliche aussprach, ich gab ihm rasch ein Goldstück, das er ehrerbietig nahm, eilte in den Hof hinab, ließ mein Pferd aufführen und ritt den Abhang hinunter mit dem Vorsatz, dem geheimnisvollen Schlosse und seinem wahnsinnigen Bewohner nie wieder in die Nähe zu kommen. –

Aber es war dies ein Vorsatz wie eben Vorsätze sind. Schon am nächsten Morgen nannte ich mich einen Feigling, mittags hielt ich mir selbst eine schöne Rede gegen den Aberglauben und mit Anbruch der Nacht saß ich im Sattel, um dem schönen Marmorbilde einen Besuch zu machen.

Es war kalt, aber die Luft stille und ohne Regung. Die große reine Scheibe des Vollmondes stand bereits hoch am Himmel, sodass von dem goldenen Licht und dem Blitzen der Sterne nichts mehr zu sehen war, als ein bleicher dämmeriger Schimmer. Es schien Tag zu sein, ein trüber Tag mit bleigrauem Lichte zwar, aber doch Tag, so mächtig war die Silberhelle des Mondes, von der Nähe und Ferne überströmt waren und welche der Schnee, der alles umher gleichmäßig in sein grelles Weiß einhüllt, scharf zurück warf. Man konnte weithin jeden noch so kleinen Gegenstand erkennen, nur in der Ferne schwebte es wie leichter Rauch und hinter demselben standen die Berge in diamantenen Schleier gehüllt.

Schnee und Mond sind in solchen klaren ruhigen Nächten erstaunliche Künstler, Baumeister und Bildner vor allem, sie wetteifern, Gestalten in unseren Weg zu stellen und fabelhafte Gebäude aufzurichten.

Da, wo sonst eine verlorene rußige Bauernhütte mit windschiefem Strohdach steht, haben sie einen herrlichen Eispalast mit blitzenden Fenster aufgeführt, wie jenen der unter der Regierung der Zarin Anna auf dem Eise der Newa erbaut worden ist. Von einem breiten Hügel winkten düstere Säulen mit funkelndem Knauf, frei in die Luft ragend gleich einer griechischen Tempelruine. An dem Ufer des Teiches schien eine vom Scheitel bis zur Sohle in weißen Schleier eingehüllte Tartarenfrau zu stehen und sich in seiner grün leuchtenden Eisfläche wie in einem Spiegel zu beschauen, während in der Ferne Götterbilder ragten, aus blendendem Marmor geformt, und auf dem schimmernden Plan der Wiese holde Elfen sich zu einem geisterhaften Reigen verschlingen.

Auf dem Friedhofe war jedes der armen Gräber mit einem hohen Sarkophag geschmückt, über dem ein weißes Kreuz erglänzte und friedlose Tote in schleppenden Grabtüchern schwebten drohend dazwischen.

Das Rad der Mühle stand versteinert, große Eissäulen stützten die Rinne, der silberne Sturz des Baches war erstarrt und in ihm glühten Stauden und Halme in allen möglichen Farben, gleich den Blumen aus Edelsteinen der Tausendundeine Nacht.

Und wenn weithin kein Dach, kein Baum, kein noch so kleiner Strauch zu sehen war, nur die stille Glanzflut des Mondes auf den weißen Wogen des Schnees, dann war es mir, als schwebte ich auf dem Zauberpferde hoch in den Lüften, über mir die Gestirne, unter mir die weißen schimmernden Wolken.

Es währte nicht lange, so kündigte die Erde wieder ihre Nähe an, die Lichter eines Dorfes guckten in der silbernen Dämmerung auf, eine Schmiede versendete Funken und eine rote Feuersäule stieg aus ihrem Rauchfang gegen den Himmel, schwere Hammerschläge pochten im melancholischen Takt durch die Nachtstille und am Rain stand ein Brunnen von einem Schneetuch überdeckt, dessen gefrorener Strahl seltsame Arabesken bildete. Hinter den Hütten stieg der Abhang des Gebirges, ein Tannenwald mit beschneiten Wipfeln herab, wie ein Kosakenheer auf schwarzen Pferden mit hohen weißen Lammfellmützen und glänzenden Lanzen. Dort, wo die gelben Schafte des Mais stehen geblieben waren, ein beschneiter Acker, schimmerte es wie mondbeglänztes Schilf im hellem Spiegel eines Teiches.

Eine Strecke weiter stand ein Kreuz am Wege und der Heiland war mit diamantenen Nägeln an dasselbe geschlagen und trug statt düsterer Dornen eine leuchtende Strahlenkrone.

Und war bisher nichts Lebendiges zu spüren, so zeigte sich plötzlich auf der in Schnee gehüllten Wintersaat eine muntere Gesellschaft grauer Feldhasen, welche im hochzeitlichen Lichte des Mondes scherzte und liebelte, hier wühlten einige emsig den Schnee auf, um Nahrung zu finden, dort spielten andere und schrien gleich kleinen Kindern und schlugen sich mit den Vorderläufen, andere kamen mit leichten Sprüngen, setzten sich plötzlich auf, um mich anzusehn, legten die Löffel zurück und streckten sich ebenso schnell wieder lustig in die Höhe, wenn sie mich weiterreiten sahen. In der Ferne bellte heiser und verdrossen ein alter Fuchs.

So erreichte ich Schloss Tartakow.

Vor dem Tore schauerte mein Pferd, und wie der seltsame Alte ungerufen und ungebeten die schweren Flügel auflehnte, fiel es auf die Hinterhufe zurück und wollte nicht in den vom magischen Lichte erfüllten Hof. Endlich gehorchte es den Sporen, aber nur zitternd und mit einem traurigen Schnauben. Als mich der Alte die breite Steintreppe hinaufführte, erhob sich ein eisiger Luftzug, die alte Linde rauschte wehmütig, tief unten sank schauerlich ein wilder Bergstrom, dessen selbst der Winter mit seinen eisigen Ketten nicht Herr werden konnte, und über mein Haupt weg zogen fabelhafte, herzzerreißende, traurig süße Töne.

›Was ist das?‹, fragte ich.

›Es ist die Äolsharfe‹, entgegnete der Alte, ›die steht nun schon bei hundert Jahre auf dem Turm, so weit ich mich erinnere.‹

Wir traten in ein freundliches Zimmer mit grünen Vorhängen, das behaglich erwärmt war, im Kamin brannte frisches Fichtenholz und verbreitete einen angenehmen narkotischen Geruch. Vor einem geblümten Sofa stand ein gedeckter Tisch. Ich bemerkte kostbares Porzellan und uraltes Silber mit dem Wappen der Familie Tartakow verziert.

Der seltsame Alte lud mich ein, Platz zu nehmen, setzte den Samovar auf und bediente mich mit der vollen Würde eines ergrauten Haushofmeisters. Ich nahm nur wenig, ich war zu sehr erregt. Der Zeiger auf der altertümlichen Wanduhr schien mir stillezustehen.

Endlich nahte er der zwölften Stunde.

›Es ist Zeit‹, sagte ich.

›Ja, es ist Zeit‹, stimmte der Alte bei. Er nahm seinen Schlüsselbund vom Gürtel und begann aufzusperren, Türe auf Türe, wir gingen wieder durch lange Gänge und endlose Zimmerreihen, nur dass diesmal alles ein gespenstisches Leben gewann, aus den schwarzen Visieren blitzten mich feindselige Augen an, die unheimlichen Gestalten in den goldenen Rahmen drohten herauszutreten auf die verfallenen Teppiche und sogar die alten Fahnen und die Vorhänge schienen sich zu regen und zu flüstern.

Nachdem der Alte die mit Silber verzierte schwarze Türe eines großen Saales geöffnet hatte, den ich das erste Mal nicht betreten hatte, sprach er:

›Hier muss ich Sie allein lassen, mein Herr Wohltäter, gehen Sie nur mutig vorwärts, Sie gelangen am Ende des Saales an zwei Treppen, die links führt zu dem Marmorweibe, treten Sie ein.‹

Ich überschritt die Schwelle und stand in einem herrlichen Saal mit hohen Fenstern, durch die das volle Licht des Mondes hereinfiel und den ganzen Raum zauberhaft erhellte. Ich hörte die Türe hinter mir zufallen und die traurig süßen Töne der Äolsharfe in den Lüften schweben. Es fiel wie ein kalter Stein auf meinen Weg, aber ich ermannte mich und ging vorwärts.

Meine Schritte hallten auf den Marmorplatten, und langsam wie ich mich den beiden Treppen, die sich am Ende des Saales erhoben, näherte, stiegen oben in dem silbernen Lichte des Mondes zwei Gestalten aus dem Boden empor.

Zu meiner Rechten stand der Heiland in weißem wallenden Gewande, das schöne Haupt mit der Dornenkrone bekränzt, das schwere Kreuz auf der Schulter, den Blick voll sanften Schmerzes auf mich gerichtet und winkte mit der Hand.

Zur Linken aber zeigte sich ein Weib, dessen marmorne Glieder sich im Mondlicht zu dehnen und zu leuchten schienen, ein Weib von jener Schönheit, die etwas Teuflisches an sich hat, die uns mit holder Qual erfasst, die uns im Leiden jauchzen und im Genusse weinen lehrt. Ihre weiße kalte Hand schien ausgestreckt nach meinem warmen zuckenden Herzen, ihre toten weißen Augen hatten einen verschwommenen samtenen Glanz und einen Blick, der durch meine Seele ging wie Frühlingswehn.

Du sollst das Kreuz der Menschheit auf dich laden, schien der Heiland sanft zu mir zu sprechen, sie aber hob die toten, süßen, schwellenden Lippen zum Kusse.

Eine rätselhafte Gewalt zog mich zu ihr, die Stufen empor, in den sanften Dämmerschein der um sie schwebte, und wie ich vor ihr auf den Knien lag, zog ich den Ring herab und ließ ihn auf ihren weißen Finger gleiten. Sie empfing ihn ruhig, kalt, wie ein Marmorbild, wie eine Göttin, eine Tote, und ich neigte meine Lippen zu ihren schönen Füßen nieder und küsste sie.

Dann stand ich auf und streckte meine Hand aus nach dem Ringe. Da geschah das Unglaubliche, was mir das Herz erstarren machte und meinen Geist verwirrte. Sie schloss die Hand, und gab mir den Ring nicht mehr zurück.

Grauen erfasste mich, ich wich zurück und wäre fast die Treppe hinab gestürzt nach rückwärts, doch fasste ich mich noch einmal und sagte laut zu mir: ein Spiel der Fantasie, eine Gaukelei des Mondes, weiter nichts.

Die Wölbung gab mir meine Worte zurück, aber spöttisch, wie mir schien und mit einem Tone, der nicht der meine war. Ich trat noch einmal zu dem schönen Weibe hin und wirklich hielt sie mir ihre weiße Hand mit göttlicher Anmut offen hin wie vordem und ich sah an ihrem Finger den goldenen Reif. Noch einmal versuchte ich ihr ihn zu entreißen, aber sie schloss von Neuem die Hand und als ich Gewalt gebrauchen wollte, fühlte ich die marmornen Finger zur Faust geballt zwischen meinen Händen. Es durchschauerte mich.

Ich weiß nicht, wie ich aus dem Saale, wie ich aus dem Schlosse gekommen bin. Mir kehrte erst die Besinnung wieder als der Morgenwind mir eisig in die Wangen schnitt, aber das gespenstische Weib schien mir zu folgen, ich sah es vom Frührot zart angehaucht in einer Wolke stehen, die über den Teich zog, und sah noch unweit meines Edelhofes ihren schönen weißen Leib durch die schwarzen Tannen schimmern. Ich sehe sie seitdem im Traume und auch im Wachen, mit offenen Augen seh ich sie, wie sie sanft, gleich einem Mondstrahl in das Zimmer tritt, und mich anlächelt mit ihren weißen Totenaugen.«

Während Manweds Erzählung war Herr Konopka eingetreten, vielleicht nicht ganz so wie ein Mondstrahl, aber jedenfalls leise genug, und starrte die reizende Aniela an. Plötzlich stieß diese einen gellenden Schrei aus, wir erblickten jetzt alle zu gleicher Zeit den guten jungen Mann, und es gab keinen, der nicht ein wenig zusammenfuhr.

»Aber was haben Sie denn«, fragte Frau Bardossoska ärgerlich, »dass Sie uns jedes Mal so erschrecken müssen?«

»Ich weiß nicht«, erwiderte Herr Konopka, der wie Espenlaub zitterte, »aber so viel ist gewiss, dass ich mich selbst entsetzlich fürchte.«

»Sie fürchten sich«, spottete Kordula, »wovor denn?«

»Die Geschichte des Herrn Werofski hat mir jedes Haar emporge-
richtet auf meinem Kopfe«, stammelte Maurizi.

Der alte Herr blies eine Wolke blauen Dampfes zur Seite, stopfte
mit den Fingern den Tabak fester und sagte dann:

»Ein gut erzähltes Märchen!«

Aniela hatte sich erhoben und Manweds Hand ergriffen.

»Wo haben Sie den Ring, den ich Ihnen gegeben habe?«, fragte sie,
die sonst so klare Stirne von tiefem Schatten überflogen.

»Ich habe ihn nicht.«

»Ein unpassender Scherz«, rief Kordula.

»In der Tat«, fügte ihr Verehrer bei.

»Kein Scherz«, sagte Manwed, »den Ring hat die marmorne Tote.«

Niemand sprach mehr ein Wort von der Sache, aber alle waren
sichtlich verstimmt und so beeilte sich Manwed aufzubrechen. Ich
begleitete ihn zu seinem Schlitten.

»Glaubst du nicht, dass es an der Zeit wäre dein Benehmen zu ändern?«, sagte ich.

»Also auch du meinst, dass ich scherze«, erwiderte er gereizt, »gut,
ich aber sage dir, dass ich keinen Willen mehr habe, dass meine Seele
einem Dämon in Venusgestalt verfallen ist, und dass ich diese kalte
tote Schöne, ohne Herz, ohne Sprache, ohne Augen liebe, wie ein
Wahnsinniger«, damit fuhr er fort.

Ich fand, in das Haus zurückgekehrt, alle Anwesenden in unbe-
schreiblicher Aufregung. Maurizi schwor, dass er nicht allein nach
Hause fahren werde, der Adjunkt sprach belehrend von der Macht
der Einbildung über den Menschen; die Gefühle des Herrn Bardossoski
verdolmetschte uns ausschließlich seine lange Pfeife, welche gleich einem kleinen Kinde greinte und wimmerte. Niemand hatte Lust etwas
zu sich zu nehmen und die Tarockkarten lagen unberührt. Plötzlich
zog die Hausfrau die Brauen zusammen und blickte auf das Fenster.

»Wer steht denn dort?«, fragte sie kleinlaut. Wir sahen jetzt alle
zugleich eine weiße Gestalt, von dem bleichen Lichte des Mondes
mysteriös beschienen.

»Sie ist es«, murmelte Maurizi, »sie sucht ihn.«

»Wer?«, fragte Aniela, von Eifersucht erfasst, ihre Stimme bebte.

»Das Marmorweib, wer sonst!«, erwiderte Maurizi. Er winkte mit der Hand, als wollte er sagen, der, den du suchst ist fort, weit von hier, aber die weiße Gestalt rührte sich nicht von der Stelle.

»Meine Pistolen«, keuchte Herr Bardossoski, »ich will eine geweihte Kugel laden, wir wollen doch sehen –« Er vollendete nicht, sondern nahm seine Kuchenreiter von der Wand und ließ den Hahn knacken.

»Reden Sie doch mit ihr«, flehte Aniela.

»Madame«, begann Maurizi mit einer wahrhaft erbärmlichen Stimme, »er ist nicht da, er ist nach Hause gefahren, wenn Sie sich ein wenig beeilen, können Sie ihn noch einholen. Für Sie ist das ein Scherz.« Seine Zähne klapperten. »Sehen Sie doch«, fuhr er fort, mich in den Arm kneipend, »den feurigen Atem, den das schreckliche Weib von sich gibt. Ist das nicht merkwürdig?«

»Noch merkwürdiger ist es«, sagte der alte Herr mit einem behaglichen Gelächter, »dass das Gespenst eine Pfeife im Munde hat, und aus derselben raucht.«

Er ging langsam zum Fenster, öffnete es, und nun sahen wir den ganzen Spuk mit heiterer Deutlichkeit im Mondlicht dastehen.

Aus dem Hofe tönte ein mutwilliges Gelächter.

Ein Schneemann mit einem großen Kopf und einem runden urdummen Gesicht stand mit dicken Beinen in der Stellung eines Matrosen da. Der Kutscher und der Bediente hatten ihn mit aller Kunst die ihnen zu Gebote stand aufgerichtet und der Kosak hatte ihm seine kurze brennende Pfeife in das breite Maul gesteckt. Nun gab es ein lautes ausgelassenes Lachen im Zimmer und im Hofe, wo sich die Spitzbuben hinter einem Leiterwagen versteckt hatten, der Samovar wurde aufgesetzt, die Tarockkarten kamen zu Ehren, und wir unterhielten uns auf das Beste bis nach Mitternacht.

Manwed kam an dem folgenden Abend zu Bardossoski mit dem festen Vorsatze, sich mit Aniela auszusöhnen. Sein traumhaftes an geistige Verwirrung grenzendes Wesen schien vollkommen gewichen, alles an ihm verriet Ernst, Entschiedenheit und Reue. Er zögerte nicht lange mit seiner Erklärung. Als Aniela bleich, mit halb geschlossenen Augen hereintrat, ging er auf sie zu und verneigte sich tief.

»Mein Fräulein«, begann er in einem schlichten Tone, der zum Herzen sprach, »ich habe Sie durch ein ebenso rätselhaftes als von

Ihrer Seite in keiner Weise verdientes Betragen gekränkt, ich bin mir meiner Schuld vollkommen bewusst und bitte Sie mir zu vergeben.«

»Bravo«, rief der alte Herr und klatschte kräftig in die Hände, als gälte es einem Liebhaber auf der Bühne bei einer gelungenen Szene Beifall zu spenden.

Aniela wollte etwas erwidern, aber brachte es nur zu einer lautlosen Bewegung der blassen Lippen.

»Gib ihm die Hand«, sagte die Mutter.

Das arme Mädchen streckte gleich beide Hände aus und Manwed ergriff sie mit aller Begeisterung eines Verliebten, ja er machte eine Bewegung als wollte er seine Braut küssen, in demselben Augenblick wurde er aber bleich und starr wie ein Toter, sein Blick blieb entsetzt an der leeren Luft haften, und endlich wankte er nach rückwärts und schrie auf:

»Was willst du? Weshalb drohst du mir?«

»Was haben Sie?«, fragte Aniela erschreckt.

»Dort steht sie«, fuhr er fort, »zwischen mir und Ihnen, die tote steinerne Frau, sie hat meinen Ring am Finger und mahnt mich. Und jetzt schwebt sie zur Tür hinaus, dort, dort, und sie winkt mir.«

Zu rechter Zeit stand wieder Maurizi in einem weißen Mantel wie der Gouverneur in Don Juan da. Ein Angstschrei durchzitterte das Zimmer, Aniela schlug die Hände vor das Gesicht und Manwed sank auf einen Sessel.

»Ich bin sehr erschrocken«, begann Maurizi, am ganzen Leibe bebend.

»Können Sie denn nicht eintreten wie ein anderer Mensch«, grollte der alte Herr.

»Sie sind krank«, sagte der Adjunkt zu Manwed, »vielleicht ist ein Nervenfieber in Anzug. Suchen Sie zu schwitzen. Legen Sie sich in das Bett und nehmen Sie Holundertee.«

»Ich fange an mich vor ihm zu fürchten«, murmelte Aniela.

Manwed blickte mit verglasten Augen um sich, erhob sich, strich mit der Hand über die Stirne und verließ das Zimmer. Eine Woche verging, ohne dass man ihn zu Gesichte bekam. Herr Bardossoski fuhr zu ihm, aber traf ihn nicht zu Hause. Mir erging es nicht besser, aber er erwiderte noch an demselben Abende meinen Besuch. Wie einer, der eben sein Grab verlassen hat, verzerrten Gesichtes, bleich, schlotternd kam er herein, bot mir die Hand und saß mehr als eine Stunde bei mir ohne zu sprechen, ja ohne zu hören was ich ihm sagte.

»Komm«, rief er plötzlich, »ich muss an die Luft, begleite mich.«

Ich ließ zwei Pferde satteln und wir ritten in leichtem Galopp auf der Landstraße durch beschneite Felder und zwischen weiß vermummten Bäumen seinem Gute zu. Mit einem Male hielt er seinen Braunen an und deutete vor sich hin. »Siehst du«, flüsterte er mit trockener Stimme wie ein Fieberkranker; »siehst du sie?«

»Ich sehe niemand.«

»Dort, *die weiße Frau*, die auf schwarzem Pferde dahin sprengt.«

Es war jene Zeit der Dämmerung, welche düsterer ist als die vollkommene Nacht, ich strengte meine Augen an, ohne etwas entdecken zu können. Er gab sich endlich zufrieden. Wir kamen in seinem Hofe an, stiegen ab und saßen dann in seinem kleinen behaglichen Rauchzimmer bei dem großen Kamin, dessen starkes rotes Feuer zugleich für Beleuchtung sorgte. Der alte Bediente füllte den Samowar mit glühenden Kohlen. Keiner von uns beiden hatte Lust zu sprechen. Unter dem Diwan stöhnte der gelbe Jagdhund auf, er schien zu träumen, die massive Uhr, deren geschnitztes Holzgehäuse sich wie ein Turm von der Diele fast bis zum Plafond erhob, hielt ihren eintönig ernsten Sermon. Eine Motte hatte sich aus der schadhaften Polsterung des Lehnstuhles erhoben in dem ich saß und umkreiste lautlos den Samowar.

»Was war das?«, fragte plötzlich Manwed.

»Ich habe nichts gehört.«

»Aber jetzt –«

In der Tat klopfte es leise an die Fensterscheiben, welche von Eisblumen, die großen Brüsseler Spitzen glichen, verdeckt waren.

»Nun, siehst du auch diesmal nichts?«, fragte Manwed lächelnd. Er stand auf und näherte sich dem Fenster. Ich blickte lange hin und sah endlich in der Tat vom Monde beleuchtet eine weiße Frau vor demselben stehen, welche mit meinem Freunde Zeichen des Einverständnisses wechselte. Zuletzt nickte sie mit dem Kopfe und zog sich zurück.

»Was soll das bedeuten«, fragte ich, »bin auch ich verrückt, oder leiden wir beide an Augentäuschungen?«

Manwed zuckte die Achseln.

»Ich bin, wie du mich da siehst, bereits ganz in den Krallen des Satans«, flüsterte er. »Es ist das eine Geschichte, die gewiss nicht alle Tage vorkommt und deshalb möchte ich sie dir gerne erzählen, aber du musst nicht glauben, dass ich wahnsinnig bin, und noch weniger, dass ich dir ein Märchen erzähle. Mir ist eben nicht spaßhaft zumute. Arme Aniela!«

Wir nahmen Tee, er zündete mir eine Pfeife an, fing die Motte, die um den Samowar streifte und warf sie in das rote Feuer des Kamins, das sie im Augenblick verzehrt hatte. Dann begann er.

»Es war eine schöne geisterhafte Vollmondnacht, als ich zum dritten Male nach dem Schlosse Tartakow ritt. Ich wollte meinen Ring wiederhaben um jeden Preis. Der alte verwitterte Mann erwartete mich diesmal im Torweg, nickte freundlich, nahm mein Pferd und lud mich ein, etwas zu mir zu nehmen.

Ich trank ein Glas alten Burgunders, der meine Adern wie Feuer durchströmte, das war alles. Mein Kopf war hell, mein Herz pochte nicht im Mindesten. Ich war entschlossen und ohne Furcht. Als es Mitternacht schlug, öffnete mir der Alte die Türe des großen Saales und schloss sie wieder hinter mir. Ich achtete nicht darauf, sondern stieg rasch die Treppe empor und fasste die Hand der marmornen Schönen in der Absicht, ihr meinen Ring zu nehmen, aber sie zog den Finger an sich, und ich strengte mich vergeblich an, ihr denselben zu entreißen.

Es war ein unheimlicher Kampf mit der kalten steinernen Toten im fahlen Mondlicht und der tiefen Stille, welche herrschte. Ich ließ endlich die Arme sinken und schöpfte Atem, da hob auch ihre herrliche Brust ein Seufzer, und ihre weißen Augen blickten mich mit einem überirdischen Schmerze an, der mich beschämte, der mir die Besinnung raubte. Ohne zu bedenken was ich tat, schlang ich die Arme um ihren kalten schönen Leib und presste meine heißen Lippen auf ihre eisigstarren.

Es war ein Kuss ohne Ende, nicht wie wenn zwei Seelen ineinander fließen, sondern wie wenn eine dämonische Gewalt langsam mir das Blut aus dem Leben saugen würde.

Mich fasste eine namenlose Angst, aber ich war nicht fähig mich von den toten Lippen loszumachen, schon wurden sie warm von den meinen, schon hob ein sanfter Atem die elfenweiße Brust, und mit einem Male schlangen sich die Marmorarme um meinen Nacken wie eine schwere Kette, die süße Last drückte mich nieder auf die Knie und zugleich brach ein reizendes Lächeln wie ein Mondstrahl aus den weißen Augen.[7] Die ganze Gestalt begann sich sanft zu regen, wie Bäume sich im Frühlingswind strecken und aufatmen, nachdem der starre Schlaf gewichen, die Füße versuchten sich im Schritt, und langsam, wie zu Tod ermattet, trat sie vom Piedestal herab. Von ihrer Schönheit hingerissen, umschlang ich die Halberwachte und küsste sie von Neuem mit aller Glut des Lebens und der Jugend, die durch meine Pulse flog. Sie gab mit müden Lippen den Kuss zurück wie im Schlafe, dehnte in olympischer Trägheit die blühenden Glieder, und schwebte langsam wie eine Nachtwandelnde einer Türe zu, die ich bisher nicht bemerkt hatte, indem sie mir mit der Hand zu folgen winkte.

7   Die uralte, bei verschiedenen Völkern in mannigfachen Variationen wiederkehrende Sage, welche hier als Grundakkord hervorklingt, tritt uns zum ersten Male plastisch in der hellenischen Welt entgegen. Pygmalion, König von Zypern, hasste anfangs alle Weiber, als er aber einst eine schöne Bildsäule von einem Mädchen aus Elfenbein gemacht hatte, verliebte er sich in dieselbe und flehte Venus an, sie zu beleben. Seine Bitte wurde erhört und er nahm sie zu seiner Gattin. Ovid Met. X. 243. Philostrat d. vit. Apollon. II. c. 5. machte ihn zu einem Bildhauer. Die italienische Sage lässt einen vornehmen Jüngling aus Verona beim Ball-spiel den Brautring, der ihn hindert, einem Venusbild an den Finger stecken. Als er ihn später zurücknehmen will, schließt das Marmorbild die Hand und in der Brautnacht tritt es drohend zwischen ihn und seine junge Gattin. Nun sucht er einen Nekromanten auf und dieser sendet ihn mit einem Schreiben, das mit sieben Siegeln verschlossen ist, zur Mitternachtsstunde nach der Insel Sirmione im Gardasee. Frau Venus erscheint mit ihrem geisterhaften Gefolge, er überreicht ihr das Schreiben, sie bricht in Tränen aus, ist aber gezwungen, den Ring zurückzugeben und den Zauber zu lösen. In der slawischen Welt hat die Sage einen dämonischen Charakter angenommen. Das Venusbild wird zum Vampir, dem der Jüngling sich durch den Brautring vermählt hat, und erscheint Nacht für Nacht bei ihm. In demselben Maße, wie sich das Marmorweib belebt, schwindet das Leben des Unglücklichen, dessen Seele dem schö-nen Gespenste verfallen ist.

Die Türe schien von selbst aufzuspringen und wir betraten ein Gemach mit getäfeltem Plafond, uralten Tapeten, seltsam geformten Möbeln mit vergoldeten Lehnen und Füßen, dessen Boden mit einem persischen Teppich bedeckt war.

In der Nähe des Kamins stand ein Ruhebett aus blutrotem Seidenpolster, wie man es in türkischen Harems findet, vor demselben war ein Löwenfell ausgebreitet. In der schweren Luft war ein Geruch von Moder und von Spezereien wie in einer Gruft. Kein Licht brannte in den großen Armleuchtern, die vor dem Spiegel standen, aber draußen an dem dunklen Himmel hing der Mond wie eine silberne Ampel und erhellte den kleinen Raum vollständig. Das schöne Weib streckte sich auf dem Ruhebette aus und winkte mich zu sich. Ich lag vor ihr auf meinen Knien und hauchte ihre Füße an und küsste sie, und küsste ihre Hände, ihren Nacken, ihre Schultern, bis sie mich mit verschämter Anmut an sich zog und von Neuem an meinen Lippen hing. Es ist unbeschreiblich, was ich empfand, als ich sie an meiner Brust erwarmen fühlte, der Strom des Lebens durchzuckte sie von Zeit zu Zeit elektrisch vom Wirbel bis zur Sohle, und wie wurde mir erst, als sie die Augenlider ganz wenig öffnete und mich von der Seite anblinzelte, als ihre Lippen sich bewegten und sie zu sprechen begann mit einer Stimme die so seltsam war, so weich, während ihr großer Blick mit einem Male gleich einer Schneeflocke auf mein Herz fiel. Und merkwürdigerweise sprach sie französisch.

›Mich friert‹, begann sie, ›mache doch Feuer im Kamin.‹ Ich gehorchte und bald loderte es hell aus dem trockenen Holz empor, und gab ein wunderbares Flammenspiel in dem Gemach, auf den verblassten Figuren, den alten Tapeten, auf dem Gelb der Möbel und dem rührend schönen Leibe der weißen Frau, die in den roten Seidenpolstern hingegossen lag, vom üppigen Lockengeringel umspielt. Der Mond flocht weiße Rosen in die blutroten des Feuers und bekränzte das stumme Götterbild. Der Wind sang im Schornstein, der Schnee pochte mit weißem Finger an die Fensterscheiben, der Holzwurm klopfte oben im Getäfel und unter der Diele nagte ein Mäuschen. Und wir küssten uns.

Meine Glut, meine Raserei erwärmte und löste vollends ihre starren weißen göttlichen Glieder, welche wie Feuer brannten oder wie grimmiger Winterfrost, sie atmete schwer, ihre Lippen zuckten in dem sinnverwirrenden Stammeln holder Leidenschaft auf, und versengten mich mit ihren eisigen Küssen. Ich empfand die Qualen des Scheiterhaufens und fühlte die Marter des Erfrierenden, bald war es als leckten wilde Flammen zu mir empor, bald schien sich das eisige Leichentuch des Schnees über mich zu breiten.

›Gib mir zu trinken‹, sagte sie plötzlich.

›Was befiehlst du?‹, fragte ich.

›Wein‹, gab sie zur Antwort. Zugleich deutete sie auf einen Glockenzug in der Nähe der Türe.

Ich zog die Glocke. Ihr Ton durchzitterte schauerlich das weite öde Gebäude, nicht lange und eine Stimme, die aus dem Grabe zu kommen schien, fragte nach unseren Befehlen.

›Wein, Alter!‹, sagte ich.

Wieder nach einer Weile pochte es an der Türe, und als ich hinaustrat, stand der Kastellan mit einer Flasche da, auf der noch der Staub des Kellers lag, und zugleich zitterte in seiner Hand ein silbernes Brett, auf dem zwei Glaspokale leise aneinander klangen.

Ich schenkte einen derselben voll, mit glutrotem Burgunder Wein und reichte ihn ihr. Sie setzte ihn an und schlürfte das Blut der Reben ebenso gierig wie meine Küsse, und als ich das Glas auf ihren Wink zurückgestellt hatte, legte sie den Arm um meinen Nacken und saugte sich fest an meinen Lippen. Eine wundersame Mattigkeit kam über mich, sie schien mir Atem, Leben und Seele zu nehmen, ich meinte zu sterben, der Gedanke in den blutgierigen Händen eines weiblichen Vampirs zu sein, flog wie ein Schatten über mich, aber es war zu spät, ich hatte mich in ihren Locken verwickelt, meine Hände wühlten in ihrem dämonischen Haare und ich verlor das Bewusstsein.

Als ich zu mir kam sah ich mit namenlosem Erstaunen, dass ich weder in den Armen eines Vampirs, noch in den Armen einer Statue oder eines toten Dämons lag. Ein lebendiges schönes Weib mit großen blühenden Formen, deren plastischer Marmor von warmem Blut durchglüht war, sah neugierig auf mich herab mit feuchten dämonenhaften Augen. Das fein geschnittene Oval ihres bleichen Gesichtes leuchtete von keuscher Holdseligkeit, ihr fabelhaftes Haar, zugleich feuriges Gold und weiche Seide, erglänzte um sie wie eine Gloriole, wie die Flammenrute eines Kometen. Eine Atmosphäre voll Duft umgab sie. Sie hatte keinen Schmuck an sich, nicht einmal einen schlichten Reif, wie er die Arme der gemeißelten Göttinnen ziert, dafür glänzten ihre Zähne wie zwei Perlenreihen in dem Rubinenmund und ihre Augen warfen gleich kostbaren Smaragden ein grünes Licht.

›Bin ich schön?‹, fragte sie endlich mit ihrer matten, röchelnden Stimme.

Ich konnte nicht sprechen. Der verschwommene sonderbare Glanz ihrer lauernden Augen benahm mir den Atem. Ihr verlangender Blick ergriff mein Herz mit Pantherkrallen, ich fühlte mein Blut rieseln wie ein zu Tode Verwundeter, vorübergehend flackerte in ihren Augen ein drohendes Feuer auf, dann senkte es sich über dasselbe wie der geheimnisvolle Schleier, den der Mond über die Landschaft breitet.

›Bin ich schön?‹, fragte sie noch einmal.

›Ich habe ein Weib, wie du es bist, noch nie gesehen‹, gab ich zur Antwort.

›Gib mir einen Spiegel‹, sagte sie hierauf. Ich hob den schweren Spiegel von der Wand und stellte ihn vor sie hin, sodass sie ihre ganze liebreizende Gestalt betrachten konnte. Sie tat es mit lächelndem Entzücken und begann dann ihr goldrotes Haar mit dem Elfenbeinkamm ihrer Finger zu kämmen und zu ordnen. Endlich schien sie von ihrer Schönheit gesättigt und hieß mich den Spiegel an seine Stelle setzen. Als ich nun wieder andächtig vor ihren Füßen lag und in ihr Antlitz schaute, murmelte sie: ›Ich sehe mich in deinem Auge‹, und ihre Lippen berührten schmeichelnd meine Lider.

›Komm‹, gebot sie dann, ›lass uns das grausam süße Spiel der Liebe erneuern.‹

›Ich fürchte mich vor dir und deinem roten Munde‹, erwiderte ich zögernd. Sie lachte. Es war ein verlockendes Lachen voll holder Üppigkeit.

›O du entfliehst mir nicht‹, rief sie, und schon hatte sie mich mit einer ungestümen Bewegung in ihrem Haar gefangen, dann drehte sie einen Teil desselben rasch zu einer Schlinge, legte sie um meinen Hals und zog sie langsam zusammen.

›Wenn ich dich jetzt erwürgen würde‹, sagte sie, ›und zugleich ersticken mit meinen Küssen, wie es die Russalka mit ihren Opfern macht?‹

›Es wär ein süßer Tod.‹

›Glaubst du? Aber ich lasse dich leben zu meiner Freude und deiner Qual.‹

Sie neigte sich zu mir, nah und näher, ihr Hauch durchrieselte mich wie Glut der Hölle. Ich folgte mit meinen Lippen den zarten blauen Adern, die allerorten durch den Alabaster ihrer Haut schimmerten, und barg dann mein heißes Antlitz an ihrer Brust, die so weich ist wie schwellender Samt und zart wie flockiger Schnee. Ich ließ mich von ihrem sanften Atem wie von einer Welle heben, und sie spielte mit mir wie mit einer Puppe. Sie deckte mir die Augen mit der Hand zu, sie unterhielt sich mit meinen Ohren, um mir dann die Finger auf die Lippen zu legen und endlich in den Mund, als wollte sie mich ihn kosten lassen, und wirklich er war glühend und süß wie Sorbet. Im nächsten Augenblicke wand sie meine Locken um ihre Hand und wühlte endlich mit beiden in meinem Haare, so zärtlich und dabei doch mit einer Art Zorn, und riss mich mit der Wut einer Bacchantin an sich, an ihre Lippen, die zu dürsten schienen in trockener Fieberglut.

Die Welle, die mich weich umspielt hatte, wurde zur Woge, die mich bedrohte, mit der ich gleich einem Schiffbrüchigen rang, und als das zaubermächtige Weib mich plötzlich auf das Ohr küsste, da begann es mir in demselben zu singen, zu klingen, zu sausen, wie einem Ertrinkenden, und umwunden von ihren feuersprühenden Flechten meinte ich in einem Ozean von kochender Lava zu schwimmen, der mich endlich verschlang, in dem Taumel übermenschlicher Liebeswonne. In ihren teuflischen Küssen ward mir die ganze Mystik der Leidenschaft mit einem Male offenbar, Lust und Bangen, Genuss und Marter, Seufzer, Lachen und Weinen, bis ich im Taumel wieder mit dem Antlitz zur Erde sank.

›Bist du tot?‹, fragte sie nach einer Weile und als ich mich nicht regte, trat sie mir mit dem kleinen nackten Fuß leise in das Gesicht, im nächsten Augenblick streckte sie sich, mutwillig lachend, auf meinem Rücken aus, wie eine Tierbändigerin auf dem Löwen, den sie zahm und gehorsam gemacht hat.

Ich regte mich nicht, auch dann nicht, als sie sich erhob, um durch das Zimmer zu gehen.

Als ich endlich die Augen öffnete, sah ich den Mond, der leise in das Zimmer getreten war, ihre Füße küssen, dann sich langsam erhebend sie mit seinen weißen Armen umfangen, während sie ihm kokett die Lippen darbot.

Zorn und Eifersucht erfassten mich.

›Was will der bleiche Wüstling‹, rief ich, ›du bist mein!‹

›Mein bist *du*‹, lachte sie, und warf sich in die Polster, dass ihr Haar wie eine Flamme aufflog und ich vom Wahnsinn der Liebe aufs Neue erfasst, meine Lippen auf ihre Knie, ihre wogende Brust presste und endlich mein Haupt an ihre Schulter lehnte.

›Was ist das?‹, fragte ich nach einer Weile. ›Ich fühle kein Herz in deiner Brust schlagen?‹

›Ich habe kein Herz‹, sagte sie kalt und verdrossen. Es durchschauerte ihre edeln Glieder wie ein Windstoß. ›Aber du‹, fuhr sie spöttisch fort, ›dir pocht es wie toll hinter den Rippen – und – du liebst mich auch wie ein Narr!‹

›Wie ein Narr‹, wiederholte ich mechanisch.

Wir ruhten lange Zeit, Schulter an Schulter, und lauschten dem Wind, dem Flattern der weißen Flocken, dem Nagen des Mäuschens in der Diele und dem Pochen des Holzwurmes im alten Getäfel.

Der volle Mond war längst nicht mehr zu sehen, nur die Sterne blinkten noch durch den weißen Schneeschleier, die erste fahle Dämmerung des Morgens breitete sich aus, als ich zum zweiten Male gleich einem Toten zur Erde niederfiel. Das schöne Weib richtete mich langsam auf, machte mich zu ihrem Schemel und ihre müde röchelnde Stimme klang wie leiser Harfenton durch das Gemach.

›Du hast mir Leben gegeben von deinem Leben, Seele von deiner Seele, und Blut von deinem Blute, hast süße Lust in meiner Brust geweckt, nun sättige meine Zärtlichkeit.‹

›Du tötest mich‹, seufzte ich auf.

Sie schüttelte den Kopf.

›Der Tod ist kalt‹, gab sie zur Antwort, ›das Leben so warm. Die Liebe tötet, aber sie erweckt zu neuem Leben.‹ Sie flocht ihr Haar zusammen und schlug mich neckend damit; ihr Fuß, den sie zuerst in meine Hand gestellt hatte, ruhte jetzt auf meinem Nacken und als ich das Antlitz zur Erde liegen blieb, fuhr sie mir mit demselben sanft über den Rücken, dass es mich überrieselte, einem elektrischen Strome vergleichbar. Von Neuem ergriff sie eine göttliche Wildheit, sie wendete mich rasch herüber, kniete auf meiner Brust und fesselte mir die Hände mit ihren goldenen Flechten.

›Nun gehörst du mir und niemand rettet dich vor meiner Liebe‹, hauchte sie mit stockendem Atem, ein wildes Licht loderte in ihren Augen auf, ihre Lippen ergriffen die meinen wie glühende Zangen, Kuss um Kuss und Wonne um Wonne, bis der erste helle goldige Strahl des Morgens vor unsere Füße fiel.

›Nun will ich ruhen‹, sagte sie, ›geh' und lass' dich nicht blicken vor dem Abend.‹

Ich verließ das Gemach. Mein Pferd fand ich im Hofe, das Tor stand offen, der Alte war nicht zu sehen. Ich schwang mich in den Sattel und sprengte davon. Aber ich kam wieder, als die Nacht herabsank, und Nacht für Nacht.

O dieses Weib ist wie ein Irrgarten, wer in denselben hineingeratet, ist verzaubert, verloren, vermaledeit!«

Einige Tage nach dieser seltsamen Erzählung war Manwed verschwunden. Niemand wusste mit Bestimmtheit zu sagen, was aus ihm geworden war.

Herr Bardossoski war überzeugt, dass ihn der Teufel geholt habe, Aniela vertraute mir an, dass ihr die marmorne Dame im Traume erschienen sei, aber in einer Krinoline und mit einem großen Chignon und ihr mit einem süffisanten Lächeln im reinsten Französisch gesagt habe: Er ist tot, ich habe ihm die Seele aus dem Leibe gesogen und kann mich nun wieder einige Zeit auf dieser schönen Erde amüsieren.

Sein Kosak versicherte, sein Herr habe Blut gespuckt und sei auf den Rat des Kreisphysikus nach »Netalien« gefahren.

Aniela weinte sich die Augen rot und – nahm einen andern. Eines Tages, als sie in starrer Niobischer Trauer in ihrem kleinen Schlafzimmer mit den blütenweißen Vorhängen saß, stand plötzlich Herr Maurizi Konopka vor ihr und sie erschrak diesmal unerklärlicherweise nicht im Mindesten. Er stammelte etwas, was ein Heiratsantrag sein sollte und von einem lyrischen Gedichte kaum zu unterscheiden war, und vier Wochen später standen sie vor dem Altar. Es gab eine sehr lustige Hochzeit, ich habe selbst auf derselben getanzt.

Nach Jahren, es war in Paris, in der großen Oper, sah ich meinen Freund Manwed unerwartet wieder. Man gab »Robert der Teufel«. Ich hatte das Haus verlassen, während noch Bertram und Alice um seine Seele kämpften. Von einem Diener in blauer Kosakentracht herbeigerufen, fuhr ein Coupé vor mit zwei wilden Rappen bespannt, unter deren Hufen Funken hervorstiebten. Ich blieb stehen und sah ein vornehmes Paar an mir vorüberkommen.

Es war Manwed, der eine Dame am Arme führte.

Er war schwarz gekleidet, fahl wie ein Toter, tiefe Schatten lagerten unter seinen düster glühenden Augen, sein Haar hing in die Stirne herab. Die Dame war von majestätischem Wuchse, ich sah nur ihr edles schönes Profil und sah, dass sie sehr bleich war, um ihren Marmorhals spielten goldrote Locken. Sie war in einen kostbaren Schal gewickelt, schien aber trotzdem sehr zu frieren.

Manweds Blick streifte mich wie etwa eine Säule oder eine tote Wand. Er erkannte mich nicht.

Zu rechter Zeit kam ein Pariser Freund, ein Maler, der alle schönen Frauen kennt.

»Wer ist sie?«, fragte ich leise.

»Eine polnische Fürstin Tartakowska«, lautete die Antwort.

Im Auslande sind unsere Damen alle Fürstinnen, besonders wenn sie reich und schön sind. Nun weiß ich aber in der Tat nicht, ob mein Freund Manwed damals wahnsinnig war, ob er uns alle zum Besten gehabt hat, oder doch etwas Wahres an der Geschichte ist?

Das Erntefest

Ringsum klingt die Sense, die Sichel; Lieder bald fröhlich wie Lerchen, bald trauernd sehnsuchtsvoll wie Nachtigallen steigen aus der Ebene empor. Die Ernte ist im vollen Zuge. Die weite podolische Fläche wogt im leichten Sommerwinde, ein gelbes Meer, Hügel an Hügel scheinen sich wie große Wogen zu heben und wieder zu senken, auf einzelnen kleinen Inseln wimmelt es von Schnittern wie von kleinen, schwarzen Insekten.

Um mich, oder eigentlich um den ostgalizischen Edelhof, in dem ich vor einer Woche etwa vom Pferde gestiegen und bis heute ein

Gefangener russischer Gastfreundschaft bin, dehnt sich ein Stück dieser unendlichen Ebene, das hat seine Korn- und Weizenwellen in riesigen Garben zusammengebunden. Zu dreien aneinander gelehnt, stehen sie weithin in langen Reihen, gleich Zelten eines ausgedehnten Lagers, nur am Horizonte von einem kleinen Wäldchen, das wie ein dunkler Gartenzaun dasteht, und von dem Dorfe Turowa begrenzt, dessen niedere, von Strohdächern tief überhangene Hütten mit einzelnen emporragenden Stangen man von Weitem für längliche Heuschober halten könnte.

Der Edelhof, ein langgestrecktes, ebenerdiges Gebäude, steht mit seinen Ställen, Schuppen, Scheuern auf einem Hügel. Ein Fußpfad führt zwischen Felder, die nur noch dürre Stoppeln zeigen, in Krümmungen gegen das Dorf hinab. An ihm lehnt ein flacher, kahler Erdaufwurf, das Volk nennt ihn den Tartarenhügel, und jenseits desselben steht das Kornfeld, von dem aus die Lieder der Schnitter herübertönen, dann noch eins und noch eins.

Ich nehme meine Flinte und trete aus dem Hause.

Da sitzt auf der Veranda der Herr des Edelhofes, mein Wirt Wasyl Lesnowicz. Ein würdiger Mann, nicht eben klein, knochig, mit starker Stirne, unverwüstetem, weißem Haare, langem Schnurrbart, fester Nase und dickem Kinn. Die blauen Augen unter den struppigen Augenbrauen wie verborgene Flämmchen lebhaft und feurig.

»Gehen Sie nicht zu weit vom Hause, Bruder«, sagte er bedächtig, »die Bauern werden heute mit der Ernte fertig, dann feiern wir heute Abend noch das Erntefest, ja, sie kommen alle herauf, das ganze Dorf, das Volk hat so ein Attachement an unsereins, weil man zu ihm gehört, drüben bei dem polnischen Nachbar, da kommt niemand mehr zum Erntefest, als die bezahlten Schnitter.«

Herr Wasyl war nämlich stolz auf das Ansehen, das er beim Landvolk genoss.

Seine Familie war, wie alle adeligen Geschlechter Ostgaliziens, russischer Abkunft, hatte unter polnischer Herrschaft polnische Sprache und Gesinnung angenommen, aber den griechischen Ritus bewahrt. Herr Wasyl hatte seine Bauern nie schlecht behandelt, aber vor dem Jahre 1848 die Herstellung Polens als politische Notwendigkeit angesehen. Als in jenem Jahre der Bauer seine Freiheit erlangte und die russische Nationalität in Galizien zu neuem Leben erwachte, da begann auch Herr Wasyl russische Zeitungen zu halten, russische Bücher zu kaufen, seinen Töchtern Jacken nach russischem Schnitte machen zu lassen, mit den Polen französisch zu sprechen, in der Unterredung mit Bauern stets Phrasen wie: »wir Brüder«, »wir Landsleute« fallen zu lassen und jeden mit einem »Bleibt gesund!« zu grüßen.

Ich sagte, ich wolle eben nur auf das Feld zu den Schnittern gehen, nahm Abschied und schritt gegen das Dorf.

Auf dem Fußpfad kam mir eine schlanke Bäuerin entgegen, den Kopf fantastisch mit einem bunten Tuche wie mit einem Turban umwunden, sie ging mit einem »Gelobt sei Jesus Christus« gesenkten Blickes an mir vorüber.

Da lag nun das Kornfeld, das unter den kräftigen Armen der Schnitter rasch zu Boden sank. Behände arbeiteten die jungen Burschen in weiten, grobleinenen Beinkleidern und Hemden, mit bloßen Füßen, Armen und bloßem, braunem Halse, einen breitkrempigen Strohhut auf dem Kopfe. Die Mädchen in kurzen, bunten Röcken, ploderndem Hemde, den roten oder gelben Tüchern auf dem Kopfe, tauchten beim Schneiden wie große Mohnblumen auf und ab.

Zur Seite stand ein großer Krug Wasser mit einem angeschnittenen Laibe schwarzen Brotes als Deckel. Seitwärts richteten mit echt russischem Ernste einige Bauern die Garben und stellten sie schief zusammen, wie man Gewehre in Pyramiden stellt, damit der Regen abrinnen kann.

Buben versteckten sich zwischen denselben, einer rief: »Ich bin ein Bär! Das ist meine Höhle!« Sofort liefen die anderen herbei, suchten ihn mit Weidenruten herauszutreiben und schrien sich heiser, bis ein Garbenbündel umsank, das nächste niederwarf, und so eine ganze Reihe wie Kartenhäuser zusammenfiel. Eine kräftige Stimme tönte herüber, jetzt richteten sie die Garben rasch auf, legten sich halb nackt in den warmen Sand des Weges und horchten zu, wie einer ein Märchen erzählte.

Seitwärts stand eine Schnitterin, ein junges Weib. Die staubigen Füße, die schlanke Hüfte, die volle Brust besonders wohlgebildet. Das Haar in einem großen Kranz um den feinen Kopf mit seelenvollem, blauem Aug' und der feinen, sanft gebogenen Nase. Sie wischte den Schweiß mit dem weiten Hemdsärmel von Stirne und Wange, steckte die Sichel rückwärts in das Schürzenband und hockte sich in das Korn.

Da lag ihr Kind.

Sie nahm es an die Brust, setzte sich unter den Weißdornstrauch, wo er den vollsten Schatten gab und sprach zu ihm süße Worte wie Küsse, zärtliche Diminutive, wie sie keine andere Sprache besitzt, halb singend, halb zwitschernd, sodass ein neugieriges Rotkehlchen aufmerksam wurde, geflogen kam und von dem obersten Aste des Weißdornes mit den klügsten schwarzen Augen ernsthaft zusah.

Alle hatten mich begrüßt und dann etwas gemustert.

Jetzt kam über den Weg herüber ein alter Bauer. Ihm gehörte das nächste Feld, er beaufsichtigte seine Leute bei der Arbeit, hatte mich gesehen und kam, mit jener unserem russischen Bauern angeborenen guten Art, mir Gesellschaft zu leisten. Auf zehn Schritte weit zog er den Hut ab und wünschte mir und meinen Enkeln und Enkelkindern ein ungemessenes Wohlergehen. Als er den Hut abhatte, war sein Gesicht mit dem energischen Schnitte, dem wehmütigen Munde, von einem weißen Schnurrbart eingefasst, der gewölbten Stirne, zur Hälfte von dem abgeschnittenen, grauen Haar bedeckt, zugleich schön und sympathisch. Er hatte einen groben, zottigen Rock an, mit Kapuze rückwärts, grau, an den Nähten mit blauen Schnüren besetzt, einen Rock, den die Reiter Dschingis Khans getragen haben mögen und den der galizische Bauer als ein Erbstück der Tartarenzeiten in seiner Tracht bewahrt.

Wir gingen zwischen den Garben auf und ab, sprachen von der Ernte und kamen allmählich bis zu dem Tartarenhügel, welcher gegen die untergehende Sonne wie ein schwarzer Sarg stand. Ich legte meine Flinte an seinem Abhange nieder und setzte mich in den Schatten. Der Bauer bedachte sich einen Augenblick, blickte umher, dann setzte er sich in einiger Entfernung gleichfalls nieder.

Je weniger ich sprach, umso mehr bemühte sich der alte Mann, mich zu unterhalten.

»Heute werden wir fertig«, sagte er, »die Leute vom Hofe auch, dann halten wir zusammen das Erntefest.«

»Ihr seid also in einem guten Verhältnis zu Euerem früheren Gutsherrn?«, bemerkte ich.

»Und warum nicht!«, erwiderte der Bauer. »Er gehört zu uns, er ist ein Russe so wie wir. Mit den polnischen Gutsherren ist es anders. Das ist eine alte Feindschaft, die Volkslieder wissen davon zu erzählen.

Herr Lesnowicz dagegen ist, um es recht zu sagen, mit uns wie ein Bruder mit Brüdern. Er hat uns geholfen die Schule bauen, er hat uns auch einen streitigen Wald gegeben, wir werden ihn also zum Deputierten wählen.«

»Ihr habt hier eine gute Schule, und was ich von der Wirtschaft sehe, ist auch besser, als sonst bei uns in Galizien.«

»Ich bitte Sie«, fiel der Bauer lebhaft ein, »es ist hier ziemlich, aber wenn es irgendwo schlechter ist, darf man darüber staunen? In manchen Büchern steht es zu lesen, dass der Bauer hierzulande träge ist, ein schlechter Arbeiter, aber ein ordentlicher Säufer und Dummkopf, der Kirchensänger hat uns einmal so etwas vorgelesen. Nun, Gott sei Dank, ist das nicht wahr. Aber dürfte man erstaunen, wenn es so wäre? Bedenken Sie doch, gnädiger Herr, wie das so bei uns war. Da waren wir unter dem polnischen Reiche, wie lange ist das her, waren zu nichts anderem gut, als dem Edelmann das Feld zu bestellen wie Rind und Pferd; nur wenn ihm sein Nachbar ein Pferd tötete, musste er Strafe zahlen, und wenn er ihm einen Bauer tötete, oft nicht. Also sollte der Bauer ein Land lieben und mit Eifer bebauen, auf dem er wie ein Fremder, wie ein Tier gehalten war?

Da kamen wir zu Österreich, da wurde es gleich besser. Der Bauer war jetzt ein Mensch wie jeder andere, aber der Grund blieb dem Edelherrn und der Bauer musste ihm die Robot leisten.

Der große Kaiser Joseph« – der Bauer nahm den Hut ab und setzte ihn wieder auf – »hat uns ein Patent gegeben, das sagte deutlich, so viel Tage der Woche soll der Bauer für den Gutsherrn arbeiten und so viel für sich. Es war gerecht für beide Teile. Aber die Edelleute wollten keine Gerechtigkeit und verstanden das Patent zu umgehen. Wie, werde ich Ihnen gleich sagen.

Uns sind die Kinder ans Herz gewachsen, und schwer trennt sich der Vater von dem Sohn. Nun nehmen wir an, ein Bauer hatte 30 Joch, die ihn gut ernährten, und hatte davon vier Tage Robot zu leisten. Der Bauer hatte nun zwei Söhne. Da kam der Edelmann und sagte: ›Du hast zwei rüstige Söhne, man wird sie dir zum Militär nehmen, du aber möchtest dich nicht von ihnen trennen. Weißt du was, du gibst jedem zehn Joch, so hat jeder von Euch zehn Joch, und jeder leistet mir vier Tage Robot.‹ Die Söhne teilten wieder und die Enkel wieder, und die Robot stieg immer fort, und vereinigte wieder einmal ein Bauer alle diese Teile, so hatte er nun statt vier Tage oft 24 Tage in der Woche zu roboten und fragte sich, wie er das anzufangen habe.

Es war also damals auch nicht am besten. Wenn der Bauer den ganzen Tag hinter dem Pflug ging, so geschah es, damit der Edelmann auf Silber speist, die Edelfrau mit vier Pferden am Schlitten fährt, er selbst aber Haferbrot kaut und sein Weib barfuß im Schnee watet.«

Dem Bauer war besonders wohl, wie er der vergangenen, schweren Zeiten gedachte und dann auf seinen freien Grund und Boden blickte.

»Ich meine, dass die Bauern auch damals nicht so arbeitsscheu waren«, sagte ich nach einer Weile; »wie war es denn mit den nächtlichen Ernten? Ihr erinnert Euch noch gewiss daran.«

Der Bauer sah beiseite und spuckte aus. »Wie soll ich mich nicht erinnern, Herr!«, erwiderte er. »Es war so. In manchen Gegenden, wenn es einen schlechten Sommer gab, Gewitter, Stürme, Regengüsse, und war das Feld in ein Meer verwandelt, jede Ackerrinne ein Bach, wenn dann zur Zeit der Ernte auf einmal der Himmel wolkenlos war, die Luft stillestand, heiß und trocken, da geschah es, dass der Edelherr die Bauern vom frühen Morgen bis zum Abend auf seinen Feldern arbeiten ließ, um die Ernte hereinzubringen, ehe sich das Wetter wenden möchte, und den Bauern keine Zeit blieb, für sich zu schneiden; ihr Korn bog sich bereits zur Erde, jede Wolke, die am Himmel aufstieg, konnte ihre Ernte vernichten.

Kamen dann die schönen kühlen Vollmondnächte, so ruhten sie etwas, nachdem die Tagesarbeit für den Herrn getan war, und hielten ihre Ernte in der hellen Vollmondnacht, sie blieben beisammen, wie sie von dem Felde des Herrn kamen, und schnitten dann alle vereint Feld für Feld, wie es kam, jedem halfen alle, und jeder allen. Am Morgen schliefen sie wenige Stunden und zogen dann wieder zur Arbeit auf das Feld des Herrn. Das waren die nächtlichen Ernten.«

Wir schwiegen beide.

Endlich sagte der greise Landmann: »Sehen Sie, so ist es mit der Faulheit, und was das Saufen betrifft, so ging der Bauer in die Schenke, um sein elendes Leben zu vergessen. Der Branntwein nahm ihm etwas die Besinnung, und das war gut. Man tanzte, man sang, man sprach von dem und von jenem, man verpfändete seinen Rock und seine Stiefel, aber man lebte doch.

In dem Jahre 1848 ist es auf einmal anders geworden. Wir sind frei geworden, der Grund und Boden gehört uns. Der frühere Gutsherr ist uns nichts mehr als ein Nachbar. Sehen Sie, seitdem hat sich alles gebessert. Der Bauer sieht fleißig auf seine Wirtschaft und hat Gewinn davon; es ist ein gutes Land, in dem wir wohnen, einen besseren Boden kann es wohl nicht geben, der Mensch hat Lust an der Feldarbeit. Der Bauer hat so eine Liebe zu ihr, zu seinen Tieren, seinen Verhältnissen, und wenn es gut geht, hat er einen Ertrag, dass der Städter ihn beneidet.

Sehen Sie, vorzeiten war ich manchmal in Strafe wegen der Robot, und meine Felder standen zur Hälfte wüst. Jetzt pachte ich Grundstücke von den polnischen Edelherren, und meine Wirtschaft lässt sich sehen. Drüben in Sieniawa, da sehen Sie das Dorf an, Haus für Haus von purem Stein. Dabei die gute Straße. Das ist freilich noch der Anfang, Herr Gnädiger, es drücken uns etwas die Steuern, es fehlt noch an Eisenbahnen, Straßen, Schulen.«

Ich sah den Bauer erstaunt an. »Aber man sagt«, bemerkte ich dann, »dass Ihr die Schulen nicht sehr liebt.«

Der alte Mann schlug die Arme auf der Brust ineinander und wiegte den Oberkörper hin und her. »Was die Leute alles sagen! Das war noch, wie alles polnisch war, und wir zahlten nicht gern unser Geld dafür, damit unsere Kinder ihre Muttersprache verlernen.

Jetzt sind die Schulen in unserer russischen Sprache, und die Gemeinden bauen selbst die Schulhäuser und geben, was nötig ist.

Ja, was da alles geredet wird und geschrieben, es ist bereits ungesund. Auch von der Eisenbahn. Wären Sie nur dabei gewesen, wie die Bahn nach Lemberg eröffnet wurde. Man sagte, die Bauern nennen das ein Höllenwerk. Das war aber unwahr.

Auf allen Stationen waren die Gemeinden mit Richtern, Geschworenen, Musik und begrüßten den ersten Zug. Viele fielen auf die Knie, hoben die Hände zum Himmel. Glauben Sie solche Sachen nicht. Es wird noch weit anders werden, weit anders, Sie werden es wohl erleben, man soll nur der Gemeinde mehr Freiheit geben. Es war bei uns von alten Zeiten her, dass die Gemeinde alles war, und sie ist es jetzt auch, wenn auch die Regierung sie nicht so anerkennt. Es konnten weniger Beamten sein, es wäre uns besser und dem Reiche.«

»Freund«, warf ich ein, »ich bin auch für die freie Gemeinde, aber es ist noch nicht an der Zeit.«

»Ich beschwöre Sie«, entgegnete der Bauer, »warum denn nicht? Da hatten z. B. die Dominien die Steuern einzuheben für den Staat und hatten uns bedrückt. Darauf haben die Bauern nicht erst gefragt, sondern die Steuern selbst gesammelt durch die Gemeinderichter. Im Jahre 1827 kamen die kaiserlichen Steuerämter. Sehen Sie, da hat es gleich sehr viel gekostet, und früher nichts, und was die Rückstände betrifft, so waren es nur wenige, als die Gemeinden die Steuern einhoben, und als die Beamten – bald mehrere Millionen. Es scheint also, dass die Gemeinden manches besser machen als die Beamten. Kein Vogel kann gleich fliegen.

Wenn aber die Störche wollen, dass ihre Jungen es lernen, tragen sie dieselben auf ihren Flügeln in die Luft empor. Aber es scheint, die Regierung will nicht, dass wir fliegen lernen –«

Um den Weißdornstrauch hatte sich indes eine Gruppe von Weibern und jungen Burschen gebildet, aus der plötzlich ein gellendes Geschrei herüber tönte. Mein alter Bauer richtete sich auf, um hinzusehen. Zugleich kam ein halbgewachsener Knabe mit bloßen Füßen, wirren blonden Haaren, in vollem Laufe gegen den Tartarenhügel. Er schrie von Weitem schon halb atemlos: »Großvater! Großvater! – Die alten Weiber – wollen der Jewa – nicht – den Erntekranz – geben!«

»Warum nicht?«, fragte der Bauer. »Sie sagen, dass sie leichte Sitten hat!« – »Was kümmert das die alten Weiber, aber sie sind wie die Hennen, wenn eine junge unter sie kommt, beißen sie sie. Da sehen Sie aber den Jungen an, wie der kleine Hahn schon sein Hühnchen zu beschützen weiß. Kommen Sie, Herr! Sie selbst sollen bestimmen, welche den Erntekranz tragen soll. Es sind schöne Mädchen da, die Wahl ist schwer.«

Wir gingen den Hügel hinab, vorbei an den Erntewagen, die geladen wurden, an Schnittern, die ihre Sense dengelten.

Die Sonne sank, von kleinen Wolken umgeben, welche sie mit feurigem Rot übergoss. Ein lauer Abendwind strich durch die Stoppelfelder. Auf einem Heuschober saß eine Amsel und sang, Sperlinge flatterten an den Sträuchern, und schrien pöbelhaft in ihr melodisch elegisches Lied.

Unter dem Weißdornstrauch saßen fünf junge Frauen und wanden den Erntekranz. Zwei hatten den Schoß voll gelber Getreideähren, die dritte hielt blaue Kornblumen in der Schürze und schob von Zeit zu Zeit einzelne in das Geflechte, eine sang munter ein Lied und hielt in den braunen Händen ein duftiges, rosenfarbiges Band.

Noch eine saß zur Seite, den Kopf in beide Hände gestützt, wie versunken, ihre Wimpern fielen gleich schwarzen Schatten in das Gesicht. Ein Schwarm von Weibern und Burschen keifte, schrie und lachte um sie. Sie blickte nicht auf.

Wir traten hinzu. Es wurde ganz stille; sie regte sich nicht. Der alte Bauer, die Hände flach auf die Knie gestemmt, bückte sich zu ihr.

»Nun Jewa, sie wollen dir den Kranz nicht geben?« Jetzt riss es sie einen Augenblick empor, ich blickte in ein Antlitz vom edelsten Oval, mit dem göttlichen Schnitt eines hellenischen Marmorbildes, bleich, sehr bleich, zwei Augen flammten empor, der unverhüllte Busen hob sich langsam, wie ein schlafender Schwan die weißen Flügel regt. Wieder sanken die Wimpern herab. Teilnahmslos blickte sie auf den Kranz.

Ich sah sie noch einmal an und sagte lebhaft: »Ihr gehört der Kranz.« Der alte Bauer nickte. Die Schnitter liefen herbei, schwangen die Hüte und schrien: »Jewa trägt den Kranz!« Sie stand auf und blickte mich an, kaum dankbar. Mit stolzer Bewegung des Kopfes warf sie die langen, dicken Zöpfe nach vorne über die Schultern und begann den einen aufzumachen.

»Wählt die Kranzmädchen«, rief sie mit verächtlichem Lächeln den Schnittern zu, welche sie betrachteten, kehrte ihnen den Rücken, löste rasch die Zöpfe und breitete dann die langen, weichen Haare wie einen dunklen Mantel um sich.

Niemand sprach ein Wort, nur ein altes, zahnloses Weib stellte sich neben mich und sagte halblaut: »Die Faulenzerin kann leicht weiß sein und lange Haare haben, was tut sie denn? Singen, träumen, lieben, lachen!«

»Wo ist die Handza?«, fragte schüchtern, die Augen zu Boden geschlagen, ein junger Schnitter.

»Komm! Komm hervor!«, sprach der alte Bauer und zog das hübsche Mädchen am Hemdsärmel zu sich, das sich täppisch wehrte und die rote Schürze vor das rote Gesicht hielt. »Weißt du doch, dass du

Kranzmädchen wirst, wenn es noch eine Gerechtigkeit gibt auf Erden«, fuhr der Alte fort. »Ist sie Euch nicht recht?«

»Es ist gut!«, riefen viele. »Wählt die andere.« Ein halbes Dutzend weiblicher Namen schwirrte nun auf einmal in der Luft: »Basja!«, tönte am kräftigsten. »Basja! Basja!«

Der Alte hob die Hand. »Es ist gut«, versicherte er, »die Mehrzahl ruft Basja, so soll es Basja sein!«

Die Schnitter stimmten bei.

Basja, ein kleines rundes Ding, trug den Kopf mit dem Stumpfnäschen und den blitzenden Augen ziemlich hoch.

»So macht Euch bereit!«, sagte der Alte. »Die Sonne ist unter.«

Die beiden Kranzmädchen nahmen den Kranz, hoben ihn hoch empor über Jewas Haupt und ließen ihn dann leicht auf dasselbe fallen. Jewa fasste ihn gleich mit beiden Händen und setzte sich ihn zurecht, dann stand sie mit verschränkten Armen da, die goldene Ährenkrone auf dem offenen, wogenden Haare, das Auge gleichgültig auf uns gerichtet, die Erntekönigin.

Die Kranzmädchen hatten sich gleichfalls mit Blumen geschmückt. Von verschiedenen Seiten waren Scharen von Schnittern herbeigekommen, Bauern aus dem Dorfe, zuletzt die Musikanten. Sie stimmten die Instrumente, das Volk trieb durcheinander, Geschrei, Lachen, der alte Bauer ordnete den Zug. Andere Grundwirte standen zur Seite und sprachen angelegentlich von der Landtagswahl.

Endlich setzten wir uns in Bewegung, voraus die Musikanten, ein schmucker Geselle in schwarzer Lammfellmütze mit der Geige, sekundiert von einem ausgemästeten Pächter in dunkler Tuchhose und Tuchrock, der Gemeindehirt die Flöte blasend, während ein brauner Kerl in Hemd und Leinwandhosen den Zymbal schlug, die Bassgeige spielte der kleine Kirchensänger mit priesterlicher Würde. Nach ihnen schritt, übermütig durch Sieg und Schönheit, die Erntekönigin, begleitet von den beiden Kranzmädchen, dann kamen die Bauern, die Schnitter, der in Leinwand, jener den zottigen Tuchrock um die Schulter, bloßfüßig, mit Strohhüten oder in schweren Stiefeln, die Frauen grellrote Tücher wie Turbane um den Kopf gewunden, Mädchen mit langen Zöpfen, große gelbe Malven im Scheitel, dicke Korallenschnüre um den Hals, alle fröhlich. Die Musikanten stimmten an, und von mehreren Hundert Stimmen erklang das altheidnische, bacchantisch feierliche, jauchzend wehmütige Erntelied.

Langsam wälzten sich, von den kleinen Pferden gezogen, auf dem versunkenen Feldwege die Erntewagen nach.

So zieht wie vor Tausenden vor Jahren die slawische Gemeinde, einer für alle, alle für einen, ein Sinn, ein großer Mensch.

Wer noch im Dorfe zurückgeblieben, schließt sich an, als der Zug durch dasselbe kommt.

Ein altes Weibchen kauert vor der Hütte im Sande, den die Sonne gewärmt, grüßt freundlich, blickt lange nach, singt dann leise das Erntelied mit, lächelt und nickt mit dem Kopfe dazu.

Vor der moosgrünen, hölzernen Dorfkirche liegt ein grauer Stein, riesig mit verwitterten, seltsamen Zeichen. Bei diesem Steine halten die Schnitter, und Jewa tritt langsam vor, nimmt den Kranz herab und legt ihn auf den Stein. Aus der Kirche aber kommt der Pfarrer, im weißen Chorhemd mit dem Weihwedel, segnet den Kranz und die Schnitter.

Der Pfarrer hat zwei Büschel über den Ohren emporgekämmt, wie eine Eule, und eine Brille; seltsam ist es aber, wie Jewa an dem Steine steht, mit flatterndem, schwarzem Haare, ringsum liegt das Volk auf den Knien, und sie nimmt den Ährenkranz und setzt ihn wieder auf das Haupt. –

Nahe der Kirche liegt das Haus des Richters; als die Schnitter vorbeikommen, steht er auf der Schwelle, seinen Hahn im Arm. Er bindet ihm die Füße und befestigt ihn dann an dem Erntekranz auf Jewas Kopf. Alle blicken auf den Hahn, sobald der Richter ihn loslässt, will er emporfliegen, schlägt mit den Flügeln und kräht. Das bedeutet eine gute Ernte für das nächste Jahr. Die Schnitter jubeln, die Musikanten spielen, der Richter und sein Weib gehen mit der Branntweinflasche herum und trinken mit jedem. Dann schließen sie sich an, und nun geht es zum Edelhofe.

Das Erntelied tönt über die Ebene, die Geigen schnarren, die Schnitter schreien ein russisches Evoë, der Hahn kräht immerfort. Über dem Wäldchen steigt die große, rote Scheibe des Mondes empor.

Im Edelhofe ist alles auf den Füßen, die beiden Jagdhunde laufen uns entgegen, der Kettenhund rast an der Kette, indes die Katze auf dem schiefen Dache seiner Hütte sitzt und sich putzt. Das bedeutet

Gäste. Der Haushahn sitzt auf dem Stalle und müht sich ab, dem Hahn der Schnitter Antwort zu geben.

Vor der Tür seines Hauses steht Herr Wasyl Lesnowicz und reibt seine Hände in den Hosentaschen. Neben ihm steht die Herrin Athanasia Aspasia Xenia Lesnowiczowa, die kleine Figur in einem quadrillierten Überrock eingeknöpft, dessen Farbe nicht bestimmt werden kann, die lehmblonden Haare in einer Rosahaube. Dann ihr Sohn, Herr Nikolaus, minder blond, mit aufstehender Nase, dichten Brauen, dickem Gesicht, dickem Genick, ein Liedchen pfeifend. Ihm zur Seite, den Arm in den seinen gelegt, im oft gewaschenen Sommerkleidchen, das dunkle Haar liederlich frisiert, sein hübsches junges Weibchen.

Auch die Dienstleute sind da, der alte Stephan mit einer großen Branntweinflasche, die er, wie ein Kind, behutsam in den Armen hält. Vor der Scheune ist ein Erntewagen aufgefahren, den die Knechte halb abgeladen stehen lassen. Der Kosak und der Bienenwächter, zwei Spaßmacher von Beruf, haben sich hinter dem offenen Türflügel versteckt, jeder eine Kanne Wasser zur Hand.

Als das Erntelied hundertstimmig vor dem Hause ertönt, Herr Lesnowicz würdevoll grüßt, stürzen sie hervor, die Kranzmädchen zu begießen, der Bienenwächter spritzt Handza an, obwohl sie geschickt dem Strahle ausweicht, wie aber der Kosak die Erntekönigin bedroht, hat ihn Basja von rückwärts kräftig bei den Armen gefasst; die Mädchen umringen ihn, schreien, gießen das Wasser über ihn und stülpen ihm die Kanne wie einen Hut auf den Kopf.

Die Schnitter bilden einen Halbkreis, die Bauern treten zu Herrn Lesnowicz, es wird still.

Jewa spricht den Glückwunsch. »Wir bringen dir den Erntekranz, Gott der Herr segne dich und die deinen und gebe uns ein glückliches Jahr und eine glückliche Ernte!«

»Viele Jahre! Viele Jahre!«, rufen die Schnitter.

Herr Lesnowicz dankt und gibt den Segen für Kind und Kindeskinder. Dazwischen tönt das »Viele Jahre!« des Volkes. Jewa nimmt den Kranz vom Haupte, noch einmal kräht der Hahn; dann reicht sie das Symbol der Herrin, welche ihr eine Korallenschnur um den Hals hängt. Die junge Frau beschenkt die Kranzmädchen.

Die Dienstleute schleppen rohgezimmerte Tische herbei, decken sie mit Branntweinflaschen, Käse in großen Laiben, Kilbassy, russischen

Würsten, ähnlich jungen Riesenschlangen, Broten, Schüsseln mit Schweinebraten. Herr Lesnowicz und seine Herrin laden herzlich dazu ein.

Der junge Herr führt die Erntekönigin an einem, beide Kranzmädchen an dem anderen Arme, der alte Lesnowicz schleppt einen widerstrebenden Bruder Bauer und Wähler an die Tafel, der Kirchensänger ruft unausgesetzt: »Geniert Euch nicht, gute Leute!«, und beißt dabei in eine Wurst, deren anderes Ende von Zeit zu Zeit unter seinem schweren Stiefel knackt, während er mit der zweiten Hand krampfhaft eine Branntweinflasche umarmt.

Die ernsten Grundwirte bleiben, wie sie sich einmal gesetzt haben, an dem Tische sitzen, jeder sein Messer vor sich, das Branntweinglas macht fleißig die Runde.

Das junge Volk hat kaum von dem göttlichen Nass gekostet, stellt es sich gleich zum Tanze.

Herr Lesnowicz dreht sich mit der Erntekönigin im Kreise, lässt sie los und tanzt einen Augenblick allein und dreht sich schwerfällig wie eine Hummel, die in ein Glas gefallen ist. Aus der Truppe der Schnitter tritt ein junger Bursche, wirft die fettglänzenden Haare zurück, wischt sich den Mund mit dem Hemdsärmel und bittet die junge Herrin zum Tanze.

Bald stampft alles im wilden Reigen durcheinander, der Kirchensänger beißt von Zeit zu Zeit in seine Wurst und streicht dann grimmig die Bassgeige, welche unter seinen Streichen ächzt, der Zymbal weint, die Geigen schreien bald wie ausgelassene Kinder, bald wie Sterbende, die um Hilfe rufen, angstvoll, verzweifelt, halb im Wahnsinn.

Am Tische sind sie lustig geworden. Einer reicht das Glas dem andern, es schwankt, verschüttet, der andere empfängt es ebenso, aber alles mit hübschen Redensarten, zeremoniell.

»Deine würdige Frau bleibe gesund, viele Jahre, viele schöne Jahre, Gott segne sie und gebe Euch ein gutes Einvernehmen und den Frieden.«

»So sei es.«

Dabei neigte der andere den Kopf rechts und links. »Viele Jahre, so sei es«, erwiderte er, »Gott gebe es und so auch Euch zehnfach, Bruder!«

Dann küssen sie sich auf die rechte Wange, und dann auf die linke. Der zweite leert das Glas.

Schon füllt es ein anderer und reicht es weiter. Segenssprüche schallen herüber, hinüber. Der spricht von der Wirtschaft, jener vom Markte, andere, wie es in der Welt steht, vom Kaiser, vom Zaren, vom Franzosen, keiner will indes die andern belehren oder steift sich auf seine Meinung, niemand streitet, niemand zankt, und doch sind unsere Bauern hartnäckiger in ihren Ansichten als die hartnäckigsten Deutschen.

Unter den Tanzenden entsteht eine Bewegung.

Ein junger Mensch, dem Anzuge nach ein Bauer, der Flinte nach ein Jäger, ist unter sie getreten. Seine gute Haltung fällt auf, noch mehr sein Blick. Ich frage, der Hausherr sagt: »Es ist der Dmitro, er hilft dem Heger den Wald hüten, ein kurioser Geselle, aber redlich und treu wie ein Jagdhund. Der soll uns die Kolomijka tanzen.«

Herr Lesnowicz begab sich zu ihm, indes sagte die junge Frau: »Der spielt die große Rolle in der Gegend, die Weiber laufen ihm nach, er hat aber seinen Kopf. Ihm hat es die Jewa angetan. Sie werden schon sehen.«

Die Musikanten spielten die Kolomijka.

Rasch hatten Tänzer und Tänzerinnen sich umschlingend einen Kreis gebildet. Im Kreise standen Jewa und der Waldhüter.

Die ersten Töne schwebten einzeln, klagend in der Luft, der Waldhüter stand unbeweglich, die Arme auf der Brust verschränkt, das Haupt wie im Schmerz gesenkt, er begleitete die Melodie leise mit einem traurigen Gesang, nur von Zeit zu Zeit stieg ein Klang, ein Seufzer, ein lautes Weinen, ein Wehruf melodisch aus seiner Brust.

Weit von ihm gegenüber stand Jewa, ruhig, das Auge fest auf ihn gerichtet, den Kopf so stolz, weit, unerreichbar.

Leidenschaftlich schwellen die Töne der Musik zu einer wunderbaren Melodie. Plötzlich wirft er den Kopf in die Höhe und stößt einen Schrei aus, einen wilden Jagdruf, den Schrei eines Adlers, der sich auf seine Beute stürzt. Er hebt die Arme und beginnt zu tanzen, jetzt ein Kind, das spielt und trippelt, jetzt ein Gaukler, der eine Schlange bändigt, jetzt ein Raubtier, das in wilden Sprüngen sein Weibchen verfolgt. Sein Auge lässt das ihre nicht mehr los, jeder Schritt, jede Bewegung seines Leibes gilt ihr, sie beobachtet ihn mit kaltem Blute und weicht ihm aus, immer enger werden die magischen Kreise, welche er um sie zieht, jetzt ist er nah'.

Immer wilder wird der Chor der Instrumente.

Mit einem einzigen Satze ist er bei ihr, wirft den Arm wie eine Angel nach ihrem Halse, in demselben Augenblicke ist sie ihm aber auch im Sprunge entflohen und tanzt übermütig, höhnisch, unter lautem Gelächter des ganzen Kreises, an dem entgegengesetzten Ende desselben, den Arm herausfordernd über der Hüfte eingestemmt.

Wieder steht der Tänzer regungslos, wieder senkt er traurig das Haupt, wieder nähert er sich Jewa, und wieder entkommt sie ihm.

Endlich scheint er zu verzweifeln, sein Tanz wird zur Apathie eines Unglücklichen, sein Gesang ein leises Weinen, sie aber höhnt ihn mit den fröhlichen Trillern, sie wirft den Kopf in den Nacken, sie lacht und spottet, und tanzt um ihn, wie eine Mücke um das Licht. Er aber fällt zu Boden, wie ein Sterbender, schnellt im nächsten Augenblick empor, wirft die Arme wie eine Schlinge um Jewas Leib, und sie ist sein.

Unter bacchantischem Jubel des Kreises tanzen sie jetzt zusammen, die Geigen jubeln, der Zymbal jubelt, der Tanz wird zum Hochzeitsreigen, der Gesang zum Hymenäus.

Die ehrenwerten Grundwirte am Tische singen indes den Refrain eines heiteren Trinkliedes, das Herr Nikolaus Lesnowicz angestimmt hat. Der alte Herr ist überlustig, küsst seine Frau vor den Gästen und nennt sie eine verdammte Kokette, während sie verschämt mit den Augen zwinkert.

Der Kosak hat in der Nähe der Entenlache einen halb zerbrochenen Topf aufgestellt, Nikolas muntere Frau verbindet ihrem Tänzer von vorhin die Augen, andere junge Burschen kommen herbei und schicken sich zum Topfschlagen an.

Ich gehe langsam durch den Hof, die Hühner atmen leise im Schlafe, der Hund knurrt, zieht Luft, beginnt zu wedeln.

Hinter dem Edelhofe ist alles still.

Ich betrete eine kleine Wiese und lege mich in einen Heuschober.

Ringsum tiefe Ruhe, kein Schrei eines Vogels, kein Ton einer Hirtenpfeife, feuchter Duft steigt auf, die weite Ebene ist mit Mondlicht gefüllt, der Himmel mit Sternen, die Milchstraße steht klar und ruhig. Jetzt schluchzt eine Nachtigall nahe. Zehn Schritte weit ragt ein vom

Monde halb versilberter Busch. Dort wird es sein. Eine zweite antwortet, die Nacht, die tiefe Stille tragen die süßen Töne.

Das kurz geschnittene trockene Gras knistert und bricht, ein Schritt, noch einer, so sachte? Von der Weide seitwärts tönt der zärtliche Lockruf einer Katze.

Jetzt naht es dem Schober, ich richte mich auf, es ist ein Weib, das wie erschreckt stillesteht, es ist Jewa.

»Sie sind es, Herr!«, sagte sie ruhig.

Ich halte sie bei der Hand. »Und wen suchst du?«, frage ich. Sie schweigt, aber hält meinen Blick aus, zuckt mit keiner Wimper »Du suchst den Waldhüter«, fahre ich fort. Jewa schweigt. Sie schlägt das Auge nicht nieder, aber es flammt auf. Ihre Pupille wird groß, wie die einer Katze, die im Mondlicht wandelt.

»Du suchst ihn nicht?«

»Ich such ihn, ja!«, entgegnete sie leise, aber entschieden. »Er ist mein, ich suche ihn. Schimpfen Sie mich also.«

»Warum soll ich dich schimpfen?«, fragte ich.

»Weil es alle tun, weil es so ist in der Welt«, sprach sie, alles fest, Auge in Auge.

»Ich schimpfe dich nicht.«

»Sie lachen also auch über diese Welt«, sprach sie und stieß ein verachtungsvolles Lachen aus. Die Stille brachte es weit in die Ebene, welche es endlich verschlang. Die Nachtigall schwieg, sogar die Katze schwieg. »Was sind mir die Menschen, was ist mir das Urteil der Welt? Was der Galgen ist für einen tapferen Karpatenräuber.«

Ich ließ ihre Hand los, sie zog das Hemd über der halb entblößten klassischen Brust zusammen und fuhr fort: »Sie sind doch keine schön wie ich. Der Pfarrer sieht mich bei der Predigt bei gewissen Stellen strafend an, begegnet er mir aber allein im Walde, so klatscht er mir mit seiner fetten Hand über den Nacken oder die Hüfte. Sie schimpfen mich, weil ich nicht heucheln kann, wie sie und ihre Weiber und Mädchen. Weil ich einen Mann ansehe, wenn er mir gefällt, weil ich mit ihm spreche, wenn er mich unterhält, weil ich –«

»Nun?«

»Weil ich ihn küsse«, rief sie, »wenn ich ihn liebe, und wenn er krank vor Liebe ist, sage: ›Komm heute Nacht zu mir!‹ – Lebt man denn, um ein ehrbares Begräbnis zu erhalten, oder –«

»So nimm dir einen Mann.«

»Ich will nicht«, sprach sie stolz, »ich will mich nicht einem Manne verkaufen, wie ein Vieh, und sein gehören, wenn er will. Ich will frei sein, ich will eine wilde Katze bleiben unter den zahmen, ich lache über diese Welt.«

Wieder brach das trockene Gras.

Jewa horchte, einen Augenblick stand sie regungslos im Mondlicht, den Arm erhoben, dann sprang sie davon.

Ich kehrte durch den Edelhof zurück und trat auf die Veranda. Gestützt auf die dürre Galerie, in der leise der Holzwurm pickte, sah ich hinab in das Gewühl des Erntefestes.

Niemand war betrunken, aber alles aufgelöst. Der Kosak hieb mit verbundenen Augen, den Rücken dem Topfe zugekehrt, wütend um sich, mit den Füßen ausschlagend, sodass er jedes Mal den Topf zu zertreten schien, auf dem Platz am Fuße des Hügels hatten sie ein Feuer angemacht und tanzten einen wilden Reigen um dasselbe; zwischen den Tischen stand der alte Stephan und sang mit heiserer Stimme ein Kosakenlied, wozu der Kirchensänger kopfschüttelnd die Bassgeige strich.

Jetzt winkte Herr Nikola mit branntweinseligen Augen ein paar junge Burschen herbei und schlich mit ihnen um das Haus.

Ich folgte einige Schritte auf der Veranda, dann mit meinem Blicke.

Die lustige Bande hockte sich im Gebüsch nieder und stimmte auf einmal gellend ein ausgelassenes Spottlied an. Der Refrain tönte besonders ergötzlich in wunderlichen Katzenmelodien.

Sie aber, der das Spottlied galt, saß auf einem Aste der Weide, und zu ihren Füßen Dmitro, der Waldhüter, den schönen Kopf an ihr Knie gelehnt.

Sie vergrub beide Hände beinahe wild in seinen Locken und lachte.

Der fliegende Stern

Es ist ein recht unglücklicher Jagdtag, zwei Haselhühner und ein großer Geier bildete die ganze Beute. »Das verdammte alte Weib ist schuld«, rief der Heger, nachdem er seinen Strohhut abgenommen und mit den bauschigen Hemdsärmeln die großen Tropfen von der

Stirne gewischt hatte, dann reichte er mir seine mit Branntwein gefüllte Kürbisflasche, welche an einen gelben, großbauchigen Chinesengott mahnte.

Wir hatten nämlich bei unserem Auszug am frühen Morgen ein verschrumpftes Mütterchen begegnet, das zwischen den Büschen Schwämme suchte.

Nun war der Abend angebrochen, und es blieb nichts übrig, als den Heimweg anzutreten. Die Sonne ging hinter den hohen Granitfelsen, welche wie verwitterte Türme die grauen bröckligen Bergmauern der Karpaten überragten, rot glühend unter. Weithin war nichts als dunkles Krummholz, das über Geröll und spiegelglatte Wände emporkroch und seine lange verkrüppelten Arme nach uns auszustrecken schien, es stand mit gekrümmtem Rücken da, mit langen Locken und spitzen Bart von Moos, ganz so wie unser Jude, aber klammerte sich fest und zäh an das Gestein, wie auch er festzuhalten versteht, was seine mageren, knochigen Hände einmal ergriffen haben.

Wir stiegen rasch hinab zwischen Heidelbeerkraut und Alpenrosen, den schwer atmenden Hund hinter uns, und schritten dann unter dem grünen Dache der Tannen weiter. Ein dumpfer Donner ferner Wasser begleitete uns. Die hohen, grünen Pyramiden, welche lautlos standen in trauernder Majestät, begannen tief unten ihre Wipfel mit rotem Golde zu durchschlingen, aus den schlanken Stämmen quoll saftiges Harz, gelb wie Bernstein, purpurne Beeren, große Waldblumen zeichneten bunte Stickereien auf den samtenen Teppich hin, der sich zwischen die Wurzeln breitete, während tiefe Schatten von oben durch die unbeweglichen Nadeln, gleich dunklen Tropfen auf denselben herabfielen.

Noch schwebten einige Zeit rot angehauchte Wölkchen im Westen, dann spannte sich brennender Purpur über den Himmel. Die Luft zitterte über der Erde und in ihr zuckten unzählige Mücken, durchsichtig wie aus Glas gesponnen. Nebel, zart gewoben gleich weißen schimmernden Schleiern, stiegen in den stillen tiefdunklen Tälern auf, Sträuche, Bäume und Berge schienen sich in der goldigen Luft zu recken und ins Unendliche zu wachsen, während sie ihre Schatten immer weiter von sich warfen.

Im Osten glänzte ein Stern über den Tannen, die wie schwarze Lanzen oder das Eisengitter eines Parks gegen den Himmel standen.

Kein Vogel sang mehr, nur da und dort pfiff es leise im Holz, oder fuhr erschrocken auf durch die Zweige. Der helle Himmel war blau geworden und begann sich jetzt allmählich zu verfinstern. Die Schatten zogen sich zusammen und wurden endlich ganz von der Dunkelheit verschlungen, welche sich als eine undurchdringliche Masse, träge und unheimlich über der Erde lagerte. Wir waren indes am Fuße der Waldberge angekommen und verfolgten nun einen schmalen Pfad, der sich wie eine Schlange zwischen Stoppeln und Erdäpfelfeldern wand. Mit einem Male erhellte sich der schwarze Ausschnitt zwischen zwei Felskuppen im Westen und es loderte dort rasch empor wie der Brand eines Dorfes und wieder nach einer Weile zeigte der Mond seine goldene Scheibe, die feierlich an dem dunklen Firmamente haftete und ihr sanftes, tröstliches Licht in die Landschaft ergoss. Ein frischer Luftzug durchströmte die Halme, das Gras, die Blätter der Bäume und die finstern Wipfel des Nadelholzes, alles begann sich zu regen, zu neigen und zu flüstern. Vor uns in weiter Ferne zuckten die Lichter eines Dorfes auf, wie Leuchtkäfer, die im Grase liegen, und der Himmelsplan über uns war mit zahllosen Sternen gleich den Lagerfeuern eines großen Heeres bedeckt. An allen Zweigen hingen silberne Fäden, die das Mondlicht um sie spann, und alle Höhen, alle Tiefen badeten sich in jenem magischen Glanz, der so viel Zutrauliches und auch wieder Wehmütiges an sich hat.

In diesem Augenblicke, wo wir einen kleinen Birkenhain betraten, fuhr es gleich einer Feuergarbe vom Himmel zur Erde nieder. Der Heger blieb stehen und bekreuzte sich.

»Nun ist das Unglück geschehen«, sagte er.

»Was für ein Unglück?«

»Haben Sie nicht den fliegenden Stern gesehen?«

»Allerdings.«

»Jetzt ist er bereits zu einer Letawiza geworden.«

»Wie das?«

»Mit jedem fliegenden Stern kömmt ein Dämon zur Erde«, gab der Heger tief bekümmert zur Antwort, »es gibt einen Spruch, wenn man diesen spricht, in dem Augenblicke als man ihn sieht, wird der Zauber gebrochen. Sobald der fliegende Stern aber die Erde betritt, verwandelt er sich in ein Weib von seltsamer Schönheit, mit langem, goldenem Haar, das wie Sternenlicht fließt und schimmert. Diesem schönen

Weibe ist Macht gegeben über jede Menschenseele, es lockt die Jüng-linge an sich und fängt sie in den goldenen Schlingen, welche um seine weißen Schultern spielen. Nachts, wenn alles stille ist, kommt es zu ihnen, bettet sie an seiner Brust und küsst sie, küsst sie langsam zu Tode.«

Kaum hatte der Heger geendet, hörten wir ein tiefes Stöhnen, nicht gar weit von uns, es klang recht unheimlich bei dieser tiefen Stille, die ringsum herrschte und an diesem düsteren Orte zwischen den rastlos zitternden Birken, deren weiße Stämme wie in Grabtücher gehüllt, gespenstig umherstanden, und mit Fingern stumm auf uns zu deuten schienen.

»Was war das?«, fragte ich.

»Ein Wassermann oder eine Russalka (die Nixe der Malorussen), oder vielleicht auch die Letawiza.«

»Ich denke, es war eine Rohrdommel.«

»So soll es eine Rohrdommel sein«, sagte der Heger fast mitleidig, »aber es ist besser, wir gehen weiter.«

Wie wir nur einige Schritte vorwärts taten, stand plötzlich eine Flamme, groß wie ein erwachsener Mensch, seitwärts im schwarzen Erlengebüsch, nickte uns zu, bückte sich und huschte weiter, als wollte sie uns begleiten.

»Ein Irrlicht!«

»Wenn der Herr Wohltäter es befehlen«, sagte der Heger leise, »so soll es ein Irrlicht sein, aber ich sehe, dass das nicht gut enden wird heute.«

»Ist hier ein Sumpf in der Nähe?«

»Das will ich meinen, und auch ein Teich, er muss hier zu unserer Rechten sein.«

Als wir neuerdings eine Strecke gegangen waren, blickte es aus dem Dickicht hervor wie ein Spiegel, auf den der Schimmer von Kerzen fällt. Ich wendete mich hinüber.

»Sie werden doch nicht Ihre Seele in Gefahr bringen wollen?«, seufzte der Heger.

Ich gab ihm keine Antwort, sondern teilte die Zweige und bahnte mir so einen Weg zu dem Teiche. Das Irrlicht hatte uns verlassen, dafür ertönte von Neuem der klägliche Ruf der Rohrdommel. Der Heger betete laut die Litanei. Wir standen jetzt an dem Ufer und ein großes Wasser, vom Mondlicht beglänzt, spannte sich regungslos zu unseren Füßen aus, stille, geheimnisvolle Erlen standen umher, von Brombeerbüschen umschlungen, ihre Wurzeln tranken aus dem stillen Teich und ihre tief herabhängenden Zweige badeten sich in demselben. Es war ein unendlich stiller und wehmütiger Ort.

Aber mit einem Male ertönte ein Lachen, so hell, so kindlich und scherzhaft, wie ein silbernes Glockenspiel, und das Wasser warf leuchtende Wellen und tausend blitzende Funken auf und aus dem flimmernden Schaum tauchte ein Weib, von göttlicher Schönheit und Jugend empor, ein Nacken wie Marmor, die blonde Flut des Haares wie Sternenlicht fließend und schimmernd, und zwei große dunkle Augen schalkhaft auf uns geheftet.

»Gott sei meiner Seele gnädig«, rief der Heger laut, »schließen Sie die Augen.«

Er riss mich zurück.

»Fliehen wir«, drängte er schwer atmend, »sonst ist es um uns beide geschehen.«

Noch einmal erklang das zauberhelle Lachen so wunderbar spöttisch.

Ich folgte dem Heger, eine dunkle Gewalt schien mich zu treiben, von der ich mir keine Rechenschaft zu geben wusste. Wir eilten vorwärts durch Gebüsch, Sumpf und Feld, bis wir mitten in einem Obstanger stillehielten.

»Du bist ein großer Esel«, sagte ich endlich.

»Besser ein Esel, als ein von Gott Verdammter!«

»Wegzulaufen vor einem schönen Weibe.«

»Ja, schön war sie«, sagte der Heger, »aber kein irdisches Weib, sondern eine Letawiza, ein fliegender Stern in Menschengestalt, haben Sie nicht gesehen, was sie für Haar hatte, war es nicht, als sei ein Stern vom Himmel gefallen und schwimme jetzt auf dem Wasser?«

»Ich werde umkehren, ich will das Weib noch einmal sehen.«

»Sind Sie vom Teufel besessen?«, sagte der Heger wie versteinert. »Legen Sie mir jetzt gleich hundert Dukaten her, oder zeigen Sie mir diese ganze schöne Gotteswelt und sagen Sie mir: Sie soll dein sein! Ich tue keinen Schritt.«

»Aber wenn ich dir eine Quart Branntwein gebe, gehst du mit.«

»Branntwein? Was für Branntwein? Doch nicht gemeinen Kornschnaps?«

»Meinetwegen Sliwowitz.«

Der brave Mann seufzte, pfiff dem Hunde und ging langsam dem Teiche zu. Ich blieb einige Schritte hinter ihm zurück.

Sofort gesellte sich eine schlanke Figur wie aus gleißendem Golo gewoben zu uns, verneigte sich und bot sich offenbar an, den Führer zu machen. Indem wir dem seltsamen Burschen folgten, der bald vor uns einher hüpfte, bald auf dem Bauche kroch wie eine Schlange, um zuletzt gleich einer Flamme über dem Boden zu schweben, gerieten wir bis an die Knie in den Moor. Der Mond verbarg sich hinter Wolken, als sei er mit in dem mutwilligen Bunde, der mit uns sein lustiges Spiel trieb, die Erlen, sonst so ernsthaft und stumm, begannen zu flüstern und zu kichern, und sogar die Rohrdommel lachte gellend auf.

Jetzt plätscherte es, höchstens zehn Schritte zu unserer Linken, es war der Hund, der in das Wasser gefallen war und uns nun mit einem kurzen unterdrückten Bellen zu verstehen gab, dass wir am Ziele seien.

Ungeduldig brach ich durch die dichten Zweige. Da lag wieder der silberne Spiegel des Teiches vor mir und der Mond, der die Wolkenschleier zurückgeschlagen hatte, blickte ruhig in denselben und betrachtete sein sanftes schönes Antlitz.

Das Weib mit dem goldnen Haar war nirgends zu entdecken, nicht im Wasser, das so feenhaft glänzte, nicht an dem Ufer, dessen schwarze Erlenwände ihren weißen Leib wie ein Licht hätten zurückstrahlen müssen. Eine wehmütige Ruhe herrschte ringsum, keine Welle schäumte auf, kein Blatt regte sich, und mitten auf dem leuchtenden Gewässer loderte eine Seerose feierlich wie eine weiße Flamme gegen den Himmel.

Der Heger holte tief Atem. »Gott hat uns beschützt«, sagte er, »nun soll aber ein Mensch sagen, dass es kein fliegender Stern war!«

Wjera Baranoff

Der Pfarrer Anastasius Dimitrowitsch Baranoff hatte elf Kinder, darunter sechs Mädchen, von denen Wjera die älteste war. Er hatte sich vorgenommen, im Geiste der Zeit seinen Töchtern eine wissenschaftliche Ausbildung zu geben und beschäftigte sich in der Tat viel mit

Wjera, die er in allem Erdenklichen unterrichtete, etwas weniger schon mit ihrer zweiten Schwester Nadeschda, ein wenig mit Lubow, der dritten. Dann machte er halt. Es wurden der kleinen Geschöpfe, die mit langen Zöpfen herumliefen, zu viele.

So wuchsen denn die übrigen Mädchen auf wie alle Landmädchen und zogen bald auch Nadeschda und Lubow in ihren Kreis; nur Wjera blieb außerhalb desselben stehen. Sie hatte schon zu viel von jenen Früchten gekostet, welche den Frauen verboten waren und zum Teil noch sind.

Wjera überholte bald ihren eigenen Vater. Sie hatte verschiedene alte und neuere Sprachen erlernt, so weit, dass sie die in denselben verfassten Bücher verstand, und verschlang nun alles, was ihr unter die Hände fiel, wissenschaftliche Werke aller Art, Romane, Zeitschriften und Broschüren.

Sie war ein hübsches Mädchen, umso hübscher, als sich ein reges geistiges Leben in ihrem runden, frischen Gesicht malte und sie immerhin so viel weibliche Eitelkeit behalten hatte, sich nicht in ihrer Kleidung zu vernachlässigen. Ihre mittelgroße schlanke Gestalt, ihre raschen Bewegungen stimmten sehr gut zu den hellen ausdrucksvollen Augen und der kleinen Adlernase, welche ebenso wohl auf großen Eigenwillen wie auf eine erregbare, jeder Energie und sogar des Enthusiasmus fähige Natur hindeutete.

Eines Tages erklärte sie ihren Eltern, dass sie Medizin studieren wollte. Die Mutter erschrak so sehr, dass sie sich niedersetzen musste, der Vater seufzte auf. Beide wussten, dass Wjera nicht zu halten war, und so machte niemand einen Versuch, sie davon abzubringen. Sie packte ihre wenigen Habseligkeiten, fuhr zur nächsten Station, von dort nach Kiew, und hier begann sie mit jenem hartnäckigen Eifer, welcher eine besondere Gabe der russischen Rasse zu sein scheint, ihre Studien. Es waren noch andere Mädchen da, welche dasselbe Ziel verfolgten; alle zeigten denselben Ernst, aber Wjera überholte sie alle und errang sich rasch die Achtung der Professoren und Studenten.

Unter den letzteren nahm Sergius Nestorowitsch Krubin eine hervorragende Stellung ein. Er stand schon am Ende seiner Studien, wurde von dem Professor der Physiologie als eine Art Gehilfe behandelt und hatte bereits verschiedene interessante Beobachtungen gemacht und in medizinischen Zeitschriften veröffentlicht.

Er war, was die Studenten damals unter sich einen Pionier nannten. Und dieser überlegene, arbeitsame, nüchterne Mensch interessierte sich plötzlich für Wjera.

Es war wie ein Wunder, aber man musste dran glauben. Er bemühte sich um sie, trug ihr die Kollegienmappe, bediente sie in jeder Weise und besuchte sie sogar, er, der Einladungen in den reichsten und angesehensten Familien abgelehnt hatte.

War er in Wjera verliebt? Machte er ihr den Hof? Nicht im Mindesten. Was gab es also zwischen den beiden? Denn auch sie zeichnete ihn aus. Nur ihm gab sie die Hand, und nur er konnte sich rühmen, von ihr zuweilen ein Lächeln erhascht zu haben.

Nur einmal erlaubte er sich eine Andeutung, da unterbrach ihn Wjera lächelnd: »Sergius Nestorowitsch, wollen Sie mich zum Besten haben, oder sich selbst? Ich denke, Ihre Braut ist die Wissenschaft, und was mich betrifft, so brauche ich Freiheit, um zu gedeihen. Nein, nein, kein Joch für mich und keines für Sie.«

Krubin zuckte die Achseln und lächelte.

Zwei Jahre später fand er Wjera auf dem Lande, wo ihn eine Laune hingeführt hatte, als Krankenpflegerin. Sie verstand so viel von der Medizin als irgendein Landarzt, ja mehr, da man ihr aber nicht gestattete, ihre Kenntnisse selbstständig zu verwerten, so machte sich das tapfere Mädchen zur Gehilfin der Ärzte und war denselben bald unentbehrlich. Krubin zog sie häufig zurate, und wenn sie an einem Krankenbett Wache hielt, pflegte er zu sagen: »Es ist ebenso gut, als wenn ich selbst da wäre, ja besser, denn sie hat eine weichere Hand.«

Und wieder einmal streckte er die seine verlangend nach diesem Samthändchen aus, doch Wjera war und blieb die Alte. Sie lachte nur. »Aber, Sergius Nestorowitsch, was fällt Ihnen ein?«, oder: »Mein Freund, ich hielt Sie für einen ernsthaften Mann«, oder endlich, und dies war das Schmerzlichste: »Herr Doktor, Sie irren sich, ich befinde mich, gottlob, ganz wohl, Sie haben es gar nicht nötig, mir den Puls zu fühlen.«

Krubin aber ließ seufzend die kleine, weiche Hand los und sprach von einem neuen Verband, oder einem frisch entdeckten Medikament.

Nochmals getrennt, fanden sie sich eines Tages in einer Ambulanz vor Plewna wieder.

Der Krieg gegen die Türken hatte in ganz Russland eine fieberhafte Aufregung hervorgerufen, kein flüchtiges Aufflammen, eine starke, nachhaltige, eigensinnige Begeisterung, welche, einem unterirdischen Feuer vergleichbar, keinen Lärm macht, aber nicht so leicht erlischt. Auch Krubin, der Skeptiker, und Wjera, die Schöne mit dem Herzen aus Eis, waren von diesem heiligen Feuer ergriffen worden. Er hatte sich zur ärztlichen Dienstleistung gemeldet, sie war als Krankenpflegerin mitgezogen, und nun blickten sie sich plötzlich an dem Strohlager eines verwundeten Kanoniers in die Augen.

»Sie, Wjeruschka?«

»Sergius Nestorowitsch, das ist schön von Ihnen.«

»Was soll ich denn von Ihnen sagen, Wjera?«

Aber da gab es keine Zeit zu Komplimenten. Die furchtbaren Kämpfe hatten Tausende und wieder Tausende Verwundeter, Hilfsbedürftiger in den Lazaretten zusammengehäuft und das Elend war unbeschreiblich. Mit vieler Mühe nur gewann Krubin in der Nacht einen Augenblick, wo er den Ärmel von Wjeras Pelz zurückschieben und sie auf den Arm küssen konnte, denn ihre Hände waren voll Blut.

»Noch immer der Alte«, sprach sie lächelnd.

»Immer und ewig«, erwiderte Krubin, »solange Sie so schön sein werden, Wjeruschka.«

»Sinnestäuschung, mein Freund«, damit entschlüpfte sie ihm wieder.

Zwei Tage später fand der denkwürdige heroische Sturm der Russen auf Goreji-Dubnik statt.

Krubin kommandierte eine Ambulanzkolonne und Wjera hatte sich ihm angeschlossen. Mitten auf dem Schlachtfelde taten beide ihre Pflicht und mehr als das mit Ruhe, Umsicht und Aufopferung. Wiederholt schloss sich Wjera den Trägern an und brachte, unbeirrt durch die ringsum pfeifenden türkischen Kugeln, selbst Verwundete vom blutüberströmten Felde auf den Verbandplatz.

Um fünf Uhr nachmittags bildeten sich die Sturmkolonnen. Die Soldaten waren alle von jener kalten, tatkräftigen Begeisterung erfüllt, welche so echt russisch ist. Wie auf dem Exerzierplatz gingen sie in das Feuer, erstiegen die Höhe und verschwanden hinter dem grauen Vorhang, der die feindliche Redoute umgab.

In diesem Augenblick pochte jedes Herz lebhafter, die in der Reserve stehenden Truppen nahmen die Mützen ab und bekreuzten sich.

Eine bange Pause, in der man nur den Donner der Geschütze und das Geknatter des Schnellfeuers hörte, dann ein Hurra, und dann wusste man, dass das Bajonett zu arbeiten begann.

Als es dunkel wurde, war die Redoute gewonnen. Ein Pascha und 1600 Mann streckten die Waffen, vier Kanonen waren erobert, viertausend Russen und fast ebenso viel Türken deckten die Wahlstatt.

Die Nacht brach an. Die brennenden Häuser von Goreji-Dubnik beleuchteten weithin die Hügel und die Biwaks der russischen Soldaten. Ringsum tönten wie in einem friedlichen russischen Dörfchen die schönen melancholischen Weisen der Heimat. Wjera hörte sie, als sie einen Augenblick aus der Scheune trat, in der sie bis jetzt den armen Verwundeten Hilfe geleistet hatte. Sie ließ sich auf einen verlassenen Pflug nieder und blickte zu den Sternen empor. Es war ihr mit einem Male so gut, so weich, so seltsam zumut. Sie erwartete irgendetwas, ein großes, freudiges Ereignis.

Da sagte ein Dragoner, der den Kopf verbunden hatte, leise zu ihr: »Mütterchen, erbarme dich, da drinnen liegt mein Leutnant, rette ihn!«

Wjera stand auf. »Wo?«

»Dort, gerade gegenüber.«

Sie ging über die Straße und traf auf Krubin.

»Wohin?«

»In jene Hütte dort.«

»Was wollen Sie? Da liegen nur Tote oder solche, die es bald sein werden.«

Wjera machte eine ungeduldige Bewegung mit dem Kopf und ging an Krubin vorüber in die Hütte.

In einer großen niedrigen Stube lagen auf Stroh gebettet zehn oder zwölf Soldaten. Keiner regte sich, man hörte weder ein Röcheln, noch einen Seufzer. Hier schien in der Tat die Stille des Todes zu herrschen. Wjera zögerte einen Augenblick, dann nahm sie das Lämpchen, beleuchtete die im Schatten liegenden Winkel und blickte umher.

Der Tür gegenüber lag ein junger Offizier, ein Kind fast, mit einem rührend unschuldigen und schönen Gesicht. Auch er schien den Traum des Lebens, der Vaterlandsliebe, des Ruhmes ausgeträumt zu haben. Wjera näherte sich ihm und blieb dann über ihn gebeugt stehen. Was war es, was sie bei dem Anblick dieses jungen Mannes so tief bewegte? Dachte sie an seine Mutter, an das Elend des Krieges, das solche edle Opfer fordert?

Da schlug der Offizier die Augen auf, zwei große blaue, geisterhafte Augen, und sah sie an.

»Wer bist du?«, fragte er mit leiser Stimme.

»Eine Krankenpflegerin.«

»Wie nennst du dich?«

»Wjera.«

Er sah sie wieder an und lächelte endlich. »Ich habe dich für einen Engel gehalten«, murmelte er, »es war ein schöner Traum.«

»Kann ich Ihnen helfen?«, fragte Wjera. »Sind Sie bereits verbunden?«

Er nickte. »Mir ist nicht zu helfen«, sagte er, »der Arzt hat es selbst gesagt, er muss es wissen. Wenn Sie aber ein paar Worte schreiben wollen – nach Haus ...«

»Ihrer Mutter?«

»Ja.«

Wjera verließ den Verwundeten, suchte ihren kleinen Koffer, nahm Papier und Bleistift, sowie ein Kuvert und kehrte zu dem jungen Offizier zurück. Auf ihren Knien, beim Scheine des Lämpchens schrieb sie, was er ihr diktierte, und dann setzte er mit bebender Hand seinen Namen darunter. Leon Kirilowitsch Melinoff.

Nachdem Wjera den Brief an ihrer Brust geborgen, blieb sie neben ihm auf ihren Knien, und beide sahen sich an. Plötzlich fasste sie mit einer heftigen Bewegung seine beiden Hände und rief: »Nein, Sie werden nicht sterben, Sie dürfen nicht sterben!«

»Doch – doch, Wjera«, erwiderte Leon Melinoff, »ich fühle es – der Tod ist nahe ...«

»Es ist das Fieber.«

»Nein, ich sterbe«, fuhr er fort, »es war so bestimmt, so sei es denn. Dass ich so jung bin – dass ich so früh scheiden muss – auch das hat nicht viel zu bedeuten. – Aber – etwas verlieren – was man kaum gekannt – was uns so viel Schönes verhieß.«

»Wie meinen Sie das?«

»Sterben, ohne geliebt zu haben, ohne geliebt worden zu sein, ist das nicht traurig?«

»Ja, Leon Kirilowitsch, Sie werden am Leben bleiben, und die Liebe ...«

»Betrügen Sie mich nicht.«

Beide schwiegen einige Zeit, dann wendete er das schöne Gesicht zur Wand und begann leise zu weinen. Wjera starrte ihn an, während ihre Brust heftig arbeitete und sie ihr Herz pochen hörte, dann plötzlich, fast zornig, erhob sie sich und schritt hinaus. Sie suchte Krubin und fand ihn. Mit ihm kehrte sie zu dem Verwundeten zurück. Als Krubin wieder die Hütte verließ, fragte sie ihn leise: »Keine Rettung?«

»Keine.«

»Wie lange kann er leben?«

»Bis zum Morgen.«

Krubin entfernte sich rasch in der durch den Feuerschein nur noch schrecklicheren Dunkelheit und Wjera stand einen Augenblick da und blickte zu den wenigen Sternen empor, die über der schlafenden Erde in ihrem blauen Lichte zuckten. Dann, langsam, ruhig und entschlossen kam sie zu dem Verwundeten zurück und setzte sich neben ihn auf das Stroh.

»Was hat der Arzt gesagt?«

Sie schwieg.

»Er hat gesagt, dass ich sterben muss.«

Sie schwieg noch immer.

»Sterben – ungeliebt –«, murmelte er und seine Hand strich leise und bebend über Wjeras braune Haare, »wie schön – weich wie Seide – es glänzt auch so ...«

»Leon Kirilowitsch«, rief Wjera, indem sie ihre Arme mit einer ruhigen Begeisterung, die etwas Erhabenes an sich hatte, um ihn schlang, »ich liebe Sie.«

Der junge Offizier erhob sich, wie von neuem Leben entflammt, auf seinem Strohlager und sah sie an. »Du liebst mich? Ist das wahr? Ich auch, ich liebe dich, du schönes, gutes Mädchen.« Er zog ihren Kopf an seine Brust und presste seine heißen, trockenen Lippen auf die ihren.

»Ich bin dein«, sprach Wjera, »und ich bleibe dein.« Sie erhob die Finger wie zum Schwur. »Niemals werde ich einem anderen angehören, niemals.«

»So lass mich sterben«, erwiderte er mit einem glücklichen Lächeln, den Kopf an ihrer Brust gebettet, »jetzt hat der Tod nichts Schreckliches mehr für mich.«

Im bleichen Licht des Morgens lag ein Toter mehr in dem bulgarischen Bauernhof. Wjera trat auf die Schwelle, schloss die Haken ihres Pelzes, blickte um sich mit großen, weit geöffneten Augen, als sehe sie die Welt zum ersten Mal und ging dann langsam hinüber in die Ambulanz.

Krubin wechselte einen seltsamen Blick mit ihr, das war alles. Kein Wort kam über seine Lippen, keines über die ihren.

Sie fuhr fort, ihre Pflichten zu erfüllen, eifrig und mutig wie bisher, ja, Krubin bemerkte wiederholt, dass sie mit einer Art Fatalismus die Gefahr aufsuchte. Dort wo die Kugeln die Erde aufwühlten und den Schnee in Silberstäubchen aufwarfen, war sie jedes Mal unter den Trägern und fasste die Bahre, fasste die Verwundeten an wie jeder andere.

Als der Plan des Überganges über den Balkan, zu dem Zweck, den Schipkapass zu umgehen und die Türken im Rücken zu fassen, endlich nach dem Fall von Plewna zur Ausführung kam, schloss sich Wjera der Kolonne des Generals Skobeleff an.

Einen Tag vorher hatten Sappeurs den Schnee weggeschaufelt, doch lag er noch immer knietief da und bildete zu beiden Seiten der Straße mannshohe weiße Mauern. Das kümmerte indes die Soldaten wenig, sie marschierten sogar lächelnd und scherzend bei der wahrhaft grausamen Kälte. Kaum halb so viel Grade unter Null hatten der »großen Armee« in Russland ein rasches Ende bereitet.

Am frühen Morgen begrüßte Skobeleff seine Soldaten mit dem Ausruf: »Ich wünsche Euch Glück, Kinder, die Türken rücken an!«

Die Soldaten erwiderten: »Wir wollen uns bemühen, Exzellenz!«

Es ging jetzt abwärts, die Pferde sanken manchmal bis an den Hals in den Schnee, die Soldaten glitten jauchzend hinab wie auf der Rutschbahn daheim. Bald begann das Feuer.

Am Abend nahm der General Skobeleff das Dorf Imotli. Dann trennte die Nacht die Kämpfenden. Tausende lagen ringsum auf dem Schnee. Die einen schliefen um die prasselnden Wachfeuer, die anderen in der Dunkelheit, um nicht mehr zu erwachen.

Den Verwundeten fehlte es an allem. Man bot alles auf, mehr als Menschenkräfte vermögen, um sie zu verbinden, um sie auf Wagen zurückzubringen, aber noch immer gab es Hunderte, die abseits in einer Schlucht, in einem Busch lagen und sich verbluteten oder langsam vom Schnee verschlungen wurden.

In dieser Nacht wurde Wjera in der Tat zum Engel. Das war kein Weib mehr, das war ein Wesen mit übernatürlichen Kräften, das hier mit den Elementen und dem Tode kämpfte.

Krubin traf sie einmal, als sie einen verwundeten Uralkosaken auf dem Rücken den Abhang hinauftrug.

»Was tun Sie, Wjera«, sprach er, »wollen Sie denn durchaus heute Ihr Ende finden?«

Ob sie es wollte, wer weiß es, aber sie fand es in dieser Nacht.

Fort nach Verwundeten im Schnee suchend, gleich einem treuen Hunde des Bernhardinerhospizes, geriet sie immer tiefer und tiefer in die weißen, eisigen, schimmernden Massen, bis sie endlich in diesem Glanz und diesem beißenden Frost die Besinnung verlor.

Noch sah und hörte sie alles, aber sie war mit einem Mal entsetzlich müde und träge; sie hatte keine Lust, die Füße zu heben, auch die Arme wurden ihr schwer ... der Kopf ...

Sie glitt in den Schnee wie in weichen Flaum, wie in ein großes, schwellendes Fell.

Es wurde hell um sie, immer heller, und die Glocken begannen ringsum zu läuten.

»Das ist der Sieg«, murmelte sie und legte den Kopf hin, um zu schlafen.

Unten begann von Neuem das Knattern des Kleingewehrfeuers.

Die Russen rückten vor mit lautem Hurra.

Ein Mord in den Karpaten

Auf einem hohen Felsen, mitten im Urwalde hundertjähriger Tannen, liegt in den galizischen Karpaten das Schloss Tarow, zu der Zeit, wo unsere Geschichte spielt, der Familie der Grafen Tarowski gehörig. Eine eigentümliche, melancholische Poesie umwebt das alte Starostennest, in welchem hoch oben in den runden Türmen Raben, Falken und Eulen wohnen und die Luft mit ihrem unmelodischen Geschrei erfüllen, während unten in den weiten Prunkgemächern, wie das Volk behauptet, der alte eifersüchtige Graf seine junge und schöne Gemahlin gefangen hält und durch große Rüden, welche jeden, der dem Schlosse naht, zu zerreißen drohen, bewachen lässt.

Ein Körnlein Wahrheit ist übrigens in der Geschichte. Graf Thadeus Tarowski hat in zweiter Ehe ein Mädchen aus einer verarmten Adelsfamilie Volhyniens heimgeführt. Lodoiska von Kaminski, eine Schönheit ersten Ranges, zwanzig Jahre alt, während er selbst über sechzig zählt. Der Abstand des Alters mag dem menschenfeindlichen Greise Misstrauen einflößen, er hat sich bald nach seiner Vermählung aus dem lärmenden Leben der Hauptstadt auf sein einsames Stammschloss zurückgezogen, in eine Gegend, welche außer von Bären und Wölfen nur hie und da von einem Wildschützen und Schmuggler betreten wird. Hier umgibt er sein angebetetes Weib mit allem Luxus der modernen Welt, mit aller Pracht des Orients; Diener und Dienerinnen, stumm, demütig und folgsam wie türkische Sklaven, bedienen sie, aber niemand als er selbst darf ihr Gesellschaft leisten, das Wort an sie richten.

Nur wenn der alte Graf für einige Tage in Geschäftsangelegenheiten das Schloss verlässt, erweitern sich die Wände ihres Kerkers. Dann besteigt Lodoiska ihren ukrainischen Renner und sprengt in die Ebene, wo hie und da vereinzelte Hütten armer Landleute liegen, und ist zufrieden, wenn sie einem Hirten begegnet, der seine Schafe zur Weide treibt, oder sie wirft, gleich allen Polinnen eine Amazone, die Jagdflinte um die Schulter, durchstreift den wilden Forst und sendet das tödliche Blei hier einem Geier, dort einer Wildkatze zu, und selten fehlt sie, denn sie hat ein Auge wie ein Adler und eine ruhige feste Hand, jene Hand, welche berufen ist, zu leben, zu herrschen, zu unterjochen.

Auch heute ist sie allein. Der alte Graf ist zur nächsten Eisenbahnstation gefahren, um seinen Sohn aus erster Ehe, Leon, zu erwarten, welcher in Wien studiert und seit der Wiedervermählung seines Vaters dem Elternhause ferne geblieben ist. Lodoiska verlässt, sobald die Staubwolke, welche seinem leichten Wagen folgt, sich zwischen den Wänden grünen Nadelholzes zu beiden Seiten des Weges verloren hat, das Schloss und eilt hinab, wo sie freie Luft atmen, wo sie Menschen sehen kann.

Zu gleicher Zeit schreitet ein junger schöner Mann in polnischer Tracht, nur einen leichten Spazierstock in der Hand, durch den finsteren Hochwald, sich von Zeit zu Zeit an dem Pochen eines Spechtes oder den tollen Sprüngen eines Eichhörnchens ergötzend. Plötzlich schallt wildes Gebelle, die Zweige brechen in der Nähe und zwei riesige graue Wolfshunde, den borstigen Rücken gleich Hyänen gesträubt, stürzen auf ihn los. Vergebens sucht er sie durch Zuruf, durch die leichten Hiebe seines Stöckchens abzuhalten, im Momente ist er von ihnen zu Boden gerissen – der eine steht auf ihm mit funkelnden Augen und droht ihn zu zerreißen.

Da teilen sich nochmals die Zweige, ein junges, dämonisch schönes Weib tritt hervor und ruft die Hunde zurück, welche der hellen gebietenden Stimme sofort gehorchen. Der junge Mann kann sich aufrichten und hat, während sich die Jägerin bei ihm entschuldigt, Zeit, dieselbe zu betrachten.

Es ist eine hohe schlanke Gestalt, welche vor ihm steht, frei, unerschrocken, gebieterisch, sie trägt einen kurzen Seidenrock, welcher ihre kleinen Füße sehen lässt, und eine Kazabaika von Samt. Ihre Hand schwingt eine Hetzpeitsche, unter der koketten Mütze quellen reiche blonde Locken hervor und umrahmen das reizende Gesicht, dem ein niedliches Stumpfnäschen den Ausdruck von Trotz und Herrschsucht verleiht, während die halb geschlossenen blauen Augen milde, hold, ja schwärmerisch blicken.

»Schöne Frau, Fee, wilde Jägerin!«, rief der junge Mann. »Ich danke Ihnen mein Leben! Ohne zu ahnen, wer Sie sind, werde ich doch kaum irren, wenn ich in Ihnen die Gebieterin dieses Waldgebietes grüße.«

»Ich bin die Gräfin Tarowski«, erwiderte das schöne, stolze Weib, den Jüngling seltsam mit den Augen prüfend.

»Die Gräfin Tarowski – des Grafen Thadeus Frau?«, schrie er auf.

»Ja – was ist denn da Entsetzliches dabei?«, spottete Lodoiska.

»Sie sind also – ich kann es nicht fassen«, stammelte der junge Mann, »Sie sind – meine Mutter!«

»Leon –?!«

»Ja, ich bin Leon Graf Tarowski, Ihr Stiefsohn.«

Lodoiska bot ihm nun freundlich die Hand, welche er mehrmals leidenschaftlich küsste.

»Leon – was tun Sie?«, flüsterte die schöne Frau, während ihr zugleich das Blut in die Wangen schoss.

»Ich grüße Sie als meine Mutter«, rief Leon; »nun aber führen Sie mich zu meinem Vater. Ich bin auf Seitenwegen hierhergeeilt, um ihn zu überraschen, aber Ihre wilden Begleiter haben meinen Plan durchkreuzt.«

»Kommen Sie also«, sprach Lodoiska. Sie legte ihren Arm in den seinen und sie stiegen langsam zwischen Felsen und düsteren Tannen zum Schlosse empor.

Hier fanden sie den alten Grafen, welcher, nachdem er von dem Diener seines Sohnes erfahren, dass derselbe seinem Gepäcke vorausgeeilt war, auf der Stelle den Heimweg angetreten hatte.

Vater und Sohn begrüßten sich auf das Zärtlichste und der alte Magnat richtete seinen Leon, seinen Einzigen, seinen Heißgeliebten dann in dem linken Flügel des Schlosses ein, während er selbst mit seinem Weibe, den rechten bewohnte.

Wie überall, brachte auch auf dem einsamen Karpatenschlosse die Ankunft eines neuen Gastes und Familienmitgliedes für einige Zeit Leben, Bewegung und Frohsinn in den kleinen Kreis. Nur zu bald aber war der Unterhaltungsstoff, den Leon aus der Fremde mitgebracht, erschöpft, und die Stunden, die Tage begannen wieder träge und einförmig dahinzuschleichen.

Aber die schöne Schlossherrin schien diesmal entschlossen, der Langeweile nicht so ohne Weiteres das Feld zu räumen. Sie suchte nach irgendeinem Spiele, um sich die Zeit zu vertreiben, und griff nach dem gefährlichsten, nach einem – Roman, und nicht etwa nach einem gedruckten, nein, sie begann selbst einen solchen und machte sich zur Heldin und Leon zum Helden desselben ...

Lodoiska, welche bisher gleich einer Nonne gelebt, entpuppte sich plötzlich als vollendete Kokette, und so fein, so vorsichtig warf sie ihre Schlingen, dass ihr Gemahl dieselben nicht bemerkte und Leon selbst gefangen war, ehe er es ahnte, ja von der Einbildung getäuscht wurde, er habe aus sich selbst eine verzehrende Leidenschaft zu seiner Stiefmutter gefasst, ohne dass Lodoiska ihn ermuntert habe. Der edle junge Mann wehrte sich tapfer gegen das Gefühl, das ihn stündlich zu übermannen drohte, er begann seiner schönen Mutter auszuweichen – aber es wurde ihr leicht, ihn auf dem kleinen Terrain, das sie alle vereinigte, immer wieder aufzusuchen, ohne dass er nur geahnt hätte, dass in ihrem Benehmen eine Absicht lag. Leon wurde bleich und still, er litt unnennbare Qualen, aber er hatte noch immer volle Gewalt über sich. Da geschah es, dass sein Vater zur Kreisstadt fuhr, für mehrere Tage.

Leon wollte ihn begleiten, aber die kokette Frau gab es nicht zu, sie verlangte ausdrücklich, er sollte bleiben, um ihr Gesellschaft zu leisten. Der alte Graf war unvorsichtig genug, es ihm förmlich zu befehlen. Nun waren sie beide verloren.

Gleich am ersten Abend, wo Leon mit seiner Stiefmutter beisammen war, sollte das stolze Gebäude seiner Grundsätze zusammenbrechen.

»Wir wollen zusammen lesen«, schlug das schöne berauschende Weib scheinbar unbefangen vor.

Leon ging, um einen neuen französischen Roman herbeizuholen. Als er wieder bei ihr eintrat, lag Lodoiska in einem reizenden Negligé mit halb aufgelöstem Haare auf einem Diwan. Sie reichte ihm die kleine, kalte, bebende Hand und er führte sie heftig an seine Lippen, dann fasste er sich wieder und versuchte sich zu bezwingen, aber sie ließ ihm keine Zeit dazu.

»Du bleibst doch den Winter bei uns, Leon?«, begann sie.

»Nein, ich will im Gegenteil so bald als möglich fort«, erwiderte er.

»Fort!«, rief Lodoiska. »Du könntest uns verlassen, du kannst dir denken, ohne uns – ohne mich zu sein … Sieh, ich liebe dich also mehr, als du mich liebst, denn ich kann den Gedanken nicht fassen, ohne dich zu sein!«

»Du bist zu gütig«, erwiderte Leon mit einem schmerzlichen Lächeln, »aber ich muss gehen, ich muss; glaube es mir, ich gehe nur, weil ich dich liebe, weil ich dich zu sehr liebe, und mit einer ganz anderen Liebe, als du mich liebst.«

»Leon!«, schrie Lodoiska auf. »Du – du liebst mich?«

»O ich bin der unseligste elendeste Mensch«, stammelte Leon, »ich liebe dich und muss dich fliehen, dich, die ich anbete, ohne die ich nicht mehr leben kann. Lass mich sterben, auf der Stelle, hier zu deinen Füßen!«

Er warf sich vor ihr auf die Knie und presste seine heißen Lippen auf den Saum ihres Gewandes.

Aber dies schon schien die stolze Frau zu beleidigen. Sie stieß ihn heftig mit dem Fuße von sich, wie man Hunde von sich stößt, und erhob sich. »Du sprichst von Empfindungen, welche mich verletzen, erzürnen«, sagte sie kalt, »verlasse mich auf der Stelle!«

Die Kokette hätte diesen grausamen Befehl nicht so ruhig ausgesprochen, wenn sie geahnt hätte, dass Leon gehorchen würde; sie erwartete einen neuen, heftigeren Sturm, während er, innerlich gebrochen, aufstand, sich demütig vor ihr verneigte und dann das Gemach verließ.

Sie blieb allein und stampfte zornig mit dem Fuße, dann ging sie mit großen heftigen Schritten auf und ab und endlich setzte sie sich an das Klavier und begann zu fantasieren. Nach einer Weile aber, wie von einer Ahnung ergriffen, eilte sie an das Fenster und blickte hinaus in den von Mondsichel und Sternen halb erleuchteten Garten, dann warf sie rasch eine Mantille um und ging hinab.

Leon stand an eine alte Linde gelehnt und blickte in den Sturzbach, welcher ruhelos, gleich ihm, zur Ebene hinab toste. Da legte sich eine kleine Hand sanft auf seine Schulter, er zuckte, wie von einem elektrischen Schlage getroffen, unter der Berührung dieser Hand zusammen und presste sie im nächsten Augenblicke an seine stummen Lippen, an seine nassen Augen.

Was die beiden zusammen sprachen in jener sternenhellen Nacht in dem schweigenden Schlossgarten, niemand hörte, niemand ahnte es, aber Leon zeigte sich fortan finster, bekümmert, und aus seinem Auge blitzte die Resignation der Verzweiflung.

Der alte Graf kehrte zurück.

Leon teilte ihm mit, dass er Schloss Tarow in drei Tagen verlassen wolle. Vergebens suchte ihn sein Vater zurückzuhalten, vergebens vereinigte die schöne Stiefmutter ihre Bitten mit den seinen; der Sohn ließ sich in seinem Entschlusse nicht wankend machen.

»Ehe du gehst«, sagte nun der Vater, »will ich dir mein Testament zeigen; ich bin alt, Gott weiß, ob wir uns noch einmal sehen, ehe ich sterbe.« Er nahm das Dokument hierauf aus seinem Schreibtisch und zeigte es seinem Sohne.

Als dieser das Zimmer seines Vaters verließ, traf er Lodoiska, und es war kein Zufall, dass er sie traf. »Hast du ihn bestimmt, ein Testament zu machen?«, fragte sie rasch.

»Es hat meiner Aufforderung nicht bedurft«, entgegnete Leon, »es ist fertig.«

»Und? –«

»Wir sind seine Erben.«

Es zuckte seltsam im Auge des jungen schönen Weibes auf, aber Leon, der dieses Weib anbetete, dem es bald ein Engel, bald wie ein Dämon erschien, bemerkte es nicht.

Ehe der Sohn abreiste, wünschte der Vater ihn einmal auf die Treibjagd zu führen. Der erste Schnee war gefallen, Bär und Wolf kamen aus dem Hochgebirge herab und versprachen die höchste Waidmannslust. An einem hellen Wintermorgen brachen sie auf. Lodoiska begleitete sie. Als die Jäger angestellt wurden, wünschte die kühne Amazone für sich allein einen Stand einzunehmen, aber der alte Graf gab es nicht zu und wollte an ihrer Seite bleiben, während Leon etwa zweihundert Schritte weit von ihnen Posto fassen sollte. Die drei gingen, sich von dem übrigen Gefolge sondernd, vom Wege ab durch das Dickicht.

Die Jagd begann. Man hörte schon das Geheul der Treiber – da fiel etwas vorzeitig ein Schuss und bald darauf ertönten aus der Richtung, in welcher das gräfliche Paar sich aufgestellt hatte, Hilferufe. Der Förster eilte hin, andere Jäger folgten, sie fanden den alten Grafen mit einer Wunde von der rechten Seite her mitten durch die Brust, tot in seinem Blute schwimmend, die Gräfin verzweifelt, halb ohnmächtig auf seiner Leiche zusammengesunken. Noch war sie unfähig zu sprechen, zu erklären, was geschehen war. Jetzt kam auch Leon herbei, bleich, verstört, keines Wortes mächtig, blickte er auf den Toten.

Erst im Schlosse, wohin man Lodoiska halb mit Gewalt brachte, erfuhr man aus ihrem Munde, dass dem Grafen, als er, die Büchse in der Hand, sich durch das Gebüsch Bahn gebrochen habe, das Gewehr dadurch losgegangen sei, dass der Hahn sich an einem Zweige fing und auf- und zurückschnappte; der Graf sei auf der Stelle tot zusammengestürzt. Anfangs schien der Vorfall allen nichts weiter als ein furchtbares Unglück; als aber Leon, nachdem er die Nacht in dem Gemache der Gräfin zugebracht und, wie die Dienstleute behaupteten, eifrig mit ihr gestritten habe, am nächsten Morgen plötzlich abreiste, begannen sich Misstrauen und Verdacht zu regen und steigerten sich noch, als man erfuhr, dass der Sohn über den gewaltsamen, plötzlichen

Tod des Vaters in Tiefsinn verfallen und in ein Kloster getreten sei. Lodoiska dagegen tröstete sich auffallend rasch. Leon hatte dem väterlichen Erbe entsagt. Sie war jetzt die Herrin der ausgedehnten Güter der Familie Tarowski und im Besitze eines imposanten Vermögens. Ehe noch das Trauerjahr zu Ende war, reiste sie nach Paris und stürzte sich dort in den vollen wilden Strom des Lebens.

Aber nicht zu lange war es ihr gegönnt, die Frucht ihrer Tat zu genießen. Aus dem Tiefsinn Leons wurde bald vollkommener Wahnsinn. Er starb etwa ein Jahr nach dem blutigen Ende des alten Grafen; ehe er starb, kam er jedoch für wenige Stunden zu sich und klagte sich offen als den *Mörder seines Vaters* an. Lodoiska hatte ihn zu der Tat verführt, ihre Hand als den Preis derselben verheißen – aber schon in der Nacht nach dem Morde war sein Gewissen erwacht und er hasste das schreckliche Weib, das ihn zu dem Frevel getrieben.

Lodoiska Gräfin Tarowski wurde auf jene Enthüllung hin in Paris verhaftet. Aber sie war auf diese Katastrophe gefasst, denn in dem Augenblick, wo der Polizeibeamte ihr Schlafgemach betrat, stieß sie ein gellendes dämonisches Lachen, das Lachen der Verdammten, aus und stürzte dann zu Boden. Sie hatte Gift genommen.

Im Venusberg

Es ist nicht lange her, dass ich in Wien die Bekanntschaft eines Malers machte, recht zufällig und doch nicht ohne Absicht von meiner Seite. Wir tranken seit Monaten unseren Nachmittagskaffee an demselben Tisch und lasen unsere Zeitungen Rücken gegen Rücken. Der bleiche junge Mann mit dem kurzen krausen schwarzen Haare, den großen düster brennenden dunklen Augen zog mich an, ganz besonders interessierte mich der schwermütige Zug von Fatalismus in seinem beinahe schönen Gesichte, er schien mir einer von jenen, die ihr Unheil, ihr Schicksal mit sich herumtragen in der eigenen Brust und welche stumm resigniert den Kampf dagegen aufgegeben haben.

Ein recht apartes Bild in den fliegenden Blättern vermittelte unsere Annäherung, es war dies eine abscheuliche Äffin in der bekannten Attitüde der hehren Göttin der Tribuna mit der Unterschrift: »Das Urbild der mediceischen Venus nach Karl Vogt«.

Sosehr das Bild mein Gefühl, meine Sinne beleidigte, ich musste doch dabei laut auflachen. Mein Nachbar wurde aufmerksam. Ich legte das Blatt vor ihm auf den Tisch, er ergriff es hastig, warf einen Blick auf dasselbe und schleuderte es ebenso hastig von sich.

»Wie können Sie über so etwas lachen«, sagte er beleidigt.

»Es mag infam sein«, erwiderte ich, »aber es ist unwiderstehlich komisch.«

»Ich kann über nichts lachen, was mir heilig ist«, warf er hin. »Man mag alles karrikieren, was ein törichter Wahn mit dem Strahlenkranze umkleidet hat, nur nicht das Heiligste, was es überhaupt gibt, die Liebe, das Weib als Symbol der Menschheit, als das Mysterium des Daseins.«

So waren wir bekannt geworden und bald vertraut.

Es dauerte nicht lange, so lud er mich ein, ihn in seinem Atelier zu besuchen, oder besser gesagt in der Dachstube, in welcher seine Staffelei stand und ein paar angefangene Bilder hingen.

»Heute sollen Sie eine andere Venus sehen«, sagte er, nachdem ich alle seine Mappen und Skizzenbücher durchgestöbert hatte. Er sperrte die Türe, öffnete einen Wandschrank und nahm eine Leinwand heraus, welche er von mir abgekehrt hielt und vorsichtig auf die Staffelei stellte. Er blieb vor ihr stehen und versank in ihre Betrachtung so vollständig, dass er die Welt und mich ganz vergessen zu haben schien.

»Eine Venus?«, sagte ich, in der Absicht, ihn aus seinem Traum zu wecken.

Er schrak zusammen, sah mich an, wie einer der nicht bei sich ist, und lächelte endlich.

Dann winkte er mir, vor das Bild zu treten.

Ich gehorchte und stand sprachlos.

Die Szene, welche in kühner Zeichnung, herrlicher Farbenpracht aus der Leinwand quoll, gewann Leben vor mir, und ich begann etwas wie Angst zu fühlen vor dem teuflisch holden Weibe, das sich auf seinem Lager aufgerichtet hatte, um den geliebten Mann, der ihr entfliehen wollte, von Neuem zu berücken, von Neuem in ihren goldweichen Locken zu fangen, ich erschrak bis in das Innerste meiner Seele vor diesen wunderbaren pompejanischen Formen, vor diesen sanften, verzehrenden dunklen Augen, welche unter halb geschlossenen Lidern hervorblitzten, vor diesem kleinen halb offenen Munde mit den kleinen weißen Zähnen, vor diesem siegreichen Lächeln, das ihn umspielte, ich fühlte selbst die seidene Haarschlinge um den Hals, mit welcher sie den Tannhäuser zu erwürgen drohte.

»So ein Bild«, sagte ich endlich, »kann nur einer malen, der selbst im Venusberge war.«

Der bleiche Maler nickte. »Ich war im Venusberge«, erwiderte er traurig, »und dort habe ich es gemalt. Das Bild ist mein, ich gebe es niemand. Ich gebe es nicht um diese Erde!« – Er nahm es hastig und verbarg es wieder.

»Kennen Sie sie?«, fragte er nach einiger Zeit.

»Nein«, erwiderte ich, »lebt dieses Weib?«

Statt einer Antwort schlug der Maler ein großes Fotografienalbum auf und hielt es mir hin. Es war dieselbe schöne blonde Frau wie auf seinem Gemälde, aber in einer weißen Sommerrobe, einen mit Rosen geschmückten Strohhut in der Hand.

»Also ein Geheimnis«, sprach ich dann.

»Wie Sie wollen«, antwortete mir mein Freund. »Ein Geheimnis und auch kein Geheimnis, die Dame ist nicht von jenen, welche die Öffentlichkeit scheuen.«

»Wie?«

»Ich meine, ich darf Ihnen die seltsame Geschichte dieses Bildes erzählen.«

»Ich brenne vor Neugierde.«

»Also –« Er setzte sich auf sein armseliges Bett und blickte vor sich hin, wie einer, der im Fieber spricht. »Das Bild lag in meiner Seele wie ein Keim, der heraus muss an das Licht. Es lag in meiner Natur, es war mein Schicksal, das es mir zuerst gleich einer Ahnung im Nebel der Fantasie aufsteigen ließ, mein Schicksal, das mich dazu trieb und sich darin verkörperte. Ich entwarf eine Skizze und suchte zunächst ein Modell für die Liebesgöttin. Sie wissen, was ein Modell ist, aber sie wissen kaum, wie schwer es hält, ein schönes Modell zu erobern, sogar bei uns in Wien, wo doch die Frauen aller Stände ganz besonders schön sind und es durch die verschiedenen Stämme, welche in der Residenz vertreten sind, wie durch die große Rassenkreuzung an keinem der vielen Typen fehlt. Aber ein schlechtes Weib ist in der Regel auch ein schlechtes Modell. Halten Sie das für keine idealistische Schrulle. Es gibt aber in Wien sehr brave Mädchen, welche Modell stehen, um ihre armen Eltern zu erhalten, anständige Frauen, welche es vorziehen, aus Liebe zu ihrem Gatten, ihren Kindern, eher ihre Schönheit als ihre Tugend preiszugeben. Ich suchte also unter diesen, ich bot jede Summe, aber ich fand nicht, was ich suchte. Ich bildete mir ein, meine Venus müsse blond sein und dunkle Augen haben.

Endlich wählte ich den absonderlichen Weg eines Inserates.

Es kam lange kein Antrag, endlich doch ein Brief, aber in ebenso seltsamer Form wie meine Aufforderung. Er lautete:

›Eine Dame, jung, schön, blond mit dunklen Augen, will Ihnen zu Ihrer Liebesgöttin Modell stehen, aber Sie haben es als eine Gunst anzunehmen, welche Ihnen Ihre Venus erweisen wird, und weder zu fragen, noch nachzuforschen. Und wehe Ihnen, wenn Sie undankbar genug sind, den Verräter zu spielen, wo man Ihnen mit beispiellosem Vertrauen naht. Man erwartet Sie den nächsten Sonnabend elf Uhr nachts im Pratersterne.‹«

»Und Sie folgten der Aufforderung?«

»Fragen Sie noch? Ja, ich ging hin, mit klopfendem Herzen. Es war eine stürmische Winternacht. Ein Wagen erwartete mich, ein alter Diener in unbekannter Livree, eine Freiherrenkrone auf den Knöpfen, hob mich hinein, setzte sich zu mir, verband mir die Augen und dann rollten wir davon.

Offenbar fuhr der Kutscher absichtlich hin und her, um mich zu täuschen, denn es währte gut eine Stunde, ehe wir ankamen. In dem verdeckten Torweg eines, wie es schien, villenartigen Gebäudes ließ man mich aussteigen und der alte Diener, welcher mir jetzt die Binde abnahm, führte mich eine mit Blumen geschmückte Treppe empor und ließ mich dann in einem mit verschwenderischer Pracht eingerichteten, angenehm durchwärmten und glänzend erleuchteten Salon allein.

Aber nicht zu lange.

Die Portiere rauschte und eine fließende Seidenschleppe stimmte in das melodische Rauschen ein.

Vor mir stand ein Weib, die Liebesgöttin selbst!

Aber wozu soll ich sie beschreiben, ich habe sie gemalt, Sie kennen sie also. Denken Sie sich meine Venus, welche Tannhäuser mit ihren Locken fängt, nur verhüllt von einem dunklen Gewande, die goldene

Flut ihres Haares über den Rücken fließend, mit einem Lächeln um die Lippen, das halb neugierig, halb spöttisch war.

Ein sanfter Blick ihrer dämonischen Augen traf mich, ein einziger Blick und ich war berückt, verzaubert, und erst als sie mit der schalkhaften Frage: ›Aber bin ich Ihnen auch schön genug?‹ ihr Gewand fallen ließ und auf einmal vor mir stand, wie die Göttin selbst –

Wenn ich nach innen blicke, in meine Seele, sehe ich das teuflische Weib noch vor mir stehen wie damals – damals aber lag ich vor ihr auf den Knien und küsste ihre kleinen bloßen Füße. – Sie behielt mich bei sich.

Ich war ihr Hausgenosse, oder besser gesagt, ihr Gefangener. Ich durfte nicht nach ihrem Namen fragen, mein Zimmer nicht verlassen, ohne dass sie mich rief. Ich malte sie und liebte sie, und sie – sie ließ sich von mir malen und lieben.

Über sie nachzudenken hatte sie mir nicht verboten. Wenn ich also allein war, beschäftigte ich mich unaufhörlich mit ihr. Ich hielt sie für eine Dame, welche eine Laune in meine Arme geführt hatte, vielleicht eine Russin, ihr hartes Deutsch sprach wenigstens dafür. Reich war sie, beispiellos reich, das verrieten mir ihre stets ebenso kostbaren wie poesievollen Toiletten.

Ich hatte mein Bild vollendet und ihr eine Kopie davon gemacht. Noch immer wollte sie sich mir nicht zu erkennen geben, aber ebenso wenig mich entlassen. Und ich – ich liebte sie endlich so wahnsinnig – dass ich nicht mehr verstand, wie ich ohne sie leben sollte.

›Du bist mein‹, rief ich einmal, ›ich will dich aber ganz und für immer besitzen.‹

›Das ist unmöglich‹, sagte sie erbleichend.

›Du willst also nicht?‹, stammelte ich.

›Ich kann nicht.‹

Ich lachte auf. ›Du kannst nicht? Nun, dann muss ich mich von dir trennen können.‹

›Aber höre mich doch, ich liebe nur dich‹, rief sie voll Angst, ›aber ich kann dir nicht gehören.‹

›Du bist also das Weib eines andern.‹

›Nein –‹

›Was also?‹

›Seine – Mätresse.‹

Ich sah sie vernichtet an: ›Mätresse!‹, murmelte ich. ›Weib, was habe ich dir getan, dass du mich so elend gemacht hast, so entsetzlich elend, um dir vielleicht ein paar Stunden zu vertreiben?‹

›O ich kenne dich lange schon‹, rief sie, ›und ich liebe dich, das ist meine Schuld, das allein.‹

Ich entfloh in derselben Nacht, aber ich habe seitdem keine Ruhe, keinen guten Augenblick gehabt, ich kann auch nicht malen, die Liebesgöttin verfolgt mich mit ihren dunklen Augen, sie wirft ihre goldenen Haarschlingen nach mir aus, und ich muss zu ihr zurückkehren in den Venusberg, und dann wird auch mein dürrer Malerstock wieder grünen und vielleicht noch einmal blühende Rosen tragen.«

Der wahnsinnige Graf

In einer deutschen Landschaft, welche sich weder durch geistiges Leben noch Naturschönheiten auszeichnet, in der sogar Berge und Bäume den Eindruck machen, abscheuliche Philister zu sein, lebte vor zwanzig Jahren etwa ein Graf W. mit seiner Gemahlin und seinen Kindern, von der Welt, die er genügend genossen und kennengelernt hatte, zurückgezogen, auf seinem Schlosse, welches eine gewisse historische Romantik mit allen modernen Bequemlichkeiten und dem Luxus der Gegenwart vereinte.

Der Graf war nahe an vierzig Jahre, noch immer schön, ja interessant, aber von einer an das Unheimliche streifenden Abspannung und Blasiertheit. Die Gräfin, eine jener guten bescheidenen Frauen, welche ohne besondere körperliche Reize oder glänzende Geistesgaben doch einen Mann, der für das Familienleben Sinn hat, sehr glücklich machen können, hatte mit ihrem Gatten schlechte Tage, schwere Stunden.

Graf W. war von einem schönen geistvollen Weibe, das er angebetet hatte, in infamer Weise betrogen worden und hatte in einem Anfluge von Resignation seine hochgeschraubten Ansprüche an das Leben aufgegeben und eine Verstandesheirat geschlossen. Er hatte seine Frau nie geliebt, aber er hoffte, mit derselben anständig leben zu können und täuschte sich auch nicht darin, bald aber fand ein interessanter psychologischer Prozess bei ihm statt.

Als Gegensatz seiner guten Frau, welche ihn eben langweilte, tauchte in seiner Fantasie immer wieder das Bild jenes verworfenen Weibes mit allen dämonischen Reizen, welche sie geschmückt hatten, auf. Er kam allmählich zu der Ansicht, dass es kein Weib gibt, das uns zugleich Achtung und Leidenschaft einzuflößen imstande ist, er teilte die Frauen in zwei Gruppen, in brave, aber reizlose und beschränkte, und in geistreiche, schöne, berauschende, aber schlechte. Und endlich bildete er sich ein ganz apartes Frauenideal. Er wollte mit den diabolischen Eigenschaften des Weibes rechnen, er verlangte nur *Ehrlichkeit in der Sünde*, er hasste die Betrügerinnen und verabscheute die ehrlichen Frauen, und so erschien ihm als das Wünschenswerteste ein Weib, das, ohne zu heucheln oder zu täuschen, den Mut hat, sich offen zu dem Evangelium des Genusses zu bekennen, ungescheut seinen Egoismus hervorzukehren und den Mann als ein Werkzeug zu behandeln, das weggeworfen wird, sobald man seiner nicht mehr bedarf, und je grausamer umso besser. Ein solches Weib, das fühlte er, konnte er anbeten, aber eine Art Instinkt hielt ihn doch immer ab, es zu suchen, denn er musste sich sagen, dass er in Gefahr war, nicht allein der Sklave, sondern geradezu der Spielball desselben zu werden, da es seinen müden Nerven sogar als ein pikanter, physischer Reiz erschien, von einem schönen, treulosen Weibe misshandelt zu werden.

Aus dieser Krankhaftigkeit entsprang eine geheimnisvolle Vorliebe für Pelzwerk, welche sich noch am besten durch die große Elektrizität desselben erklären lässt, und so bekam sein Ideal in seiner Fantasie eine ganz bestimmte Toilette, eine mit Pelz besetzte Jacke in der Art, wie man sie häufig bei den Almanachdamen der Vierziger Jahre oder bei emanzipierten Russinnen sieht.

Bei allen diesen Seltsamkeiten, welche in den Augen der Verwandten und Freunde des Grafen als Verrücktheit galten, war W. ein vortrefflicher Vater und beschäftigte sich eifrig mit der Erziehung seiner Kinder. Es kam endlich die Zeit, da die Schweizerin bei denselben nicht mehr ausreichen wollte und man sich nach einer tüchtigen deutschen Erzieherin umsah. Dieselbe war nicht so leicht gefunden, aber endlich kam doch der Abend, wo der Wagen des Grafen dieselbe an der Poststation abholen und in das Schloss bringen konnte. Es war indes keines jener blau gestrumpften, abgetragenen Fräuleins mit tadelloser Tugend und langen Schmachtlocken, das jetzt vor dem Portale desselben ausstieg, sondern eine junge, feine, reizende Dame, welche im nächsten Augenblick den elegant chaussierten, kleinen Fuß mit dem festen Entschluss über die gräfliche Schwelle setzte, hier ihr Glück zu machen.

Der Teufel, den der Graf beschworen hatte, war ihm in diesem Momente näher, als er glaubte, denn das schöne Mädchen, das jetzt ohne jede Befangenheit, sicher und klug vor ihm in dem großen Ahnensaale stand, besaß jene Selbstsucht, jene Kälte des Blutes, jene Härte des Gemütes, welche er so reizend fand, im höchsten Grade, und doch war Bella Hartmann eine vollkommene Unschuld im Sinne der Welt, freilich nicht in dem des Psychologen. Durch ihren jungfräulichen Zauber fesselte sie ebenso die Gräfin, wie den Grafen durch den stolzen Charakter ihrer Schönheit. So mag Brunhild vor Günter gestanden sein, so hoch und schlank, das hochmütige Haupt von den goldroten Zöpfen gekrönt, und so eisig mag der Blick ihrer diabolischen grünen Augen in die weiche Seele des verliebten Mannes gedrungen sein.

Der Eindruck, den Bella gleich im ersten Augenblicke auf den Grafen W. machte, war unbeschreiblich, er verlor so sehr seine Selbstbeherrschung, dass er der Erzieherin Galanterien erwies, welche seine Frau jederzeit vergebens von ihm erwartet hatte, er bediente sie beim Tee, als sei sie ein ebenbürtiger Gast in seinem Hause und nicht seine Dienerin. Bella zeigte sich vorläufig durch seine Aufmerksamkeiten beschämt, was ihr das Herz der Gräfin vollends gewann. Sie überblickte nur zu bald die Situation und begann den Grafen, den sie sich gleich am ersten Abende zum Opfer ausersehen hatte, zu beobachten, und auch die Gräfin, und zwar die Letztere, um zu wissen, wie sie nicht sein dürfe, wenn sie den Grafen zu ihren Füßen sehen wollte. Als sie vollkommen klarsah und insbesondere die Neigung des Grafen teils entdeckt, teils erraten hatte, begann Bella, soweit es ihre Stellung erlaubte, ihm sein Ideal zu verkörpern.

Während die Gräfin ihren Gemahl durch die Einfachheit und Schmucklosigkeit ihrer Toilette erbitterte und vor Pferden und Waffen eine ihm verächtliche Scheu zeigte, stellte die schöne Erzieherin dieselbe nicht allein durch ihren lebhaften Geist, ihre weitaussehende Bildung und ihren feinen Geschmack für Kunst und Literatur in Schatten, sondern entfaltete weit über ihre Verhältnisse eine poetische reiche Toilette, schoss mit dem Grafen mit Pistolen nach der Scheibe und bestieg zu seiner Freude ohne Zögern die mutigsten Pferde, ja sie ritt mit ihm zur Hetzjagd, und als der Herbst kam, erschien sie sogar in einer pelzbesetzten Samtjacke, welche ihre plastischen Formen prächtig hob. Kühn, eine vollendete Amazone, setzte sie an der Seite des Grafen mit ihrem Pferde über Hecken und Gräben, und wenn sein Auge bewundernd auf ihr haften blieb, verzog sie spöttisch den Mund.

Einmal stürzte der Graf mit seinem Lieblingspferde, als er sich erhob, hatte das edle Tier den Fuß gebrochen und es blieb also nichts übrig, als es zu töten. Der Graf zog eine geladene Pistole aus dem Halfter und richtete die Mündung auf seinen getreuen Gefährten, aber er war nicht imstande loszudrücken, Tränen traten in seine Augen. Da nahm ihm Bella mit einer spöttischen Bemerkung die Waffe aus der Hand. Ein Schuss – das Tier hatte verendet. Der Graf blickte mit unheimlichem Entzücken auf das herzlose Mädchen.

Ein anderes Mal geschah es, dass ein großer Neufundländer im Schlosse einen der Diener gebissen hatte. Niemand hatte es gewagt, das große, imposante Tier zu strafen, aber Bella, welche ihn mit ihrem magnetischen Blicke bändigte, band den Hund an einen eisernen Ring und peitschte ihn, bis er winselnd zu ihren Füßen lag.

»Ich glaube, Sie wären imstande, einen Menschen ebenso grausam zu behandeln«, sagte der Graf, als er zu der Exekution kam.

»O mit Vergnügen«, erwiderte Bella.

»Auch einen Menschen, der Sie liebt?«

»Den erst recht!«, sprach die schöne Amazone.

»Mich zum Beispiel?«, flüsterte der Graf.

»Sie?« – Bella zuckte verächtlich die Achseln. »Lieben Sie mich denn?«

»Ich bete Sie an –«

»Und Sie würden sich von mir peitschen lassen?«, fragte das Mädchen mit dem steinernen Herzen lauernd.

»Ich wäre selig –«

Bella begann zu lachen. »Aber ist es denn möglich, dass ein grausames, treuloses Weib das Ideal eines Mannes sein kann?«

»Ich würde ein solches Weib anbeten«, sagte der Graf.

»Nun, so beten Sie mich an«, erwiderte Bella.

»Sie wären so ein Weib«, stammelte der Graf, »und Sie könnten mich lieben?«

»Wer sagt denn das?«, entgegnete Bella stolz. »Ist es nicht genug, wenn ich Ihnen gestatte, *mich* zu lieben?«

Diese Stunde entschied über das Schicksal des Grafen, er fühlte fortan von Tag zu Tag die Leidenschaft für die Erzieherin seiner Kinder wachsen und umso mehr, als sie seinen Bitten, Tränen, Schwüren eine unerschütterliche Gleichgültigkeit entgegensetzte. Nichts war imstande, dieses Mädchen zu rühren.

Lange kämpfte der Graf, plötzlich wurde die Welt durch die Nachricht überrascht, dass er sich von seiner Gemahlin geschieden und die Erzieherin seiner Kinder *geheiratet* hatte. Nicht lange und Graf W. zog mit seiner jungen schönen Gemahlin nach der Residenz, wo dieselbe bald durch ihren Bongout und ihre Koketterie die Löwin der Highlife wurde. Er hatte sein Ideal gefunden, denn Bella blieb nicht bei den Äußerlichkeiten desselben stehen, sie trug prächtige Pelze, reizende Pelzjacken in allen Farben, aber sie hatte dazu ihre Anbeter und den Grafen behandelte sie wie damals seinen Neufundländer. Er litt entsetzlich, er starb beinahe vor Eifersucht, aber je mehr Bella über ihn lachte, je grausamer sie ihn behandelte, je größer der Kreis ihrer Verehrer wurde, umso wahnsinniger liebte sie Graf W.

So vergingen Jahre. Sie begann im Laufe derselben eine politische Rolle zu spielen und trat zu einem Prinzen des regierenden Hauses in innige Beziehungen. Ihr Gemahl wurde ihr allmählich lästig, und je mehr sich Liebe und Eifersucht bei ihm steigerten, endlich unerträglich.

Eines Abends, als er sie mit Vorwürfen überschüttete, sagte sie ruhig: »Du bist im Rechte, aber ich werde mich nicht ändern. Jetzt, wo du dein Ideal hast, entsetzest du dich vor demselben; es ist besser, wir trennen uns.«

Der Graf starrte sie an, dann warf er sich verzweifelnd vor ihr nieder und beschwor sie, ihn nicht zu verlassen.

»Gut«, sagte Bella trocken, »aber ich bleibe nur unter der Bedingung bei dir, dass du vollkommen von mir abhängig bist, verschreibe mir augenblicklich dein ganzes Vermögen.«

Der Graf gehorchte freudig dem Gebote seiner schönen Gemahlin, er ahnte nicht, dass er in diesem Augenblicke sein Todesurteil unterschrieb. Es fiel ihm auch durchaus nicht auf, dass Bella plötzlich den Wunsch äußerte – und jeder ihrer Wünsche war ja Befehl – wieder einmal einige Wochen auf ihrem Schlosse zuzubringen.

Wenige Tage, nachdem Graf W. mit seiner Gemahlin angekommen war, erschien, während er sich auf der Jagd befand, ein junger, schöner Mann im Schlosse, welcher mit der Gräfin eine längere Unterredung hatte. Dieser schöne Mann galt in der Residenz als einer der begünstigsten Anbeter der neuen Messalina, es war der Direktor der Irrenanstalt.

Als der Graf gegen Abend zurückkehrte, fand er Bella in einem weißen Spitzennegligèe in ihrem Schlafgemache, ihr offenes goldrotes Haar spielte um ihre üppige, schlanke Gestalt bis zu den Hüften herab. »Du bist so seltsam schön heute«, begann er, indem er den Arm um sie schlang.

»Ah! Du willst wieder einmal gepeitscht werden«, erwiderte Bella mit eisigem Hohn.

»Ja, tritt mich mit Füßen«, bat der Graf, »ziehe aber deine Pelzjacke dazu an.«

»Heute, an dem heißen Augustabend«, erwiderte Bella sehr laut, »bist du verrückt?«

»Zieh' sie an«, fuhr der Graf fort, »du kennst die köstliche Wirkung, die Pelzwerk auf mich übt, besonders an einer Frau, die so schön, so grausam ist, so schlecht, wie du.« Er kniete vor ihr nieder, während sie eine mit Hermelin reich ausgeschlagene veilchenblaue Samtjacke aus dem Kasten holte und anzog.

»Dein Anblick macht mich wahnsinnig«, rief der Graf, »misshandle mich, ich bitte dich darum.«

Die Gräfin nahm nun rasch mit einem seltsamen Blick auf ihren Gemahl die Peitsche und begann ihn damit zu schlagen. »O du schlechtes, verworfenes, treuloses Weib«, murmelte der Graf dabei, »deine Misshandlungen sind weit köstlicher als die Küsse einer Madonna!«

»Verlangen Sie noch mehr zu sehen und zu hören?«, sprach plötzlich Bella mit erhobener Stimme.

»Nein«, erwiderte der Irrenarzt und trat hinter dem Vorhang, der ihn versteckt hatte, hervor in das Zimmer.

»Was wollen Sie? Wie kommen Sie hier herein?«, fragte der Graf, indem er aufsprang.

»Ich komme um Sie, Herr Graf«, erwiderte der Irrenarzt, ihn scharf ins Auge fassend, »Sie sind krank.«

»Krank – ich?«, stammelte der Graf.

»Ja – *geisteskrank*«, sagte der Irrenarzt, »Sie werden die Güte haben, mich zu begleiten.«

In diesem Augenblicke sah der Graf plötzlich klar, mit einem Wutschrei stürzte er sich auf seine Gemahlin, aber ehe er sie ereilte, war er von dem Irrenarzt und dessen Leuten, die auf seinen Wink aus dem Nebengemache herbeigestürzt waren, zu Boden geworfen.

»Verraten!«, stöhnte er. Eine Ohnmacht entzog ihn allen weiteren Misshandlungen.

Als er zu sich kam, stak er in der Zwangsjacke und befand sich an der Seite des Vertrauten seiner Frau auf dem Wege in das Irrenhaus. Bella hatte ihr Ziel erreicht, ihr Glück gemacht.

Ein Jahr nach der Katastrophe verbreiteten sich Gerüchte über dieselbe, welche ein Verbrechen wahrscheinlich machten. Endlich erfolgte sogar eine Anzeige von der Seite eines ehemaligen Dieners des Grafen. Die Untersuchung wurde eingeleitet, aber ohne Erfolg, da die Kommission, welche sich in das Irrenhaus begab, den Grafen wirklich wahnsinnig fand. Er war in der Zwangsjacke und unter den grausamen Peitschenhieben seines Peinigers, welche ihm offenbar weniger Genuss bereiteten als die der schönen Bella, wirklich *toll* geworden. Es war einer jener nicht eben seltenen Fälle, wo sich die strafende Gerechtigkeit vollkommen ohnmächtig sieht und die Vergeltung anderen, höheren Mächten überlassen muss.

Das Weib des Kosaken

Es war Nacht auf der wilden Steppe. Unter dem flimmernden Sternenhimmel, mitten im wogenden Ozean der Gräser und Blumen, stand eine kleine Strohhütte. Ein windschiefer Zaun umgab Hof und Bienengarten.

In der niederen Stube, deren rauchige Wände mit Heiligenbildern geschmückt waren, schlief Bascha allein auf dem harten Lager, mit ihrem Schafspelz zugedeckt. Ihr Mann, der Kosak Dorobenko, war davongeritten auf das erste Feuersignal, das einen Raubzug der benachbarten Tataren ankündigte.

Plötzlich fuhr das junge Weib aus dem Schlaf und horchte. Es hatte an die Tür gepocht, ja, und es pochte noch einmal. Sie stand auf und öffnete.

Draußen stand das Pferd des Kosaken ohne seinen Reiter und scharrte mit dem Huf. Bascha erschrak, sie kannte das treue Tier, den flüchtigen, mutigen Schecken. Sie sagte sich, dass Dorobenko gefallen war, denn niemals hätte das Pferd ihn verlassen, wenn er noch am Leben wäre. An die Pfosten der Tür gelehnt, die Hände vor das Gesicht gepresst, begann die Arme zu schluchzen, und der Schecke legte ihr sanft den Kopf auf die Schulter und seufzte auf, als trauere er mit ihr um seinen tapferen Reiter.

Das Kosakenweib legte die Arme um den struppigen Kopf des treuen Freundes und küsste ihn, dann trocknete sie ihre Tränen.

Wenn er tot wäre, der Mann, der sie so sehr geliebt, dann hätte sie noch eine Pflicht zu erfüllen. Die Raben sollten ihn nicht haben. Er sollte in geweihter Erde ruhen, wie es einem frommen Christen geziemt. Bascha kehrte in die Stube zurück, zog ihren Pelz an, wand ein rotes Tuch um ihre schwarzen Flechten, nahm den Kantschuk vom Haken und steckte den Yatagan in den Gürtel. Nachdem sie sich überzeugt hatte, dass die beiden Pistolen in den Satteltaschen noch geladen waren, dass die Schlinge am Sattelknopf hing und die Branntweinflasche im Sattelsack gefüllt war, schwang sie sich nach Männerart auf das Pferd und schlug die Richtung ein, welche Dorobenko am Morgen genommen hatte.

Eine tiefe, heilige Stille herrschte auf der weiten Fläche. Nichts regte sich, nur ein leichter Wind strich durch die Halme. In der Ferne lag eine dunkle Masse, der Wald. Bascha flog wie ein Vogel durch die duftige Steppe, dem Dorfe zu. Hier fand sie, dass die Tataren sich zurückgezogen, aber reiche Beute und auch mehrere Gefangene mit sich genommen hatten. Sie begann wieder zu hoffen.

Im Osten zeigte sich das erste keusche, weiße Licht, als sie an einem Kosakenhof vorbeikam, den die Feinde eingeäschert hatten. Hier lag auch der erste Tote auf der Straße, ein Muselman.

Sie ließ dem Pferde die Zügel frei, und wirklich, es schlug den Weg ein, den sie nehmen wollte, es trug sie über Stock und Stein, bis an den Ort, wo das Gefecht stattgefunden hatte. Weithin war das Gras von den Hufen zerstampft, gefallene Pferde und Menschen deckten den Boden. Bascha hielt den Schecken an, stieg ab und ließ das kluge Tier laufen, sie war seiner vollkommen sicher. Jeden toten Kosaken, der auf seinem Gesichte lag, wendete sie um. Sie suchte unermüdlich ihren Mann, sie fand ihn nicht. »Er ist gefangen«, sagte sie sich; dieser Gedanke war ja ein Trost für sie. Indes war es Tag geworden, und die großen Geier und Raben, welche die Gefallenen umkreisten und ihr schauerliches Mahl hielten, grüßten die Sonne mit lautem Geschrei.

Plötzlich wieherte der Schecke in der Ferne. Sollte er seinen Herrn entdeckt haben? Bascha lief auf das Gebüsch zu, vor dem das Pferd stand und mit dem Schweife schlug. Sie teilte die Zweige und schrie auf. Da lag ihr Mann auf dem Rücken, mit Blut übergossen, die Augen geschlossen.

War er tot? Sie warf sich über ihn und küsste ihn. Sie nahm ihn in die Arme und richtete ihn auf. »Dorobenko!«, rief sie. »Mein Einziger, mein Held, mein Täubchen!« Nein, er war nicht kalt, er atmete noch. Sie nahm die Branntweinflasche und flößte ihm einige Tropfen ein, sie rieb ihm die Schläfen und endlich seufzte er auf und öffnete die Augen.

Sie riss ihm die Jacke auf und das Hemd. Da war die Wunde, ein Lanzenstich in der linken Brust. Sie wusch ihm die Wunde mit Branntwein, dann zog sie den Pelz aus und schnitt mit dem Yatagan die Ärmel ihres Hemdes ab, um ihn verbinden zu können; zuerst gab sie Dorobenko zu trinken. Er tat einen guten Zug aus der Flasche und atmete auf. Bascha hielt ihn in ihren Armen und betrachtete ihn einige Zeit, dann machte sie das Zeichen des Kreuzes und sprach ein Gebet.

»Fühlst du dich stark genug«, fragte sie nach einer Weile den Kosaken, »zu Pferde zu steigen mit meiner Hilfe?«

Dorobenko schüttelte den Kopf. »Nein, ich habe zu viel Blut verloren.«

»Dann heißt es hierbleiben«, sagte Bascha, »bis du dich stark genug fühlst.«

»Ich möchte jetzt schlafen«, murmelte der Verwundete. Bascha legte ihn sanft in das Gras nieder und schob ihm den Mantelsack unter den Kopf, dann band sie das Pferd neben ihm an eine kleine Birke und ging hinaus in die Steppe, um Nahrung und Wasser für den Verwundeten zu suchen.

Die Sonne brannte dem armen Weibe heiß auf Kopf und Nacken, aber sie fragte wenig danach, sie selbst quälte der Durst und der Hunger, aber sie wurde nicht müde, zu suchen. Umsonst. Weithin kein Quell, kein Tropfen Wasser, kein Baum, kein Schornstein. Schon begann sie jede Hoffnung zu verlieren, als sich plötzlich zu ihren Füßen eine kleine Schlucht öffnete, aus welcher der lieblichste Duft zu ihr emporstieg. Rasch kletterte sie hinab und befand sich jetzt mitten unter grünen Büschen, die mit großen roten Himbeeren bedeckt waren. Sie band ihre Schürze zusammen, füllte sie mit den köstlichen Früchten, und obwohl sie todmüde war, lief sie dann zurück zu dem Orte, wo Dorobenko lag.

Er schlief noch. Sie setzte sich zu ihm, aber sie berührte die Beeren nicht, ehe er erwachte. Dann gab sie ihm zu essen und zu trinken, und erst als er satt war, stärkte sie sich auch ein wenig. Sie rastete einige Zeit und nun begann sie wieder zu suchen. Der Branntwein ging zu Ende, sie musste Wasser haben. Es war Nacht, als sie zurückkehrte, wieder ohne Erfolg. Dafür hatte sie ein Kosakenpferd eingefangen, das sie in der Nähe grasend fand, und eine große Kürbisflasche am Sattel eines gefallenen Tataren entdeckt. Das war eine gute Beute. Sie band das Pferd an, sodass es neben dem Schecken grasen konnte, wechselte dem Verwundeten den Verband und blieb dann stumm und resigniert neben ihm sitzen.

»Wasser!«, bat der Kosak.

Bascha gab keine Antwort.

»Wasser, meine Teure!«

»Ich habe keines.«

»Das Flüsschen kann doch nicht weit sein«, sagte Dorobenko.

»Wo liegt es, zeige mir die Richtung.«

»Gegen Süden.«

Bascha stand auf, hing die Kürbisflasche um und blickte um sich. Da sah sie plötzlich in der Ferne ein Licht. Was konnte es sein? Eine menschliche Wohnung? Vielleicht auch ein Lagerfeuer der Tataren!

Mag sein, sie muss Wasser haben für ihren Mann; sie macht sich daher auf den Weg und folgt dem Schimmer, der sie vielleicht in das Verderben, in den Harem eines Khans führt. Das Licht richtet sich auf und scheint dann wieder zu schwinden, aber es führt sie sicher durch das hohe Gras bis zu einer Gruppe von Weiden. Hier – welch ein Ton – ein fernes Murmeln – ein Plätschern – Wasser.

Plötzlich ist sie bis über die Knie im Sumpf.

Es war ein Irrlicht, das ihr als Führer gedient hatte.

Sie ergreift noch zur rechten Zeit einen Zweig und fühlt bald wieder festen Boden unter den Füßen. Vorsichtig setzt sie ihren Weg fort. Das tanzende Feuer winkt ihr zur Linken, aber sie geht geradeaus und schon blitzt der Wasserspiegel vor ihr auf. Ihr Herz pocht, sie ist so glücklich, sie möchte lachen und weinen zugleich, und in ihrer Freude beginnt sie laut zu singen:

>>Der Kosak tränkt sein Ross,
Wasser schöpft die Hanne,
Während er sein Liedchen sang,
Weint sie in die Kanne.<<

Da war das Flüsschen, mit Schilf umstanden. Sie kniete nieder, neigte den Kopf und trank wie ein Tier, das seinen Durst löschen will, aus dem fließenden Wasser. Dann füllte sie rasch die Kürbisflasche und eilte zurück zu dem Verwundeten.

Um den Weg zu finden, hielt sie von Zeit zu Zeit die Hände vor den Mund und rief: >>Dorobenko!<< Lange Zeit erhielt sie keine Antwort, endlich klang es voll durch die Nacht: >>Bascha!<< Sie rief noch einmal.

>>Hier!<<, erwiderte der Kosak und jetzt hörte sie auch den Schecken wiehern. >>Ich habe Wasser!<<, rief sie und begann wieder laut zu singen:

>>Der Kosak tränkt sein Ross etc.<<

Dorobenko antwortete:

>>Weine nicht, du holdes Kind,
Lass' dich nicht betrüben,

Denn ich lieb' dich gar so sehr,
Werd' dich ewig lieben.«

Schon kam sie mit dem Wasser gelaufen, kniete nieder und gab ihm zu trinken. Er tat einen vollen Zug, dann sah er sie an, strich ihr das Haar aus der Stirne, und zwei große Tränen stahlen sich ihm über die sonnenbraunen Wangen in den Schnurrbart herab.

Am fünften Tage sprach Dorobenko: »Ich fühle mich jetzt stark genug. Wir wollen nach Hause zurückkehren.«

Bascha half ihm auf das erbeutete Pferd und band ihn auf dem Sattel fest. Sie selbst bestieg den Schecken. Langsam setzten sie sich in Bewegung, im Schritt. Sie führte sein Pferd am Zügel und spähte nach allen Seiten hinaus, um nicht von irgendeiner Gefahr überrascht zu werden.

Als sie sich dem verbrannten Kosakenhof näherten, tauchten drei Reiter aus dem hohen Grase auf und sprengten auf sie zu.

»Tataren!«, murmelte Dorobenko.

»Bleib' nur ruhig«, sagte Bascha, »ich werde dich retten oder mit dir sterben.«

Schon waren die ersten beiden Reiter ganz nahe. Das Kosakenweib zog die Pistolen aus den Satteltaschen und machte sich fertig. Ein Schuss fiel, und der eine der Feinde stürzte aus dem Sattel. Das Gras verschlang ihn, während sein Pferd davonjagte. Ein zweiter Schuss. Der Rappe des zweiten Tataren bäumte sich auf und stürzte dann in die Knie. Blitzschnell zog Bascha den Yatagan und trieb den Schecken vorwärts. Im Vorbeireiten fasste sie den Muselman bei der Locke, die auf seinem kahlen Scheitel stand, und hieb ihm den Kopf ab, den sie stolz emporhielt.

Da war der Dritte. Er hielt sein schnaubendes Pferd an und musterte das hübsche, derbe Weib mit wohlgefälligen Blicken.

»Komm mit mir«, rief er, »wilde Rose der Steppe, du sollst den Harem eines Fürsten schmücken! Von Pracht umgeben, in Hermelin geschmiegt, sollst du als Sultanin auf weichen Kissen ruhen, von Sklaven bedient.«

Das Kosakenweib antwortete mit einem lauten Lachen, löste die Schlinge vom Sattelknopf, warf sie dem Muselman über den Kopf und riss ihn vom Pferde herab. »Ergib dich«, rief sie ihm zu, »oder ich töte dich!«

Der Tatar warf sich vor ihr auf die Knie und kreuzte die Arme auf der Brust.

»Rühre dich nicht«, fuhr Bascha fort, »eine Bewegung, und dein Kopf fliegt vom Rumpfe herab!« Sie stieg ab, näherte sich dem Gefangenen vorsichtig von hinten, band ihm die Arme auf dem Rücken und befahl ihm dann, aufzustehen. Nachdem sie die Schlinge wieder am Sattel befestigt hatte, plünderte sie noch des gefallenen Tataren Pferd. Sie fand verschiedene Kostbarkeiten, einen türkischen Stoff, Silberzeug, ein goldenes Kreuz und ein Paar funkelnde Ohrgehänge, die sie jubelnd emporhielt. Nachdem sie ihre Beute in den Mantelsack geschnürt hatte, stieg sie wieder auf den Schecken.

»So«, rief sie dem Tataren zu, »jetzt bist du mein Sklave und sollst mir den Acker bestellen, solange mein Mann nicht arbeiten kann. Vorwärts!« Sie ließ den Kautschuk knallen. »Vorwärts!«

Matrena

In der trüben, grauen, stillen Dämmerung des Abends und nachts, wenn der Himmel schwarz oder von Sternen flimmernd über ihr ruht, ist die Steppe traurig. Es geht dann wie eine Klage durch die Lüfte, durch das Meer der Gräser und Blumen. Die Schwermut senkt sich drückend auf Land und Menschen. Die Steppe klagt um die Grabhügel der alten Helden, um die herrliche Kosakenfreiheit, um jene glorreichen Zeiten der Schlachten, des Ruhmes und der Beute.

Ganz anders bei Tage. Die Sonne verscheucht auch hier die Gespenster. Dann ist es frei und schön und heiter in der Steppe.

So war es auch mir zumute, so gut, ich erwartete etwas, etwas Glückliches. So ist es etwa, wenn man eine Geliebte erwartet.

Mein Pferd schien durch das hohe Gras zu schwimmen, dessen Wellen vor mir, hinter mir auf und ab liefen. Noch lag das Dorf zur Seite, noch waren wir nicht ganz in die rauschende, blühende Wildnis eingedrungen, noch gab es Strohdächer, blauen Rauch, der sich aus ihnen erhob, noch Bäume und Getreidefelder. Um die Erdhütten steht hoher Mais, stehen Sonnenblumen, liegen Melonen und Kürbisse.

Störche klappern auf den Strohdächern, Schwalben schießen hin und her, oder hängen an ihren lehmigen Nestern und zwitschern.

In der Ferne hört man den Kuckuck rufen.

Ein kleiner Birkenhain regt vor uns die Wipfel. Es ist ein zierlicher, reizender Baum, die Birke, weichlich und weiblich mit ihrem leicht geschwungenen, schlanken Stamm, ihrer Atlasrinde, ihrem Schleier aus zarten Zweigen und zitternden Blättern. Sie ist schwatzhaft, und sie ist auch grausam wie ein Weib, sie gibt die Rute her, die unsern Rücken zerfleischt.

Doch weiter und weiter spannt sich die Steppe aus. Der letzte Baum taucht unter, noch ein Rauchwölkchen, das von einer Menschenwohnung zeugt, dann ist nichts um uns als Himmel und Erde. Der Frühling webt von Horizont zu Horizont in seinem endlosen, blühenden Reich. Ein Meer von goldenem Grün und wechselnden Farben ergießt sich über die Erde, ein zweites Meer von Duft wogt darüber hin.

Zwischen der dünnen Heide stehen die blauen, roten, violetten Blumen, die gelben Pyramiden des Ginster und die weißen Kugeln des Klees.

Tausendstimmiger Vogelsang ringsum, denn der Tag geht zur Neige. Hier scheuchen wir Rebhühner auf, dort eine Trappe, die sich schwerfällig erhebt, einen Hasen, der mir jedes Mal im Sprunge die langen Ohren zeigt. Wolken ziehen über uns hinweg, sie spiegeln sich in den schimmernden Graswellen oder werfen ihre Schatten auf dieselben, je nachdem sie gegen die sinkende Sonne stehen.

Eine Wachtel schlägt, eine zweite antwortet, eine dritte.

Nun wird die Steppe mit einem Mal ganz und gar lebendig. Eine Herde Schafe grast mir zur Rechten, Tausende und wieder Tausende von dicken, runden wolligen Rücken ziehen langsam vorbei, Tausende und wieder Tausende von Köpfen heben sich, mich anzustaunen, und dabei geht ein dumpfes, einförmiges, elementarisches Geräusch durch diese lebenden Wellen, das den Menschen, der sich als ein Wesen für sich fühlt, beängstigt und niederdrückt. Ruhig steht aber in dieser wolligen Flut der Tschaban in seinem zottigen Rock aus Kamelhaaren, die kleine Pfeife im Mund, und die Hunde liegen zu seinen Füßen und schnaufen aus.

Kaum sind wir an der Herde vorüber, steigen aus dem Grase Kurgane, kegelförmige Grabhügel auf, welche sich in langer Reihe hinziehen, und dann braust ein Tabun wilder Pferde vorüber, die Köpfe hebend und Luft einziehend. Eines der Tiere bleibt stehen und mustert uns mit großen, schönen klugen Augen, dann folgt es wiehernd den andern.

Im Westen steht die untergehende Sonne wie ein großer roter Mohn. Heiße Tinten ergießen sich über den Himmel, die zerzupften Wölkchen, das wogende Grasmeer. Es wird Abend.

Rasch versinkt der glühende Ball. Noch flammt der Himmelsrand, dann zieht rasch der graue, bleierne Nebel der Dämmerung herauf und erfüllt die stille, träumende Welt.

Wilde Enten ziehen hoch oben. Auf dem nächsten Heldengrab schreien die Raben.

Es wird dunkel. Noch ein Hügel und noch einer. Dann flackert ein Feuer auf, um das sich schwarze Gestalten bewegen. Oben auf dem kahlen Kurgan steht eine Strohhütte ohne Wände, unter deren Dach sich ein paar Hirtenmädchen gelagert haben.

Um den Hügel herum weiden ihre Pferde.

Ich reite heran, begrüße die Mädchen, binde mein Tier an den nächsten Pfosten und lagere mich in der Nähe des Feuers, ohne erst um Erlaubnis zu fragen. Fünf Paare neugieriger Augen mustern mich. Dann wird eine Weile geflüstert, gekichert und wieder nach einer Weile erzählt die älteste unter den Mädchen, die ein rotes Tuch um den schwarzen Kopf geschlungen hat, das Märchen von den sieben Brüdern und der Zarewna Helena zu Ende, das sie begonnen hatte, als ich kam.

»Nun«, sagte ich, »das gefällt Euch wohl, und Ihr bedauert wohl, dass jetzt nichts Ähnliches mehr geschieht?«

»Doch«, erwiderte die Märchenerzählerin, »doch, Herr, es ist nicht so lange her, hat der Wassermann ein Mädchen geholt, entführt hat er sie in seinen gläsernen Palast, und auch solche Geschichten, von denen die alten Lieder erzählen, kommen zuzeiten vor.«

Wieder nahte ein Pferd, diesmal trug es aber eine Reiterin auf seinem Rücken. Sie hielt am Fuße des Hügels und sah uns aufmerksam an, sodass auch wir Muße hatten, sie zu betrachten. Das Erste, was an diesem jungen Weibe auffiel, war ein verächtlicher Zug in ihrem runden, hübschen Gesicht, ein Zug, wie er sich bei Menschen findet, welche fürchten, dass wir sie gering schätzen könnten. Alles atmete überdies Stolz an ihr, die hohe Brust, das kräftige Kinn, die kleine Adlernase, die Art wie sie den Kopf hob und von der Seite herabblickte, als die Hirtenmädchen den Hügel hinabgesprungen waren und sie umringten.

Das Pferd, auf dem sie wie ein Mann und ohne Sattel saß, war unruhig und wieherte, als ob sie es mit ihren kräftigen Schenkeln zugleich peinigen und streicheln würde. Ihr bloßer Fuß war schön geformt, er war nicht zum Gehen geschaffen, nur um geküsst zu werden. Es müsste eine Art Wollust sein, von diesem Fuß getreten zu werden.

Sie wechselte nur wenige Worte mit den Hirtinnen, warf mir dann einen raschen Blick zu und verschwand geheimnisvoll und plötzlich in der Steppe, wie sie aus Nacht und Nebel gekommen war.

»Wer war das?«, fragte ich.

»Das Weib des Kosaken Olex Kostka.«

Einige Zeit blieb es stille, dann sagte plötzlich die Märchenerzählerin: »Da habt Ihr gleich eine Geschichte.«

»Dieses Weib kann in der Tat etwas Besonderes erlebt haben«, bemerkte ich.

»Erzähle also«, riefen die andern.

»Aber die Geschichte Matrenas ist schrecklich. Ihr werdet Euch fürchten.«

»Nein, nein, erzähle nur.«

Die Mädchen rückten ganz nahe zusammen, und die mit dem roten Tuch begann.

Der Gutsherr Baraniewski, Gott habe ihn selig, war ein gar hübscher und verwegener Mann, nur allzu kühn den Mädchen gegenüber. Er machte sich auch kein Gewissen daraus, dem Manne seine angetraute Frau zu nehmen, hatte überhaupt kein Gewissen. Dieser Baraniewski sah Matrena das allererste Mal auf dem Jahrmarkt. Wenn er ein Weib traf, von ferne nur, hob er Euch die Nase wie ein Jagdhund, der ein Wild wittert. So war es auch hier und er strich sich den Schnurrbart, und die Matrena sah ihn gleichfalls an. Warum sollte sie ihn nicht ansehen? Es war ein schöner Mann und gekleidet wie der Zarewitsch.

Sie hatte eine Art zu gehen, welche die Männer anzog. Versteht Ihr mich, sie drehte sich so, drehte sich beim Gehen in den Hüften, sodass ihren langen Zöpfe ihre Nacken peitschten. Und der schöne Herr folgte ihr, und flüsterte ihr allerhand Schönheiten zu.

Nicht lange darauf traf er sie beim Ziehbrunnen. War wohl kein Zufall, dass es so kam. Sie wurde rot, und weil sie nicht wusste, was sie reden sollte, so gab sie seinem Pferde zu trinken aus ihrer Kanne, und er stand dabei und sprach ihr von seiner Liebe.

Erst schämte sich Matrena, als sie ihn aber so verliebt sah, da bekam sie Courage und lachte ihn aus. »Ihr seid ein Mann«, sagte sie, »ich sollte Euch gar nicht anhören, denn ich habe einen Teuren, das ist Kostka, mit dem mich der Vater verlobt hat, aber es macht mir Spaß, Euch so toll zu sehen.«

Sie hatte Lippen wie Kirschen, die sah er und wollte sie gern küssen.

»So und so«, rief er, »als ich ein kleiner Junge war, habe ich mir das Obst am liebsten aus fremdem Garten geholt.«

»Und als ich ein kleines Mädchen war«, gab sie zur Antwort, die Spitzbübin, »da belustigte ich mich damit, dem Maikäfer einen Faden an das Bein zu binden und lachte, wenn er zappelte und schwirrte und mir doch nicht entkommen konnte, und nun lache ich über Sie.«

Und jedes Mal, wenn er von seiner Liebe sprach, von den Qualen, die sie ihm bereitete, lachte sie nur und rief: »Flieg, Maikäfer, flieg.«

Und wieder einmal kam er, als sie beim Bache wusch, und wie sie sich bückte, um die Wäsche zu spülen, und er sah ihre großen, schönen Hüften, schlug er sie drauf, dass es nur so klatschte und lachte, sie aber war rot geworden und hieß ihn gehen.

Doch was half es ihr? Er ließ nicht ab, das war nicht der Mann, sich leicht abweisen zu lassen, wenn er einmal Passion hatte auf ein Weib.

Matrena schlug ihn einmal. – Wozu war das etwa gut? – Er kam doch – kam doch und drang zum Fenster herein, das sie offen gelassen hatte, die Nachtigallen zu hören, die so schön in der Sommernacht sangen. Kam doch und küsste sie. Ergriff sie so im Hemd – sie hatte keine Zeit, ihren kurzen Lammpelz überzuziehen.

Es half ihr nichts, dass sie ihn wieder schlug und schrie. Er küsste sie doch – küsste sie, dass sein Mund ihr die roten Lippen schloss, und ihre Stimme im Winde erstarb und im Rauschen der Bäume.

Nichts half ihr, alles wendete sich gegen sie, sie hat es später selbst erzählt und mehr als einmal. Sie dunstete in ihrem Pelz und wurde noch heißer vom Ringen, die Schaffelle verbreiteten einen üblen Geruch. Er aber flüsterte: »Wie gut das riecht und du erst ... der Geruch eines gesunden Mädchenleibes berauscht mich.« Ist das nicht zum Lachen? Das Lammfell schien angewachsen an ihre vollen runden Glieder, und auch das gefiel ihm. »Ist es doch«, rief er, »als kämpfe ich mit einem wilden zottigen Tier«, und lachte, der Unmensch, der Tartar, obwohl er doch die Krallen und die Zähne dieses schönen Tieres fühlte.

Dann aber war sie es, die ihn zurückhalten wollte.

Baraniewski, der stolze Herr, stieß sie weg, sie indes packte ihn noch einmal bei Haar und Bart. Er riss sich los, ja, das tat er, riss sich los, sodass Büschel seiner Haare in ihren Händen blieben und schwang sich auf sein Pferd.

Matrena gab keinen Laut von sich. Rasch band sie ihr Haar zusammen, nahm einen derben Strick, machte eine Schlinge, führte das beste Pferd heraus aus dem Stall, sprang auf den Rücken desselben und folgte dem schönen, stolzen Herrn, der schon einen Vorsprung gewonnen hatte.

Die Brücke donnerte unter den Hufen seines Pferdes. Nun wusste sie, wie weit er war, denn die Nacht hatte ihn verschlungen, und sie sah nur seitwärts die leuchtenden Augen eines Wolfes, der sie musterte, und ein Stück faulen Holzes, das an dem Wege lag und leuchtete.

Da war ein Zaun, der ihm den Weg versperrte. Im Nu war er drüber, und ehe man zehn zählen konnte, war auch sie zur Stelle und sprang gleichfalls mit ihrem Kosakenpferd hinüber. Sprang ihm auch nach über den Graben, über den er gesetzt hatte, und schwamm ihm nach durch den Fluss, dass das Wasser nur so plätscherte und aufschäumte.

Fort ging es, immerfort. Jetzt mitten durch einen Hain, mitten durch die Bäume, dass die Äste ihnen ins Gesicht schlugen und sich an seine Kleider klammerten, und ihr das Hemd vom Leibe rissen. Nun vorwärts, durch das Maisfeld, dass die hohen Stämme nur so krachen, durch das Korn, durch den Weizen, was liegt daran? Durch die schlafende Schafherde, den Grabhügel hinauf, hinab.

Da waren sie mitten in der Steppe, die um sie rauschte, ein Meer, ein stürmisches Meer, und nur der Himmel war über ihnen.

Baraniewski verlor wohl den Mut, er hörte das Knallen ihrer Peitsche näher und näher, hörte ihren Zuruf, mit dem sie das Pferd ermunterte, hörte das Schnauben des Tieres, fühlte seinen heißen Atem.

Sein Pferd stürzte. Matrena jauchzte auf. Doch schon riss er es empor und es ging weiter, wie auf der Hetzjagd, hinter dem Fuchs her.

Wie pochte ihm da das Herz, dem Verräter! Ja, hundert Arme schienen sich nach ihm auszustrecken, hundert Arme aller der Verratenen, Betrogenen, Verlassenen, Gemordeten. Weiße Arme, die aus dem dunklen Zobelpelz nach ihm langten, und braune Arme, die aus groben Hemden hervorkamen, und oben jagten die Sterne ihm nach, und weiße Gestalten in flatternden Gewändern, den toten Bräuten gleich, die um Mitternacht tanzen und ihre Tänzer erwürgen mit ihren weichen, duftigen Haaren.

Und wirklich, sie holt ihn ein. Sie wirft die Schlinge – einmal – ein zweites Mal … Da hat sie ihn … reißt ihn vom Pferde und macht dann halt und schöpft Atem.

Baraniewski sucht die Schlinge, die ihm den Hals zusammenschnürt, zu lockern, aber ein Ruck ihres starken Armes und er liegt vor ihr und schnappt nach Luft, wie ein Fisch schnappt er, den man gefangen und auf den Sand hingeworfen hat, und fleht um sein Leben.

Matrena schüttelt nur den Kopf.

»Ich will dich zur Frau nehmen«, beteuert er.

Sie lacht ihn nur aus.

»Dein Sklave will ich sein«, beginnt er von Neuem, sie aber schneidet ihm das Wort ab.

»Bete zu Gott. Du musst sterben.«

»Hast du kein Erbarmen mit mir?«

»Nein.«

Dann treibt sie ihr Pferd an und ruft: »Maikäfer flieg!«, und lacht dabei, wie ein Teufel lacht sie.

»Flieg, Maikäfer flieg!«

Einige Zeit lief er neben ihrem Pferde her, dann blieb er zurück, fiel zur Erde, und nun schleifte sie ihn hinter sich, bis er zu ihren Füßen verendete. Noch war er nicht ganz tot, als schon die Raben um sie kreisten und sich auf ihn stürzten.

»Nur zu!«, rief ihnen Matrena zu. »Hackt ihm die Augen aus, meine Freunde, reißt ihm das Fleisch stückweise vom Leibe – das schmeckt – so frisch und lebendig – nicht wahr? O könnt' ich dich nur selbst zerreißen mit meinen Zähnen!«

So endete Baraniewski, der schöne, stolze Herr, und Matrena hielt Hochzeit mit Olex Kostka.

»Wie ist es möglich, dass er sie trotzdem genommen hat?«, sagte ich erstaunt.

»Wie? Auf die Weise. Und warum nicht? Hat sie nicht selbst ihre Ehre gerächt etwa? Konnte ihr jemand einen Vorwurf machen?«

Es war Nacht geworden. Der Sternenhimmel stand über uns, ein Riesenfeld voll goldener Ähren. In der Ferne flatterten kleine weiße Wolken, ein gespenstischer Reigen, der sich über der Erde zu drehen schien. Durch die Steppe zog jenes tiefe, schwermütige Rauschen, das so gut zu den Liedern dieses Volkes stimmt, das um seine Helden trauert, um seinen Ruhm, seine Freiheit, und eines dieser Lieder klang jetzt zu uns herüber, von einem Kosaken gesungen, der durch das Grasmeer ritt, von einem Hirten oder Jäger. Und es klang so wehmütig durch die Nacht:

Ohne Nutzen, ohne Segen,
Schwindet des Kosaken Beute,
Was er gestern schwer errungen,
Leichten Sinns vertrinkt er's heute.

Die Sklavenhändlerin

Im Schlosse zu Zmigrod, nahe der russischen Grenze, konnte man in einem der Turmzimmer ein kleines, wohl in der ersten Hälfte dieses Jahrhunderts von einem polnischen Künstler gemaltes Ölgemälde sehen, welches die Manier der alten holländischen Meister so getreu kopierte, dass man es leicht für ein Werk von Dow oder Mieris hätte halten können.

Das Bild wurde gewöhnlich mit dem Titel »Die Sklavenhändlerin« bezeichnet, aber die schöne Frau, welche es vorstellte, so majestätisch, mit tief dunklen Augen unter dem ihre Kopfbedeckung bildenden Turban, im reichen goldgestickten Pelz und mit einer Geißel in der Hand, hatte in ihrem ganzen Ausdruck etwas so fremdartiges, durchaus persönliches, dass es jedem Touristen, dem man es zeigte, sofort zur Gewissheit wurde, er habe es hier mit keinem Genrebild, sondern mit einem höchst charakteristischen, lebenswahren Porträt zu tun.

Je länger man dieses kleine Meisterwerk betrachtet, umso mehr fühlt man, dass es eine Geschichte haben müsse, und wirklich, die vergilbten Blätter der Chronik von Zmigrod, welche der gelehrte Ortskaplan so sorgfältig aufbewahrt, erzählen uns von dem Modell zu diesem Bilde einen Roman, der sich an Merkwürdigkeit allem, was uns Boccaccio, Brantôme und die Königin von Navarra Außerordentliches von den schönen, höchst ehrenwerten Damen der vergangenen Jahrhunderte zu erzählen wissen, würdig zur Seite stellen lässt.

Die schöne Sklavenhändlerin hieß Marina Zmigrodska und war die Tochter des polnischen Oberst Titus Zmigrodska. Mit der ganzen Innigkeit und Glut eines jungen, zärtlichen und lebensunkundigen Herzens liebte sie einen jungen, schönen, aber armen Edelmann; ihre Eltern hatten jedoch beschlossen, sie an den Grafen Rzewinski zu verheiraten. Um jeden möglichen Widerstand schon im Keime zu ersticken, überfiel man den Geliebten des jungen Mädchens in der Nacht und brachte ihn in ein Kloster in sicheres Gewahrsam. Dagegen war die Willenskraft des jungen Mädchens nicht so leicht zu beugen. Sie schien sich den Anordnungen ihrer Eltern zu fügen und empfing ruhig den Bräutigam, welchen man ihr zugedacht hatte, als aber eines Abends ihre Eltern von Hause fort waren, raffte sie alle Wertsachen, deren sie habhaft werden konnte, zusammen, verkaufte sie durch Vermittlung des jüdischen »Faktors« Nehemias Frosch, der ihr sehr ergeben war, und entkam glücklich in männlicher Verkleidung. Zuerst flüchtete sie nach der Moldau und von dort zu Schiff nach Konstantinopel, wo sie von dem Jesuitenpater Golombski, einem Freunde ihrer Familie, Unterstützung und Protektion zu erlangen hoffte.

In diesem Punkte erlitt Marina jedoch eine große Enttäuschung; nachdem der Pater ihre Geschichte vernommen hatte, führte er die Arglose in eine Art Kloster, welches seinem Orden affiliierte Schwestern in der türkischen Hauptstadt eingerichtet hatten, und plötzlich sah der schöne Flüchtling, dass er gefangen und unter strengster Bewachung war.

Zu gleicher Zeit beauftragte der Pater einen Mönch vom Orden der barmherzigen Brüder, den Eltern Marinas einen Brief zu überbringen. Zufällig übernachtete der gute Bruder auf seiner Reise auch in demselben Kloster, in welchem man den Geliebten Marinas interniert hatte. Nachdem dieser aus den Erzählungen des Mönchs Kunde vom Schicksal seiner Geliebten erlangt hatte, gelang es ihm, aus dem Kloster zu flüchten, und nach unbeschreiblichen Mühen, nach tausend Gefahren erreichte er endlich Konstantinopel, wo es ihm dank der Hilfe eines Armeniers glückte, schon nach einigen Tagen Marina aufzufinden.

Jener Orientale namens Nestor Baraskan war nämlich ein Freund des Juden aus Zmigrod, den er auf der Leipziger Messe kennengelernt hatte. Auch Marina war es gelungen, sich der Aufmerksamkeit ihrer Wächterinnen zu entziehen; sie war sofort zu dem Armenier, der Sklavenhändler war, geeilt und setzte bei ihm den sorgfältig verwahrten Kreditbrief des Juden in bare Münze um. Zunächst verschaffte sie sich dann das reiche Gewand eines vornehmen Türken und erstand darauf in einem der Vororte ein kleines Häuschen; einige Negersklaven bildeten ihre Bedienung. So lebte sie inmitten dieser Türken, Griechen und Armenier, unter denen sie für einen jungen Moslem von vornehmen Stande galt. Da Roman von Frosch ebenfalls einen Kreditbrief und Empfehlungen an den Armenier erhalten hatte, war es für ihn nicht schwierig, Marinas Aufenthalt auszukundschaften, und er lag seiner Geliebten zu Füßen, als diese es sich am wenigsten träumen ließ.

Für die beiden Geliebten war eine Periode reinen ungetrübten Glücks angebrochen; köstliche, unvergleichliche Flitterwochen, die sich ein ganzes Jahr hindurch in ununterbrochener Reihe fortsetzten, verlebten die Glücklichen in einem Rausche, voll von den leidenschaftlichsten Genüssen, den süßesten, innigsten Zärtlichkeitsbeweisen. Aber mit der Zeit wurde die Liebesflamme schwächer, sie verzehrte sich selbst. Wie jede Leidenschaft erstarb auch die Romans und Marinas an ihrer vollständigen Befriedigung. Roman wurde kühler und immer kühler, und Marina war erstaunt, ihn bei näherer Betrachtung weniger schön und liebenswert, ja sogar langweilig und schwerfällig zu finden.

Sie fragte sich: »Wie habe ich für ein solches Wesen alles aufopfern können, was mir lieb und teuer war, Vater, Mutter, Vermögen, Heimat und Vaterland? Dafür soll ich Leben und Ehre hingegeben haben, dafür?«

Zunächst wurde sie seinen Liebkosungen gegenüber nur gleichgültig, allmählich aber erschien ihr der junge, bisher so glühend geliebte Mann mehr und mehr lächerlich, und endlich war sie nur noch von der alles andere erstickenden Idee beherrscht: »Auf welche Art kann ich mich Romans so rasch wie möglich und für immer entledigen?«

Eines Tages besuchte sie den Armenier. Sie trug die Kleidung der vornehmen türkischen Haremsdamen, den dichten Schleier und einen reich mit kostbarem Pelzwerk besetzten Kaftan. Und wie wunderbar! Nun, da sie vor Nestor Baraskan stand, bemerkte sie zum ersten Male, dass er ein sehr schöner Mann war, dessen kraftvolle Gestalt einen vorzüglichen Eindruck auf sie machte, und auch er entdeckte mit ähnlichem Erstaunen die seltenen Reize und die pikante Schönheit der jungen Polin, der er, solange er sie nur in Männerkleidern gesehen, keine besondere Aufmerksamkeit geschenkt hatte.

»Ich brauche Geld«, sagte Marina.

»Alles, was ich besitze, o schöne Dame, steht zu deiner Verfügung«, erwiderte der Armenier, »wenn du die Sonne deiner Gunst auch über mir ein wenig leuchten lassen willst.«

Marinas Augen hafteten am Boden, während ihre Hände leise über das weiche Pelzwerk ihres Gewandes streiften; langsam ließ der Sklavenhändler seinen langen, dichten, schwarzen Bart durch die nervigen, aber weißen, wohlgepflegten Hände gleiten.

»Du hast mich falsch verstanden«, antwortete Marina, »ich wollte ein Geschäft mit dir machen.«

»Wie du willst.«

»Mein Geliebter langweilt mich.«

Der Armenier lachte laut auf.

»Ein Grund mehr, einen anderen zu nehmen, der dir Vergnügen und Zerstreuung bietet.«

»Und dieser andere willst du sein?«

»Ja, ich!«

»Nun gut, wir wollen sehen«, fuhr sie fort, »vor allem liegt mir aber jetzt daran, mich Romans zu entledigen. Willst du ihn mir abkaufen?«

»Wie denn?«

»Nun, ich will ihn dir als Sklaven verkaufen, verstehst du mich jetzt?«

»Vollkommen«, erwiderte der Armenier lächelnd.

Bald waren sie einig, die Festsetzung des Preises machte die geringste Schwierigkeit, und sofort machte Marina sich mit der ganzen ihr eigenen Energie und aller List, deren sie fähig war, ans Werk. Nach Hause zurückgekehrt, ließ sie Roman zu sich bitten und auf dem Diwan, auf welchem die schöne Verräterin halb liegend ruhte, Platz nehmen.

»Soeben habe ich Sorbet bereitet«, sagte sie zu ihm, »willst du davon kosten?«

»Warum nicht?«, antwortete der Pole.

Darauf schlug Marina zweimal an eine Metallscheibe, die neben ihr an der Wand hing.

Sogleich erschienen zwei Neger, von denen der eine das Sorbet trug, während der andere eine mit Eis gefüllte Karaffe herbeibrachte.

Marina mischte das Sorbet mit dem Wasser in einem Glase, reichte es ihrem Geliebten, der es leerte und einige Minuten danach in einen tiefen Schlaf sank.

Beim Erwachen fand Roman sich mit gebundenen Händen und Füßen im Hause Nestors vor, der ihn mit spöttischem Blick betrachtete.

»Wo bin ich?«, rief der unglückliche, junge Mann aus. »Was soll das heißen?«

»Das soll heißen«, antwortete Marina mit süßem Lächeln, »dass ich deiner überdrüssig bin und dich aus diesem Grunde als Sklaven verkauft habe. Dies hier ist dein neuer Herr, dessen willenloses Eigentum du nun geworden bist. Gib dir Mühe, dich ruhig in dein Geschick zu finden.«

»Niemals!«, brüllte Roman und riss wie ein Wahnsinniger an den Stricken, die ihm tief ins Fleisch schnitten.

»Du bist ein Narr«, rief Marina, »dass du jetzt noch Widerstand zu leisten wagst.«

»Beruhige dich«, sagte der Armenier, während man den Polen an einen in der Mauer angebrachten Eisenring fesselte, »ich werde ihn rasch zähmen, du sollst es sehen.« Dabei streifte er seinen mit Fuchspelz besetzten Ärmel zurück und nahm von einem Nagel eine große, starke, dreisträhnige Sklavengeißel.

Während der Geliebte der schönen Marina sich in Schmerzen wand und unter den schrecklichen, mitleidslosen Streichen vergebens um Gnade und Mitleid flehte, wandte sich der Armenier mit liebenswürdigem Lächeln an die junge Frau.

»Nun, hast du über meinen Vorschlag nachgedacht? Willst du meine Geliebte werden?«

»Ich will«, antwortete Marina im einfachsten Tone der Welt.

Einen Augenblick hielt der Armenier inne, umschlang mit seinen kräftigen Armen den biegsam-schlanken, stolzen Leib der jungen Frau und küsste zweimal ihre schönen, rosigen Lippen. Dann nahm er seine vorige Stellung hinter dem unglücklichen Polen ein, der sich jetzt vollständig in sein Geschick ergeben hatte und zu den Füßen seines Peinigers, der ihn von Neuem mit einem Hagel von Hieben überschüttete, wie ein Hund winselte.

Einige Zeit hindurch fühlte Marina sich an Nestors Seite vollkommen glücklich: Er umgab sie mit dem raffiniertesten Luxus und überhäufte sie mit tausend Aufmerksamkeiten. Da sie aber schon den Reiz, der im Wechsel liegt, gekostet hatte, kam sie bald wieder auf den Punkt, die prickelnden Liebkosungen eines bärtigen Mundes, der nicht derjenige des Händlers war, herbeizusehnen, von anderen Augen als den seinigen zu träumen, kurzum, Verlangen nach einem anderen Manne zu empfinden, wäre er selbst weniger schön, als der Sklavenhändler.

Da sie diesmal jedoch ehrlich zu handeln wünschte, war sie so offen, ihrem Geliebten zu gestehen, was in ihrer Seele vorging und dieselbe mit dämonischer Macht in Aufruhr versetzte. Nestor ließ seinen langen Bart ruhig durch die Finger gleiten und sagte nur:

»Ich fürchte, ich werde eifersüchtig sein und jeden töten, der sich dir zu nähern wagt.«

»Warum willst du unnütz Blut vergießen«, antwortete Marina, »mein Herz werde ich an niemand verschenken, sondern bald eines jeden überdrüssig sein, dann soll er dir gehören, ich will ihn dir als Sklaven verkaufen.«

Lächelnd hatte der Armenier zugehört.

»Es ist etwas an deinem Plane«, sagte er, »umso mehr, als weiße Sklaven heutzutage sehr selten sind und einen hohen Preis erzielen.«

»Also abgemacht?«

»Abgemacht!«

»Und wir bleiben gute Freunde?«

»Ich hoffe es und wünsche es.«

Der Erste, welcher sich in Marinas Schlingen fing, war der Jesuitenpater. Endlich hatte er ihr Versteck aufgefunden und überbrachte ihr die Nachricht von der Vergebung ihrer Eltern. Auch versuchte er, sie zur Rückkehr in ihre Heimat zu bestimmen, aber seine Worte vermochten nicht gegen die stumme aber hinreißende Beredsamkeit anzukämpfen, welche die dunklen Augen Marinas, ihre weißen und runden Schultern, ihre üppigen Hüften und ihre lüsternen Küsse, die sie nach Schlangenart mit der Zungenspitze gab, entwickelten. Der alte, sonst so geriebene Fuchs ging blindlings in die Falle; Marina hätte, wenn es ihr Wille gewesen wäre, ihn bei lebendigem Leibe schinden können; sie begnügte sich jedoch damit, ihn bis ins Mark zu entflammen und ihm einige Wochen leidenschaftlichen Liebesrausches zu gewähren. Dann übergab sie ihn in dunkler, stiller Nacht, an Händen und Füßen wie ein Tier, das man zur Schlachtbank führt, gefesselt, dem Armenier.

In kurzen Zwischenräumen verkaufte sie auf gleiche Art noch fünf ihrer glühendsten Anbeter dem Sklavenhändler, der ihnen mit seiner dreisträhnigen Sklavengeißel ein grausames Erwachen aus süßem Liebestraum bereitete. Dann aber fand sie es zu langweilig, sich so lange mit einem Manne aufzuhalten und unternahm nun ein höchst merkwürdiges Geschäft. Zu gleicher Zeit Kurtisane und Sklavenhändlerin, arbeitete sie mit außerordentlicher Energie und Hand in Hand mit dem Armenier und machte mit ihrer lebenden Ware ein blühendes, lukratives Geschäft.

Es gab Tage, an denen sie ihrem Associé mehrere Sklaven auf einmal zuführte. Tag für Tag, Jahr für Jahr vollzog sich dieselbe Szene mit größter Regelmäßigkeit.

Von einer alten Frau geleitet, betrat der Unglückliche nachts unter allen erdenklichen Vorsichtsmaßregeln das Haus und fand in einem mit orientalischem Luxus ausgestatteten Gemach eine Frau von hinreißender Schönheit, bekleidet mit einem goldgestickten, reich mit fürstlichen Hermelin verbrämten Kaftan, deren glutvolle Augen einer Houri alle unaussprechlichen Wonnen des Paradieses verhießen. Ihr zu Füßen stammelte er wilde Liebesschwüre oder betete seine Göttin in stummer Ekstase an, bis eine kleine Hand ihm mit schmeichelnder Zärtlichkeit zu Hilfe kam und feuchte, rosige Lippen ihn mit Vampirküssen zu ersticken drohten.

Wenn der Unselige von diesem Traume aus 1001 Nacht erwachte, fand er sich von Neuem zu den Füßen des herrlichen Weibes, welches dann in seinen weichen Pelz gehüllt, die Arme im Nacken gekreuzt, lässig auf dem Diwan ruhte, während der nackte Fuß mit trotziger Bewegung den Anbeter von sich schob; ein leichtes, spöttisches Lächeln begleitete diesen symbolischen Vorgang. Marinas kleines Händchen schlug leicht an die Silberschale, die neben dem Diwan hing, und ein schriller, metallischer Ton schwirrte durch das Schweigen des Morgens, der mit seinem fahlen Licht die Fenster langsam erhellte. Sofort traten vier Neger ein, die sich auf das Opfer stürzten, ihm Hände und Füße zusammenschnürten und jeden Hilferuf durch einen Knebel erstickten. Dann zogen sie der frischen Ware einen weiten Sack über Kopf und Leib, luden sie auf ein Maultier und lieferten sie dann bei dem Armenier ab.

Der Sklavenhändler seinerseits ließ jeden Unglücklichen, den Marina ihm verschaffte, sogleich an einen in die Mauer eingelassenen Ring binden und peitschte den neuen Sklaven aus Leibeskräften so lange, bis dieser sich in sein Los ergeben hatte und ihm voll Demut und Scham zu Füßen sank. Sobald das Dutzend voll war, rüstete der Armenier ein Schiff aus, lud seine lebendige Ware dort hinein und schickte sie nach Damaskus oder Alexandrien, denn sie direkt in Konstantinopel zu verkaufen, wäre nicht gefahrlos gewesen.

So trieb Marina Zmigrodska lange Jahre hindurch mit einer Art von teuflischem Behagen dieses Metier als Sklavenhändlerin, bis sie eines Tages das erste kleine Fältchen auf ihrer Stirn wahrnahm. Da gab sie plötzlich mit einem Schlage ihr grausames, vernichtendes Geschäft auf und kehrte mit den zusammengescharrten Reichtümern in ihr Vaterland zurück, wo sie jedoch nur noch ihre Mutter am Leben vorfand; ihr Vater war schon seit langer Zeit tot.

Sie lebte dann zurückgezogen im Schloss ihrer Vorfahren inmitten von Negern, Dienern und Dienerinnen, die sie ebenso wie ihre leibeigenen Bauern mit der Peitsche in der Hand leitete.

Nur noch in seltenen Fällen erschien sie an der Öffentlichkeit, aber auch dann stets in türkischem Kostüm, mit golddurchwirktem, pelzverbrämtem Kleide und dem dichten Schleier, der wie ein Leichentuch die erloschene Glut ihrer Augensterne deckte.

Menschenware

Zur Zeit als jenseits der Save noch der Halbmond herrschte, lebte in dem kroatischen Dorfe Krukovacz ein seltsames Ehepaar. »Es ist genau so, als hätte man Wolf und Lamm zusammen eingespannt«, sagten die Leute in der Gegend, wenn sie von Starbo Barowitsch und Ursa, seiner Frau, sprachen. Der Wolf war Starbo, und doch war er eigentlich kein böser Mensch, nur leichtfertig, und von allen leichten Dingen, die er an sich hatte, war sein Gewissen das allerleichteste.

Gut, dass sie keine Kinder hatten. Ursa war hübsch und klug und fleißig, aber was half das. Der Taugenichts Starbo ließ doch alles durch die Kehle rinnen, und was nicht durch die Kehle rann, das verspielte er, und was er nicht verspielte, das verflog Gott weiß wohin.

Ja, die Guzla konnte er spielen, dass die Leute die Tränen wischten oder aufjauchzten oder die Beine selbst zu hüpfen begannen, je nachdem es eine Weise war, die von den alten Helden und den Türkenkämpfen sang, oder ein Schelmenlied oder die Melodie des Kolotanzes. Auch stehlen konnte er, das musste man ihm lassen. Die Zigeuner schämten sich und gingen beiseite, wenn sie ihm begegneten, so sehr war er ihr Meister. Doch stahl er nur Pferde und verkaufte sie über die Save hinüber und schwärzte Waren hin und her, vor allem gelben, lockigen türkischen Tabak. Aber sonst tat er nichts als auf der Ofenbank liegen oder zur schönen Sommerzeit in irgendeinem Heuschober.

Drüben, an dem anderen Ufer hatte Starbo Barowitsch einen guten Freund, den Beg Asmar Gopcinowitsch. Wenn sie auch verschiedenen Glaubens waren, und der Beg wohlhabend war, und Starbo nie einen Gulden in der Tasche hatte, so liebten sie sich doch zärtlich. Sie trieben ihren Handel seit langer Zeit und trieben ihn ehrlich, und jedes Mal, wenn sie sich trafen, schüttelten sie sich die Hände und küssten sich und küssten sich wieder.

So ging es jahraus, jahrein, bis es endlich einmal nicht mehr ging. Es kam der Winter, Schnee war gefallen, und es fehlte an allem im Hause, die Steuern waren nicht bezahlt und kein Groschen war da, nichts.

Starbo saß und brütete.

»Arbeite doch lieber«, sagte Ursa seufzend.

Starbo erhob sich und ging hinaus. Als er zurückkam, brachte er ein Pferd mit und band es im Stalle an. Dann lag er wieder da und träumte.

»Höre doch, mein Teuerer«, begann Ursa, indem sie sich zu ihm setzte und ihm den schwarzen Kopf zu krauen begann, »so kann es nicht fortgehen.«

»Du hast recht«, gab er zur Antwort, »ich bin ein Lump, ja das bin ich, ein Taugenichts; aber warum hat mich Gott in seiner Güte so erschaffen und nicht anders?«

»Nimm dich zusammen, arbeite.«

»Ich kann nicht, Ursa, hab’ nicht die Natur dazu, aber ich sehe ein, dass du ein schlechtes Leben bei mir hast. Ändere dir’s.«

»Wie?«

»Wie? Ich wüsste ein Mittel, durch welches uns beiden geholfen werden könnte.«

»Was also? Sprich!« Sie stieß ihn mit der Faust in die Rippen.

»Wenn du einwilligen wolltest – dass ich – dass ich dich als Sklavin verkaufe.«

»Mich, als Sklavin! Bin ich denn ein Vieh?«

»Der Mensch ist auch eine Ware«, erwiderte er, »besonders ein Weib, und nun gar ein schönes Weib wie du.«

Ursa hatte die Arme unter der vollen Brust gekreuzt und sah ihn an, sie verstand ihn nicht, sie wurde irre an ihm, an sich selbst, an Gott. »Du bist ein Unmensch, Starbo«, murmelte sie endlich.

»Im Gegenteil, ich meine es nur gut mit dir«, versetzte er lächelnd, »im Harem, da erst würdest du ein Leben haben, deiner würdig! Ist denn das hier ein Haus für dich? Hast du nicht das Recht, andere Kleider zu tragen als diese geflickten, die dich verunstalten. Dort würde man deinen weißen Leib in wohlriechendem Wasser baden, deine schlanken Glieder in Hermelin hüllen, dir Teppiche unter die Füße breiten. Und Sklaven und Sklavinnen würden dich bedienen, und du könntest sie schlagen so viel es dir Vergnügen macht. Lacht dir nicht das Herz dabei, Weibchen?«

»Nein.«

»Du kannst sogar Sultantin werden, was? Ein Weib wie du, warum nicht?«

»Das gefiele mir schon«, sagte Ursa.

»Also, entschließe dich«, drängte Starbo.

»Du liebst mich also gar nicht?«, fragte Ursa mit einem Mal, während ihre blauen Augen an ihm hingen, als wollten sie ihm das Blut aus dem Leibe saugen.

»Gewiss, Ursa, aber was kannst du dir dafür kaufen? Gibt dir der Jud' auch nur ein Schminktöpfchen für meine Liebe? Kannst du dich in meine Liebe kleiden? Oder damit deinen Hunger stillen, wenn dein Magen knurrt?«

Wirklich knurrte Ursas Magen, laut, wie ein böser Köter, der unter der Bank liegt und eine fremde Stimme hört.

»Na, so sei's denn«, sagte sie.

»Du willst also, ja?«

Sie nickte mit dem Kopf. Dann stand sie auf und ging zu der Wasserkufe, und da sie keinen Spiegel hatte, betrachtete sie sich aufmerksam in dem reinen Wasser, und das Gesicht, das ihr entgegenblickte, machte ihr Mut.

Ja, sie wird Sultanin werden, warum nicht?

»Du musst schön sein«, sagte Starbo am Abend zu ihr, »wenn ich dich verkaufen soll. Klopft nicht Abraham auch erst die Motten aus seinen Pelzen heraus, ehe er sie zu Markt bringt?«

Nun ging er in den nächsten Tagen umher und erzählte jedem dasselbe Märchen von einem Pascha, der sich in Ursa verliebt habe. Diesem Pascha werde er sie jetzt um tausend Dukaten verkaufen. Und mit diesen schönen Reden borgte er hier ein Paar neue Stiefel, dort ein Kopftuch, schwatzte dem einen Korallenschnüre ab und dem anderen ein paar Ohrgehänge und lockte endlich sogar dem schlauen Abraham einen neuen Schafspelz heraus.

Ursa wusch sich indes ihr Sonntagshemd und stickte sich dasselbe vorne und an den Ärmeln mit roter Wolle. Dann trug sie heimlich ein paar Scheffel Kartoffel, die letzten, zu dem Krämer Pinzach Grünstein und handelte dafür rote und weiße Schminke ein.

Als alles da war, beschlossen sie auszuziehen. »Nur keine Zeit verlieren«, sagte Starbo, der in bester Laune war.

So zog sich denn Ursa an, ruhig, ohne Freude und Trauer. Sie ließ sich von Starbo die Stiefel anziehen, dann den Pelz, ließ sich von ihm die Ohrgehänge befestigen und die Korallenschnüre, ließ sich das Tuch um den Kopf binden, und einen Ring an den Finger stecken, alles gleichgültig, wie eine Wachsfigur, der man ein anderes Kostüm anzieht. Dann schminkte sie sich vor der Kufe, während er sich bereit machte und das Pferd aus dem Stalle führte.

»Teufel! Bist du hübsch!«, rief Starbo, als sie in den Hof, in das grelle winterliche Licht heraustrat. Mit einem Male war es ihm leid um sie. Sie lächelte stolz, und ihre Brüste, die wie zwei Schneeballen in dem schwarzen Pelz lagen, hoben sich.

»Lass mich«, sagte sie, »du wischst mir das teuere Weiß und Rot herab, und ich habe kein anderes.« Starbo sah sie noch einmal an, seufzte auf und stieg zu Pferde, während sie ihm den Bügel hielt. So verließen sie denn das Haus und das Dorf. Er ließ das Pferd im Schritt gehen, und sie watete neben ihm durch den Schmutz.

Die künftige Sultanin fand das ganz in der Ordnung.

Der Tag war übrigens schön. Die Bäume standen kahl gegen den hellen Himmel, dafür gab es aber auch überall Durchsicht und Sonne, und so erschien alles freundlich und heiter. Das Tauwetter hatte den Schnee weggefegt und der Wind die Landstraße getrocknet. Das Laub raschelte unter Ursas Füßen. Die Sonne stand schon nieder. Die Bäume warfen große, aber schwache Schatten, Schatten, die riesigen Ruten glichen.

Das schöne Weib im Lammpelz dachte, dachte an die Sklaven, die es bald unter den Füßen halten und schlagen sollte, und lachte.

Alles war hell. In der Ferne lag ein leiser Duft. An dem blassblauen Himmel waren nur ein paar weiße Flocken zu sehen.

Vor ihnen stieg ein Dorf herauf, von der Sonne beglänzt. Der Rauch erhob sich gerade in die Luft. Tauben flogen hin und her. Die Erde lag kahl, ohne jeden Schmuck, kahl die Felder, die Wiesen, die Bäume,

Krähen zogen in Scharen. Von Zeit zu Zeit erhob sich ein leichter frischer Wind, bewegte die dürren Blätter, die noch an den Zweigen hingen und schüttelte die Disteln am Wegsaum wie Schellen durcheinander.

Auf der Wiese, vor dem Dorf, weideten ein paar Gänse. Auf einem schwarzen Acker stand ein Mistwagen mit zwei Ochsen bespannt.

Tiefe Stille herrschte in der toten Natur, nur das Krächzen der Saatkrähen unterbrach manchmal das lautlose Schweigen.

Bei der Schenke machte Starbo halt und trank, trank ordentlich, wie ein Mann, der dem Sultan schöne Ware liefert, schönes Frauenfleisch, das Pfund zu hundert Dukaten. Er reichte Ursa das Glas, aber sie nippte nur leise.

Und so machte er es jedes Mal, bei jeder Schenke, und es gab deren viel auf dem Wege, ehe sie von ferne das Silberband der Save blinken sahen. Jedes Mal wurde es ihm schwerer abzusteigen, jedes Mal schwankte er mehr und mehr, jedes Mal dauerte es länger, ehe er mithilfe seines Weibes in den Sattel kam.

Endlich, im letzten Dorf, wollten ihn die Beine schier nicht mehr tragen. Er saß da, an die Wand gelehnt und nickte ein, während Ursa draußen stand und die Blicke über den Fluss hinschweifen ließ.

Über der Türe der Schenke hing ein großer, dürrer Busch. Der Wind ließ ihn wie einen Gehängten am Galgen langsam hin und her baumeln.

Starbo war jetzt wie dieser Busch, dachte Ursa, ja noch schlimmer, ein Vieh. Pfui! Sie spie aus.

Plötzlich ging ihr ein komischer Gedanke durch den Sinn, ja, er war zu komisch, dieser Gedanke; er kitzelte sie, sie musste lachen.

»Warum soll er mich verkaufen?«, dachte sie. »Ich kann ja ebenso gut *ihn* verkaufen. Da bin ich ihn auch los.«

Sie ging rasch zum Zaun, an dem zwei starke Stricke hingen, spähte umher, ob sie jemand beobachte, nahm sie herab und gürtete sie dann mit denselben unter dem Pelz, den sie schloss. Dann trat sie in die Schenkstube und schlug Starbo auf die Schulter.

»Vorwärts, Mann«, rief sie, »es wird Nacht.«

Starbo riss die Augen weit auf.

»Ja, ja.«

Er stand auf, tastete sich an dem Tische hin und pflanzte sich jetzt mitten in der Schenkstube auf, die Beine auseinandergespreizt, während er, einem betenden Juden gleich, den Oberkörper hin und her schaukelte. Ursa führte ihn hinaus, hob ihn mithilfe der Wirtin auf das Pferd, und es ging wieder vorwärts.

Sie waren mitten in einem kleinen Hain, als Starbo sein Pferd anhielt, abstieg, zur Erde fiel, wieder aufstand, und endlich, den Arm um den Hals des Pferdes gelegt, Atem schöpfte. »Es geht nicht mehr, – ich sehe nichts mehr – ich bin schwindlig«, stammelte er, »lass mich ausruhen.«

»Es wird ja Nacht.«

»Nacht? Schlafenszeit! Schlafen wir also.« Er versuchte den nächsten Baum zu erreichen, wie er aber so hin und herschwankte, fasste ihn Ursa plötzlich beim Genick, stieß ihn mit den Knien in den Rücken und warf ihn zur Erde. Dann setzte sie sich rittlings auf ihn, hielt ihn zwischen ihren starken Schenkeln gefangen, bog ihm die Arme nach rückwärts, löste die Stricke und band ihm die Hände auf den Rücken.

Bisher hatte Starbo keinen Laut von sich gegeben, als sie aber jetzt aufsprang, und ihn auf die Knie aufrichtete, starrte er sie an und lallte: »Was – soll – denn das?«

Sie gab ihm keine Antwort, sondern schlang ihm den anderen Strick um den Leib und zog ihn fest zu.

»Was willst du denn von mir?«, fragte Starbo.

»Was ich will?«, erwiderte sie. »Dich als Vieh behandeln, denn du bist ein Vieh.«

Plötzlich war Starbo vollkommen nüchtern. Er stand auf, begann zu fluchen und mit dem Fuße nach Ursa zu stoßen. »Was hast du vor, Teufelsweib, Hündin!«, rief er. »Wozu hast du mich gebunden, Bestie?«

Ursa, das Ende des Strickes, den er um den Leib hatte, fest in der Faust, hob den Kantschu auf, bestieg rasch das Pferd und befestigte die Schlinge an dem Sattelknopf. »Vorwärts!«, gebot sie dann ruhig.

»Nein, ich gehe nicht, ich gehe nicht von der Stelle«, schrie Starbo, doch sie trieb das Pferd an und schwang den Karbatsch über Starbos Rücken, und er ging doch.

»Was hast du vor?«, fragte er wieder.

»Dich als Sklaven zu verkaufen«, gab sie zur Antwort.

»Welche Sünde! Bist du eine Christin?«

»Der Mensch ist auch eine Ware«, erwiderte sie, »hast du's nicht selbst gesagt? Und der Mann ebenso gut wie das Weib.«

»Erbarme dich, Ursa, ich will mich bessern, will dir gehorsam sein, dir untertänig.«

Sie lachte ihn nur aus. »Für dich gehört die Peitsche«, sagte sie, »ich bin zu gutmütig, ich könnte dich doch nicht so traktieren, wie du es verdienst. Du musst einen Herrn haben, der dir den Fuß kräftig auf den Nacken setzt. Freue dich, das Sklavenleben ist wie für dich geschaffen, da wirst du alle deine Sünden abbüßen und dir das Himmelreich erringen. Wenig zu essen, nichts zu trinken, Maulschellen, Fußtritte, Prügel. Das ist es ja eben was du brauchst.«

»O ich Dummkopf!«, jammerte Starbo. »Ich Spatzenkopf, ich Schwein … mich um meinen Kopf zu saufen …«

Als sie an das Ufer der Save kamen, zu dem hölzernen Kreuz, erwartete sie bereits Asmar mit seinem Kahn und seinen Leuten.

Erst war er ein wenig verwundert, als er Ursa zu Pferde und Starbo gebunden sah, dann lächelte er jedoch in seinen schönen, schwarzen Bart hinein und fand den Spaß unbezahlbar. Hätte es ihm seine orientalische Würde erlaubt, so hätte er laut aufgelacht.

Ursa begann mit ihm zu handeln.

»Was? Du willst mich kaufen? Mich, deinen Freund?«, rief Starbo.

»Warum nicht«, sagte Asmar immer lächelnd, »ich kaufe alles, Handel ist Handel.«

»O du Schuft!«, schrie Starbo auf.

Das entschied. Asmar schlug in Ursas Hand ein. Das Geschäft war abgeschlossen. Er zählte ihr das schöne blanke Gold in ihre Schürze, und sie band es ruhig in ihr blaues Taschentuch und zog mit ihren schönen, festen Zähnen den Knoten zu.

»Also ein Schuft bin ich?«, fragte jetzt Asmar den bleichen, bebenden Starbo, der die Augen zur Erde senkte, und ehe der Unglückliche antworten konnte, gab er ihm eine Ohrfeige, riss ihn beim Haar zu Boden und trat auf ihm herum, wie auf einem Hund, der sich nicht dressieren lassen will.

»Genug! Genug!«, rief Starbo. »Ich ergebe mich – ich bin dein Sklave – ich will dir dienen.« Und als der Türke ihn losließ, schleppte er sich auf den Knien zu ihm hin und presste seine Lippen auf die roten Pantoffel seines Tyrannen.

Auf Asmars Wink packten ihn dessen Leute, warfen ihn in den Kahn, nicht anders als einen Warenballen und stießen dann rasch vom Ufer ab.

Ursa, die Arme in die vollen Hüften gestemmt, blickte ihnen eine Weile nach, dann wendete sie ihr Pferd und ritt langsam den Weg zurück, den sie gekommen war.

Während Asmar mit seinem neuen Sklaven dem türkischen Ufer zusteuerte, hörten die im Kahn Ursa drüben lachen, und wie? So laut, so herzlich, wie ein Kind, das zum ersten Mal den Hanswurst sieht.

Starbo stöhnte auf. »O ich Dummkopf«, begann er zu klagen, »mich um den Verstand zu saufen, um die Freiheit, um mein Weib, um alles.«

»Schweig!«, herrschte ihm Asmar zu, und gab ihm einen Fußtritt.

Starbo verstummte, aber von drüben her, wo die österreichischen Tschardaken standen, hörte man noch immer Ursa lachen, so laut, so silberhell, so glücklich!

Lidwina

Das war ein trauriger Tag in Okna, als der alte Herr Glubowski die Augen geschlossen hatte, um sie nicht wieder zu öffnen, und doch war es so natürlich, dass ein alter Mann von nahe an neunzig Jahren eines Nachmittags, die Meerschaumpfeife in der Hand, in seinem Lehnstuhl einschlief, um nicht wieder zu erwachen. Trotzdem weinte der alte Woschni gleich einem Kinde. Er war mit Glubowski aufgewachsen, er hatte ihn 1831 in den Krieg gegen die Russen über die Weichsel begleitet, und war ihm sechzig Jahre lang ein treuer Diener gewesen. Der brave Glubowski hatte zeitlebens keine Pfeife geraucht, die ihm Woschni nicht gestopft hatte und kein Gewehr abgeschossen, das ihm dieser nicht beladen hatte, und jetzt lag er still da, die Hände gefaltet, und der treue Diener kniete bei ihm und weinte, und er weinte auch, als die Schollen auf seinen Sarg fielen, ja da weinte er am meisten.

Aber es kam auch wieder ein heiterer Tag für den alten Woschni, an dem er von ganzem Herzen lachte, das war, als eines Morgens eine

Britschka rasch in den Hof hineinfuhr und ein junger Mann von dreißig Jahren leicht und anmutig aus derselben sprang und den alten Diener, der ihm die Hand küssen wollte, in seine Arme schloss. Dieser hübsche junge Mann war Wladislaw, der Sohn Glubowskis, der bisher Offizier gewesen war und jetzt heimkehrte, um die Wirtschaft in Okna selbst zu übernehmen. Woschni hatte ihn auf seinen Armen herumgetragen und auf seinen Knien geschaukelt, er war es, der ihn zuerst auf ein Pferd gesetzt und ihn das wehmütige Lied vom verlorenen Vaterlande gelehrt hatte, das jedes polnische Herz so tief bewegt, und jetzt war er da, der kleine Wladislaw, als ein großer Offizier und der Alte setzte ihn sorgsam in einen Stuhl und betrachtete und bewunderte ihn und sorgte für ihn, wie es nur eine Mutter tun kann, deren Kind nach Jahren zurückkehrt.

Und doch geschah es, und noch dazu gleich am ersten Abend, dass der alte Woschni in den Keller hinabstieg, für seinen jungen Herrn den besten Wein heraufzubringen, und dass dieser die Glocke zog, und er nicht da war. Wladislaw, der bei dem Waschtisch stand mit eingeseiften Händen, bemerkte es indes nicht, und als die Türe ging, rief er, ohne den Kopf zu wenden: »Komm und schütte mir Wasser über die Hände«, und erst als dies geschah, sah er, nicht wenig überrascht, dass nicht der Alte mit der Kanne neben ihm stand, sondern ein junges und sehr hübsches Mädchen.

»Wie kommst du hierher?«, fragte Wladislaw.

»Sie haben doch geklingelt«, erwiderte das Mädchen artig, aber ohne jedes Zeichen von Scheu.

»Du bist also hier im Hause«, fuhr Wladislaw fort, während er sich die Hände trocknete, »und wer sind deine Eltern?«

»Ich bin die Tochter des alten Woschni«, sagte das Mädchen, »und halte die Zimmer in Ordnung, wozu sollten wir etwa ein Stubenmädchen haben, solange ich da bin?«

»Bist du so brav wie dein Vater?«

»Ich weiß es nicht, gnädiger Herr, ich werde mir alle Mühe geben, damit Sie mit mir zufrieden sind.«

»Und wie nennst du dich?«

»Lidwina.« Sie wollte ihm die Hand küssen, aber Wladislaw gab es nicht zu. Während sie das Lavoir hinaustrug und wieder brachte, den Krug mit Wasser füllte und ein frisches Handtuch aus dem Kasten holte, hatte Wladislaw, der sich indes mit seinen Nägeln beschäftigte, Zeit, sie zu betrachten. Lidwina machte ihm den pikanten Eindruck einer hübschen Schauspielerin, welche auf der Bühne eine Bäuerin spielt. Sie war bäuerisch gekleidet, aber mit einer gewissen Koketterie, und ihre Erscheinung, ja ihr ganzes Wesen, trug eine anmutige Feinheit an sich, welche mit ihrem Anzug und ihrer Stellung in Widerspruch stand; vor allem sprach aber aus ihren hellen Augen eine nicht gewöhnliche Intelligenz.

Nachdem sie noch ein Glas gebracht hatte, verließ sie das Zimmer und ließ sich nicht wieder blicken, weder an diesem Abend noch in den nächsten Tagen.

Wladislaw nahm sich sofort ernstlich um sein ziemlich ausgedehntes Gut an, aber trotzdem er den ganzen Tag auf dem Felde war und keine Zeit hatte, sich zu langweilen, fühlte er doch etwas wie Heimweh nach der großen Stadt, in der er zuletzt in Garnison gewesen war, nach den hübschen galanten Frauen, bei denen er sehr in Gunst gestanden war, und seinen Kameraden, vielleicht auch nach dem Tabaksqualm des Kaffeehauses, den Karten und dem Billardqueue, und infolgedessen war er stets verdrießlich und niemand war imstande, ihm etwas recht zu machen, weder die Schnitter auf dem Felde, noch die Hirten, noch der alte Woschni. Am meisten ärgerte er sich aber über Lidwina. Er ärgerte sich, wenn er sie den ganzen Tag nicht sah, und wenn sie ihm das Frühstück brachte oder abends, wenn er die Zeitung las, in sein Zimmer kam, um das Bett abzudecken, ärgerte er sich auch. Sobald sie nur einmal ein- und ausging, sich in den Hüften wiegend, und er ihre Zöpfe hin und her schaukeln sah oder sie ein Lied singen hörte, befand er sich bereits in einer gereizten Stimmung.

Es geschah einmal, dass Lidwina ihm die Pfeife anzünden wollte und das Zündhölzchen verlöschte. »Nimm doch ein Stück Papier«, schrie sie Wladislaw an. Lidwina machte einen Fidibus, aber auch dieser wollte nicht brennen. »Der Teufel soll dich holen!«, rief er zornig.

»Sobald Sie es befehlen, wird er mich auf der Stelle holen«, entgegnete Lidwina und wollte zur Tür hinaus.

»Wirst du da bleiben.«

Sie blieb, die Klinke in der Hand, stehen.

»Was stehst du denn wieder dort, du dumme Gans, zünde mir doch die Pfeife an.«

»Wenn ich eine Gans bin«, antwortete Lidwina, »kann ich auch keine Pfeife anzünden. Gute Nacht.«

»Ich glaube, du willst Schläge haben?«

Lidwina war blutrot geworden, sie ging rasch auf ihren Herrn zu und blieb, den linken Arm in die Hüfte gestemmt, vor ihm stehen. »Mich hat noch niemand geschlagen«, rief sie, »nicht einmal mein Vater, der doch ein Recht dazu hätte, Sie aber haben kein Recht, nur davon zu sprechen; es ist eine Rohheit, ein Weib zu schlagen, es ist genug, dass Sie mir damit gedroht haben, aber warten Sie nur, ich werde mich schon an Ihnen rächen.«

Drei Tage später stand Lidwina im Tore, als Wladislaw abends zu Pferde vom Felde heimkehrte. Sie hatte sich besonders hübsch gemacht, oder schien es ihm nur so, alles leuchtete an ihr, die blutroten Stiefel an den kleinen Füßen, die weiße Schürze über dem kurzen bunten Rock, das weiße reichgestickte Hemd, das aus dem hellblauen Mieder hervorquoll, die Korallen, die von ihrem Halse bis auf die Brust herabfielen, und mehr als alles leuchtete ihr hübsches weiß und rotes Gesicht aus dem hellbraunen Haar hervor und in ihren großen schönen hellen Augen leuchtete es wie Triumph.

»Bist du noch böse auf mich?«, fragte Wladislaw.

»Wozu sollte ich böse auf Sie sein«, erwiderte das Mädchen mit einem mitleidigen Lächeln, »Sie sind ja jetzt genug gestraft.«

»Ich? Wieso?«

»Ich habe einen Liebeszauber gemacht«, gab Lidwina ernst und ruhig zur Antwort, »Sie werden sich in mich verlieben und ich werde Sie auslachen. Das ist meine Rache.«

Wladislaw begann laut zu lachen, lachend stieg er vom Pferde und er lachte noch, während ihm der Kosak die hohen Stiefel von den Füßen zog. Aber er lachte nicht mehr lange. Die fatalistische Ruhe und Bestimmtheit, mit der ihm Lidwina sein Schicksal, wie einen Orakelspruch, angekündigt hatte, hatte auf ihn wider Willen einen tiefen Eindruck gemacht, der mindestens ebenso rätselhaft war wie das Gebaren des schönen Mädchens. Wladislaw träumte nachts von ihr, er musste an sie denken, wo er auch war, und wenn sie in seine Nähe kam, war er unfähig, die Augen von ihr zu wenden, und doch tat sie nichts, auch nicht das Mindeste, um seine Aufmerksamkeit auf sich zu ziehen, ja sie ging ihm sogar auffallend aus dem Wege; wenn sie ihm aber doch im Hofe oder im Hause begegnete, da konnte er es ihr an dem reizenden schmollenden Gesichtchen ablesen, wie sicher sie ihrer Sache war, wie niemals auch nur der leiseste Zweifel in ihr aufkam, dass er sterblich in sie verliebt sei.

Einmal rief sie Wladislaw und verlangte von ihr, sie möge ihm den Knopf an den Handschuh nähen. Sie ging in die Backstube und kam nicht wieder. Er rief sie wieder, einmal, zweimal, endlich ging er ihr nach, mit dem Handschuh in der Hand. »Weshalb kommst du nicht, wenn ich dich rufe?«, fragte er ärgerlich.

»Wozu sollte ich denn Ihnen nachlaufen«, gab sie zur Antwort, »da Sie mir nachlaufen, sobald ich nur will.«

»Ich glaube, du bist verrückt«, rief Wladislaw.

Lidwina zuckte verächtlich die Achseln. »Ich werde meinen Verstand nicht so bald verlieren«, entgegnete sie, »aber Sie werden bald ganz von Sinnen sein, aus Liebe zu mir.«

Den nächsten Tag klagte Wladislaw, er habe schlecht geschlafen. Lidwina warf ihm nur einen Blick zu, aber er verstand den Blick und kehrte ihr ärgerlich den Rücken.

Ein anderes Mal fand er das Essen schlecht und als der alte Woschni alle Heiligen des Himmels zum Schutze der Köchin anrief, gab er zu, dass er vielleicht nicht bei Appetit sei. Kaum hatte ihr Vater das Zimmer verlassen, sagte Lidwina: »So ergeht es allen Verliebten, sie können weder schlafen noch essen, aber warten Sie nur, jetzt werde ich Ihnen etwas kochen und Sie werden sehen, wie Ihnen das schmecken wird.«

»Meinetwegen«, sprach Wladislaw, »aber bilde dir nur nicht ein, dass du mir gefällst, ich habe schon Hübschere gesehen.«

Sie sagte kein Wort, sondern ging hinaus in die Küche und brachte nach kurzer Zeit eine Eierspeise und eine Flasche Wein und wie durch ein Wunder aß und trank jetzt Wladislaw mit dem besten Appetit, obwohl die Eierspeise angeraucht und der Wein bereits sauer war.

Während sonst nur der alte Woschni seinen jungen Herrn bedient hatte, konnte ihm derselbe jetzt nichts mehr recht machen und er verlangte jedes Mal nach seiner Tochter. Er hatte, sobald er zu Hause war, hundert Aufträge auf einmal für Lidwina und verlor sofort die

Geduld, wenn sie aus irgendeinem Grunde hinausging und nicht bald zurückkehrte. Kam er vom Felde zurück, war die erste Frage: Wo ist Lidwina, ritt er davon, so suchte er sie vorher im ganzen Hause, niemandem sonst wollte er seine Befehle erteilen.

Ein oder zwei Mal blieb er nachts draußen bei den Arbeitern und schlief unter freiem Himmel. Wahrscheinlich fiel ein starker Tau und er holte sich eine Erkältung. Er erwachte einmal mitten in der Nacht, von einem Frost geschüttelt, und das Fieber wollte auch in den nächsten Tagen nicht weichen. Wladislaw wurde bleich und mager, er aß nicht, er schief nicht, endlich befahl er Lidwina, den Kosaken nach dem Städtchen um den Arzt zu senden.

»Sie können das Geld ersparen«, sagte Lidwina, »Ihnen kann kein Arzt helfen, ich allein könnte Ihnen helfen, aber ich will nicht.«

Wladislaw versank in Gedanken. »Sollte sie mich wirklich bezaubert haben?«, sagte er zu sich. »Kein vernünftiger Mensch wird daran glauben, und doch gibt es geheimnisvolle Kräfte in der Natur und es ist gewiss, dass es Frauen gibt unter unserem Volke, die dieselben kennen. Bin ich denn aber wirklich in Lidwina verliebt? Ja, ich bin es, bis über die Ohren bin ich in sie verliebt, was ist da zu machen?«

Als das Fieber nicht nachließ, sagte eines Tages Lidwina zu ihm: »Wenn Sie mich schön darum bitten, werde ich Sie kurieren.«

»Ich bitte dich darum«, sprach Wladislaw, »ich gehe sonst wirklich zugrunde.«

Lidwina ging hierauf in den Wald, kehrte mit verschiedenen Kräutern zurück und kochte unter allerhand rätselhaften Handlungen und Sprüchen einen Trank. Als sie Wladislaw denselben brachte, fragte er: »Hilft das gegen die Liebe?«

»Nicht gegen die Liebe«, sprach sie, »aber gegen das Fieber.« Und es half wirklich.

Es wurde Herbst. Wladislaw blieb viel zu Hause und da Lidwina doch nicht immer in den Zimmern zu tun hatte, kam er oft in die Küche oder Backstube, rauchte seine Zigarre und sah ihr bei der Arbeit zu. »Gehen Sie mir doch nicht auf Schritt und Tritt nach«, sagte Lidwina, als sie einmal allein waren, »das schickt sich ja nicht.«

»Schickt es sich vielleicht, dass ich in dich verliebt bin, wie du behauptest?«, gab er zur Antwort.

»Das ist etwas anderes, das macht mir Vergnügen«, sagte Lidwina, »aber ich will nicht, dass die Leute sich über Sie lustig machen. Sie dürfen nicht mehr in die Küche kommen, aber Sie können mir ein Paar Ohrgehänge kaufen, wenn Sie wollen.«

Richtig fuhr Wladislaw in die Stadt und brachte Lidwina ein Paar schöne Ohrgehänge und überdies noch einen bunten Seidenstoff zu einem Rock und Bänder. Sie bedankte sich nicht einmal, aber sie lächelte zufrieden und als der erste Schnee fiel, ging sie eines Tages in ihren roten Stiefeln, dem seidenen Rock und einem neuen Schafspelz zur Kirche.

»Zu dem seidenen Rock«, sagte Wladislaw, »passt der Schafspelz ganz und gar nicht, auch verbreitet er einen fatalen Geruch.«

»So kaufen Sie mir einen anderen«, gab Lidwina ruhig zur Antwort.

Wladislaw ließ auf der Stelle einen jüdischen Schneider aus dem Städtchen kommen und ehe acht Tage vergingen, bekam Lidwina zwei Pelze, eine lange Sukmana von weißem Tuch mit Fuchspelz zum Ausgehen und eine kurze Kazabaika von grünem Samt mit Fellstücken besetzt und gefüttert für das Haus, die sie jetzt immer trug, und mit der Kazabaika bekam sie auch das Gefühl der Herrin. Sie ließ sich jetzt von Wladislaw bedienen wie eine echte Dame. Sie war es, die ihn jetzt rief, wenn sie etwas benötigte. Er musste ihr die Tiegel mit dem Eingesottenen vom Kasten herabreichen, seine Sache war es, Späne zu machen, wenn sie die Öfen heizte, und als sie zu Weihnachten allerhand Backwerk machte und er zu ihr in die Küche kam, musste er ihr die Rosinen aussuchen, die Mandeln schälen und den Schnee schlagen.

Am Christtage kam einer seiner Nachbarn, ein junger Graf, zum Diner. Lidwina gefiel ihm, er begann damit, ihr Schmeicheleien zu sagen, und endete damit, dass er sie im Korridor draußen küsste. Als er fort war, gab Wladislaw ihr hierüber einen ernsten Verweis.

»Sie sind eifersüchtig«, sagte sie mit einem grausamen Lachen, »wenn Sie nur wüssten, wie mich das freut.«

»Ja, ich bin eifersüchtig«, rief Wladislaw, »denn ich bin rasend in dich verliebt, und ich ermorde dich, wenn du dich noch einmal von einem anderen küssen lässt.«

Lidwina zuckte die Achseln.

»Hast du denn kein Mitleid mit mir?«

Sie setzte sich auf einen Stuhl und strich lächelnd über den Pelz ihrer Kazabaika, langsam erhob sie die schönen, verständigen Augen zu ihm und lächelte wieder:

»Was soll ich also tun, falls ich Mitleid mit Ihnen habe?«

»Mich lieben.«

»Und dann?«

»Was weiß ich.«

»Aber ich weiß es«, gab sie ruhig zur Antwort. »Sie heiraten.«

Wladislaw sah sie überrascht an.

»Besinnen Sie sich nur nicht lange«, fuhr sie fort, »weil ich etwa ein armes Mädchen bin, Sie werden mich am Ende doch heiraten, denn Sie sind ja wie ein Narr in mich verliebt, und dann wird es Ihnen nur umso ärger ergehen. Sie haben mich schlagen wollen, dafür werden Sie mich jetzt heiraten. Das wird Ihre Strafe sein.«

Wladislaw warf sich vor ihr auf die Knie nieder und schlang seine Arme leidenschaftlich um ihren schlanken jungfräulichen Leib.

»Du hast mich bezaubert«, murmelte er, »und so kannst du mit mir machen, was du willst.«

Vier Wochen später war Lidwina seine Frau und Wladislaw ebenso süß als grausam bestraft, denn das schöne junge Weib mir den hellen verständigen Augen, in eine purpursamtene Hermelinkazabaika geschmiegt, regierte ihn und das ganze Haus so despotisch, wie es nur eine echte Sarmatin vermag.

Sarolta

Die schöne Ungarin spielte von jeher eine Hauptrolle in der Geschichte des galanten Wien, denn es liegt in der Eigentümlichkeit ihrer Rasse und ihres Landes, dass sie alle jene Reize vereinigt, von denen in der Regel ein einziger genügt, um ein Weib bezaubernd zu machen, feurige Schönheit, einen lebhaften mit allen öffentlichen Angelegenheiten vertrauten Geist, eine hinreißende Großmut des Herzens, ein an Wildheit streifendes kühnes Amazonentum, den Applomb der Aristokratin und die pikante Nonchalance der Demimonde-Dame. Von der Natur mit den zugleich beglückendsten und verderblichsten Gaben bis zum Übermaße ausgestattet, wird die schöne Ungarin je nach dem

Stempel, den Lebensverhältnisse, Schicksal oder Neigung ihrem Wesen aufdrücken, das beste, herrlichste, oder auch das entsetzlichste Weib werden.

Sarolta, die Heldin unserer Geschichte trug ursprünglich ohne Zweifel alle Keime einer Madonna, und einer Astarte in sich; dass in ihrer Seele die dunklen Gewalten bald über die lichten himmlischen den Sieg davontrugen, lag vielleicht nur an der ersten unseligen Wendung, welche ihre Eltern ihrem Leben gaben.

Sie wurde mit kaum sechzehn Jahren an einen alten Mann verheiratet, einen Mann, den sie mehr fürchtete als achtete, und den sie durchaus nicht liebte, aber sie war eine arme Komtesse und musste also den Traditionen ihres Standes getreu um jeden Preis eine reiche Heirat machen. Und die Folge? Eine Geschichte, die täglich wiederkehrt. Eltern, welche den Idealismus des Herzens bei ihrem Kinde grausam verhöhnen und zum Besten desselben, wie sie glauben, ausrotten, werden statt des sicheren ruhigen Glückes, das sie demselben zu bereiten hoffen, nur Unzufriedenheit, Missmut, Sünde, und nicht selten sogar ernstes Unheil säen.

Sarolta war nicht zur Dulderin geboren; aus einem frühreifen Mädchen in einer freudenlosen nüchternen Ehe rasch zu einem eigenwilligen, selbstbewussten, klugberechnenden Weibe geworden, suchte sie den Genuss, der sie in ihrem Hause floh, außer demselben, und die Vorsicht, welche sie bei dem galligen Temperament und der Eifersucht ihres Gemahls dabei gebrauchen musste, um nicht den ganzen asiatischen Glanz ihres Lebens mit einem Male auf das Spiel zu setzen, machte sie täglich nur noch herzloser, hinterlistiger und raffinierter. Sie war ein Weib jener wilden Rasse, welche in der Geschichte und Sage Ungarns eine typische Rolle spielt, welche sich, um ihre Schönheit ewig frisch und jung zu erhalten, im Menschenblute badet, ihren Liebhaber in den Pflug spannt und mit der Peitsche antreibt oder in ein Wolfsfell nähen lässt, um dann mit ihren Rüden auf ihn Jagd zu machen.

Ihre Schönheit war die eines Dämons. Hoch und schlank gewachsen, zeigte sie in jeder Bewegung die Weichheit, Elastizität und Energie des grausam-zierlichen Katzengeschlechtes. Blauschwarzes Haar von einer ungewöhnlichen Fülle rahmte ihr reizvolles Antlitz ein, dessen dunkles von sanftem Rot durchzogenes Kolorit an den Orient mahnte, unter dem geheimnisvollen Schleier langer dunkler Wimpern loderten ein Paar große schwarze, rätselhafte Augen. Sarolta erregte als Amazone durch ihren Mut und ihre dämonische Grazie nicht allein in Wien, wo sie mit ihrem Gatten den Winter zubrachte, sondern auch in ihrer Heimat, wo sie den Sommer über auf ihren Gütern weilte, allgemeines Aufsehen und entzückte die Frauen kaum weniger als die Männer. Jeder, der in ihre Nähe kam, in ihren Zauberkreis geriet, fühlte nur zu bald die Macht ihrer zur Herrschaft berufenen Natur, aber keiner wehrte sich gegen dieselbe, ein jeder unterwarf sich willig, ja begeistert. So regierte sie in dem Kreise, der sie huldigend umgab, unumschränkt wie eine Monarchin und oft willkürlich und grausam, gleich der schlimmsten Despotin.

In Wien freilich musste sie ihren Zentaurenpassionen die Zügel anlegen, denn ein Ritt im Prater oder auf der Ringstraße war nicht imstande, dieser ungestümen Pferdebändigerin zu genügen. Theater, Spiel, Gesellschaft und Lektüre mussten der launenhaften Frau hier im Vereine mit den Leidenschaften, welche sie in der Menge der ihr nahenden Männer erregte, die Zeit vertreiben. Dafür stürmte sie im Sommer, wenn sie ihren Aufenthalt wieder in dem alten Magnaten-schlosse mitten in der Puszta genommen hatte, mit ihrem Viergespann gleich einem der trojanischen Helden über die unendliche Fläche oder hetzte mit einem Gefolge schöner Frauen und ritterlicher Männer einen armen Fuchs oder Hasen zu Tode, wobei sie allen voran Hecken, Zäune, Gräben und andere Hindernisse übersetzte, unbekümmert darum, ob einer von jenen, die ihr verwegenes Beispiel fortriss, Arm, Bein oder gar das Genick brach. Ihr Gatte hatte, wie es in Ungarn Sitte ist, einen talentvollen Knaben, den Sohn eines seiner kleinen Beamten, der früh Waise geworden war, auf seine Kosten studieren lassen. Er hieß Stefan Bakotzi. Nachdem er das Gymnasium in irgend-einem Neste tief unten in Ungarn zurückgelegt, kam er in das Haus des Magnaten nach Wien, um die Rechte an der ersten Universität Österreichs zu absolvieren. Der erste Eindruck, den er auf seinen Protektor wie auf dessen junge Gemahlin machte, war ein sehr günsti-ger, und so wurde er denn wie der Sohn des Hauses aufgenommen und behandelt. Stefan war ein hübscher Blondin von zwanzig Jahren, kräftig gebaut, aber dabei frisch, weiß und rot wie ein junges Mädchen. Aus seinen blauen Augen sprach eine gewisse edle Einfalt und

Schwärmerei. Anfangs zeigte er sich ziemlich schüchtern und unbehol-
fen, aber Sarolta, der dies für einige Zeit Zerstreuung versprach,
übernahm es selbst, ihn zu dressieren und nach kaum einem halben
Jahre hatte sich der junge intelligente Student die feinen Manieren
der Aristokratie vollkommen angeeignet.

Im Mai übersiedelte die Herrschaft wie gewöhnlich nach Ungarn
und Stefan blieb mit einem alten Haushofmeister so gut wie allein in
dem Palais der Residenz zurück, um das Semester zu vollenden. Mit
Beginn der Ferien eilte auch er in die Heimat.

Ein unseliger Zufall wollte, dass er Sarolta auf ihrem Schlosse allein
fand. Ihr Gemahl, welcher an dem politischen Leben seines Vaterlandes
regen Anteil nahm, war in Pest und in seiner Abwesenheit musste die
eroberungslustige Frau die äußerste Vorsicht gebrauchen, da sie keinen
Augenblick darüber im Zweifel war, dass ihr Gatte sie mit Spionen
umgab. Sie lebte also einsam und langweilte sich entsetzlich.

Die Ankunft Stefans, welche ihr Abwechslung und Zeitvertreib
versprach, bekam unter diesen Umständen für Sarolta eine ganz unge-
wöhnliche Bedeutung. Sie erwartete ihn auf dem Bahnhofe der letzten
Station und führte ihn selbst mit ihrem Viergespann in das Schloss.
Auch für den jungen Studenten war die Situation jetzt eine ganz andere und weit gefährlichere als in Wien, wo sein Verkehr mit der
schönen Magnatin stets durch Zeugen eingeschränkt war.

Sarolta hatte nichts zu tun und wollte sich um jeden Preis unterhalten; sie begann also mit Stefan zu kokettieren und eroberte den uner-
fahrenen jungen Mann in kurzer Zeit so vollständig, wie sie es vielleicht
anfangs weder erwartet noch auch beabsichtigt hatte, und als sie erst
seiner reinen mächtigen Leidenschaft gewiss war, gab sie sich auch
dem ihr fremden Elemente willenlos hin. Sie begann den armen Studenten nach ihrer Art zu lieben, das heißt alle ihre rasch wechselnden
Launen an ihm auszulassen und ihn in jeder erdenklichen Weise zu
peinigen. Einmal goss sie ihm Bier in den Wein und zwang ihn, das
Höllengetränke bis auf die Neige zu leeren, ein andermal ließ sie ihm
durch das Stubenmädchen Brennnesseln in das Bett streuen. Plötzlich
kam ihr die Idee, er müsste mit ihr reiten, und da der arme Schüler
des Horaz und Virgil nie ein Pferd bestiegen hatte, zwang sie ihn, ihr
auf die Reitbahn zu folgen und begann, ohne ihn erst zu fragen, in
eigener Person den Unterricht.

Es war ein heiteres seltsames Bild, der zaghafte Student hoch zu Rosse, der jeden Augenblick die Zügel verlor und in die Mähne seines Tieres griff, und die schöne schlanke Frau, die brennende Zigarre im Munde, welche, in der Mitte der Sandbahn stehend, mit der langen Peitsche das Pferd antrieb.

Nachdem der arme Stefan wiederholt vom Pferde gestürzt war und sich von dem Gelächter seiner Peinigerin verfolgt, trotz seiner zerschlagenen Arme und Knie, wieder aufgeschwungen hatte, verlor diese endlich die Geduld und griff zu einem in Ungarn beliebten drastischen Mittel, sie ließ dem Studenten die Knie an die Bügel seines Pferdes festbinden, schwang sich dann selbst in den Sattel und sprengte, seinen Zügel in der Hand, mit ihm hinaus ins Freie.

Nach einem wilden Ritte von mehr als einer Stunde brachte sie Stefan mehr tot als lebendig in das Schloss zurück. Man band ihn los, er war aber unfähig vom Pferde zu steigen und musste von den Stallknechten herabgehoben werden. Sarolta zeigte nicht das geringste Mitleid mit ihrem Opfer, sondern lachte es noch aus.

Wie gerädert lag der arme Junge abends in seinem Zimmer auf einem alten fadenscheinigen Ruhebette und suchte sich klarzumachen, wodurch er mit einem Male die Abneigung seiner schönen Herrin erregt hatte, denn die schnöde Art und Weise, wie sie ihn seit Kurzem behandelte, schien ihm nur aus Hass entspringen zu können. Da geschah etwas, worauf er am allerwenigsten gefasst war; Sarolta trat in sein Zimmer, setzte sich zu ihm und begann mit ihm zu plaudern, so liebenswürdig, so teilnehmend, wie er sie noch nicht gefunden.

Stefan staunte, aber es kam noch besser. Mit einem Male nahm ihn die schöne stolze Frau beim Kopfe und küsste ihn, und er? – er hatte in demselben Augenblicke den halsbrecherischen Ritt vergessen und seine müden Glieder und ihr spöttisches Lachen, er lag vor ihr auf den Knien und umschlang sie, und stammelte Worte des Entzückens, und sagte ihr alles das, was er jetzt so überwältigend empfand und was er vor wenigen Minuten selbst noch nicht gewusst hatte.

In derselben Nacht noch gehörte Sarolta ihm, oder eigentlich er gehörte ihr, denn dieses Weib gab sich nicht hin, es riss den Mann, den es liebte, wild und gebieterisch an sich, um ihn dann, wenn es ihn nicht mehr liebte, ebenso rücksichtslos und höhnisch von sich zu stoßen.

Er gehörte ihr und das alte, einsame, öde Schloss schien auf einmal mit tausend heiteren Kobolden und mutwilligen Amoretten erfüllt, welche es mit Rosenketten drapierten.

Die Idylle währte indes nicht zu lange. Der alte Magnat kehrte zurück und der Umgang der Liebenden war von demselben Augenblicke an auf das Äußerste beschränkt. Sarolta war jedoch nicht die Natur, solch einen Zwang lange zu ertragen. Während ihr Gemahl mit dem Studenten Schach spielte, lag sie stundenlang auf ihrer Ottomane und brütete, oder sie bestieg ein Pferd und ließ sich, während der Wind sie mit ihrem eigenen aufgelösten Haare peitschte, über die Puszta dahinstürmend von bösen Gedanken wie von Dämonen umflattern.

Ein Zufall brachte sie zum vollen Bewusstsein dessen, was sie wollte, wohin ihre unbezähmbare Selbstsucht trachtete.

Es war zur Zeit, als das Räuberunwesen in Ungarn in der höchste Blüte stand. Kein Tag verging, wo man nicht in der Nachbarschaft von einem kühnen Raube, einem blutigen Morde hörte. Das Standrecht war proklamiert. Militärkolonnen durchstreiften die Gegend, der Galgen arbeitete ohne Unterbrechung, aber das Übel nahm eher zu als ab.

Saroltas Gemahl hatte sich, wie es Brauch war, mit den Räubern, welche in der Nähe hausten, abgefunden. Er zahlte ihnen eine bestimmte Summe und bewirtete sie fürstlich, wenn sie sich bei ihm einluden. Dafür war er jedoch vor jedem Attentate auf sein Gut und Leben und das seiner Leute gesichert.

Wieder sagten sich die Räuber einmal im Schlosse an, man bereitete ihnen ein reichliches Mahl, rollte Fässer trefflichen Weines aus dem Keller herauf, bestellte eine Zigeunermusik und Mädchen zum Tanze. Die Räuber kamen, zechten und drehten sich munter im Csardas; da kamen zum Unglücke Gendarmen. Die Räuber schwangen sich auf ihre Pferde und waren im Nu verschwunden, aber der Schlossherr sprach die Überzeugung aus, dass sie sich für verraten halten und an ihm Rache nehmen würden.

Dies war der Funke, der in die Seele der dämonischen Frau fiel. Noch in derselben Nacht setzte Sarolta alle Vorsicht beiseite und suchte den Geliebten auf. In seinen Armen ruhend entwickelte sie ihm ihren Plan; er erschrak, er beschwor sie, den unseligen Gedanken aufzugeben, aber sie ließ ihm nur die Wahl zwischen ihrem Besitze und dem Verbrechen.

Als sie ihn verließ, war er entschlossen ihr zu gehorchen.

Wenige Tage später ritt der Gemahl Saroltas nachmittags zu einem Nachbar, mit dem er den Verkauf eines Waldes zu besprechen hatte. Man erwartete gegen Abend seine Rückkehr. Er kam nicht, er kam auch nicht in der Nacht, und auch nicht am nächsten Morgen.

Sarolta ritt mit einigen ihrer Leute aus, ihn zu suchen. Sie fanden ihn an der Straße in einem Graben liegen in einer Blutlache, ermordet und beraubt.

Sarolta warf sich vom Pferde und über seine Leiche, sie schrie verzweifelt und wurde ohnmächtig in das Schloss zurückgebracht.

Vergebens durchstreiften Gendarmen die Gegend, um den Mörder gefangen zu nehmen, denn alle Welt war überzeugt, dass die Räuber, welche sich durch Saroltas Gemahl verraten glaubten, die blutige Tat vollbracht. Da kam eines Tages ein lateinischer, seltsam stilisierter Zettel an den Sicherheitskommissär, welcher Namens der Räuber erklärte, dass keiner aus ihrer Mitte das Blut des alten Magnaten vergossen habe, der Täter vielmehr in ganz anderen Kreisen zu suchen sei.

Der Sicherheitskommissär kam nun auf das Schloss, um die näheren Umstände zu erheben und Sarolta zu befragen, auf wen sie etwa einen Verdacht werfen würde. Die Schlossfrau zeigte sich ruhig und gefasst, sie erklärte, dass sie weder an einen Racheakt glaube, noch überhaupt irgendjemand unter ihren Leuten oder Bedienten die Tat zumuten könne.

Der Sicherheitskommissär nahm nun die Bewohner des Schlosses der Reihe nach ins Verhör. Alle stimmten mit ihrer Gebieterin überein. Stefan war abwesend. Als er in das Schloss zurückkehrte, war der Sicherheitskommissär eben im Begriffe, dasselbe mit seinen Panduren zu verlassen. Sein Blick fiel nur flüchtig auf den Mann, als er ihn aber unter demselben erbleichen sah, stieg sofort ein Verdacht in ihm auf und er hielt ihn fest. Wenige Fragen genügten, um den Studenten vollkommen zu verwirren. Man verhaftete ihn, eine Stunde später hatte er seine Tat gestanden und da er behauptete, keinerlei Mitschuldige zu haben, wurde er noch an demselben Abende zum Tode durch den Strang verurteilt.

Als man ihm die Hände auf den Rücken band, begann er am ganzen Leibe zu zittern und blickte mit tränenerfüllten Augen empor zu dem alten Magnatenschlosse, aus dessen Fenstern das schöne dämonische Weib auf ihn heruntersah, auf dessen Geheiß er den Mord an seinem Wohltäter begangen hatte.

Einige Minuten später war alles vorbei.

Sarolta verließ noch an demselben Tage ihre Güter, um in ein böhmisches Bad zu gehen, in den rauschenden Vergnügungen der eleganten Gesellschaft hatte sie bald die mahnenden Schatten ihres Gatten und ihres Geliebten vergessen. Man sah sie in dem folgenden Winter in Paris stets an der Seite eines schönen Polen, der, wie viele behaupteten, ein Abenteurer von der schlimmsten Sorte war. Dann kehrte sie nach Wien zurück und suchte in wüsten Orgien die Stimme ihres Gewissens zu betäuben.

Und wieder einige Jahre später sah man in Baden eine früh gealterte Frau mit einem hämischen hageren Vampirgesicht und erloschenem Blick in einem Rollstuhl. Niemand sprach mit ihr, denn sie war gelähmt und konnte sich nur mühsam durch Zeichen mit dem alten Diener verständigen, der sie im Parke hin und her fuhr. Diese Frau war die einst so schöne und lebensfrohe Amazone Sarolta.

Sie selbst hatte sich die Strafe für ihre blutige Tat bereitet.

Der Wanderer

»Gott allein weiß, wie lange diese Pilgerschaft noch dauern wird.«

Iwan Turgenjew

Bedächtig, die Flinten auf der Schulter, schritten wir, der alte Heger und ich, durch den Urwald, welcher in schweren, dunklen Massen am Fuße unseres Gebirges lagert, und seine Riesenglieder weithin in die Ebene streckt. Der Abend ließ das scheinbar unbegrenzte Gebiet schwarzen jungfräulichen Nadelholzes noch finsterer und schweigender als sonst erscheinen; weithin war keine Stimme eines Lebenden, kein Laut, kein Rauschen eines Wipfels zu vernehmen, und weithin kein

Licht außer von Zeit zu Zeit ein blasses mattgoldenes Netz, das die scheidende Sonne über Moos und Kräuter gespannt hatte.

Der Himmel, wolkenlos, blassblau wurde nur in einzelnen Stücken zwischen den unbeweglichen, ehrwürdigen Fichtenhäuptern sichtbar. Ein schwerer Geruch feuchter Fäulnis schwebte in den riesigen Nadeln und Halmen, nicht einmal unter unsern Füßen knisterte es. Wir gingen auf einem weichen nachgiebigen Teppich. Manchmal erblickte man eines jener verwitterten grün überzogenen Felsstücke, wie sie an dem Abhange der Karpaten tief in die Wälder und sogar bis in die getreidegelbe Fläche hinab zerstreut sind; stumme Zeugen jener halb vergessenen Zeit, wo ein großes Meer seine Fluten gegen die zackigen Ufer unseres Gebirges trieb, und als sollte es uns an jene feierlich monotonen Schöpfungstage mahnen, erhob sich plötzlich ein starker Wind und jagte seine unsichtbaren Wellen brausend durch die schweren Wipfel, die zitternden grünen Nadeln, die Tausend und Tausend Gräser und Kräuter, welche sich demütig vor ihm neigten.

Der alte Heger blieb stehen, strich sich das weiße Haar zusammen, das die wilde strömende Luft verwirrt hatte, und lächelte. Über uns im blauen Äther schwebte ein Adler.

Der Alte legte die Hand über die Augen, zog die schweren Brauen zusammen und blickte auf ihn.

»Wollen Sie ihn schießen?«, sprach er gedehnt.

»Wie wäre es möglich«, entgegnete ich.

»Der Sturm treibt ihn herab«, murmelte der Alte, ohne seine Stellung zu verändern. Wirklich wuchs der schwarze, geflügelte Punkt über uns von Sekunde zu Sekunde, schon sah ich sein Gefieder glänzen. Wir näherten uns einer Lichtung, welche von düsteren Fichten umsäumt war, zwischen denen einzelne weiße Birken, wie Gerippe eines anatomischen Museums standen, und hie und da rote Vogelbeeren glühten.

Der Adler kreiste ruhig über uns.

»Nun schießen Sie.«

»Schieße du, Alter.«

Der Heger schloss die Augen halb, zwinkerte eine Weile, nahm dann seine rostige Büchse von der Schulter und spannte den Hahn.

»Soll ich in Wahrheit?«

»Gewiss! Ich treffe ihn ohnehin nicht.«

»Nun in Gottes Namen.«

Der Alte legte die Büchse ruhig an die Backe, es blitzte aufwärts, die Waldung gab den Schuss grollend zurück.

Der Vogel schlug die Flügel zusammen und schien einen Augenblick noch von der Luft emporgetragen, dann stürzte er wie ein Stein zur Erde.

Wir eilten hin.

»Kain! Kain!«, scholl es uns plötzlich aus dem Dickicht entgegen, ehern, gewaltig wie die Stimme des Herrn, als er im Paradiese zu den ersten Menschen sprach, oder zu dem Verfluchten, der das Blut seines Bruders vergossen hatte.

Und die Zweige teilten sich.

Vor uns war eine Erscheinung von übermenschlicher Wildheit und Seltsamkeit.

Ein Mann stand im Gebüsche hoch aufgerichtet, ein Greis von riesigem Gliederbau, barhaupt, mit wallendem weißen Haupthaar und strömendem weißen Barte und weißen Brauen, und großen, drohenden, finsteren Augen, welche er gleich einem Rächer, einem Richter auf uns haften ließ. Sein härenes Gewand war vielfach geflickt und zerrissen, von seiner Schulter hing eine Kürbisflasche, er stützte sich auf einen Pilgerstab und winkte traurig mit dem Haupte. Dann trat er heraus, hob den toten Adler auf, dessen warmes Blut über seine Finger rieselte, und betrachtete ihn schweigend.

Der Heger bekreuzte sich.

»Es ist ein Wanderer[1]«, flüsterte er mit gehemmtem Atem, »ein Heiliger.«

1   Die »Wanderer« bilden die eigentümlichste und fantastischste aller altgläubigen Sekten der russischen Kirche und gehören dem priesterlichen Typus derselben an. Ihrer Anschauung nach ist die gesamte sittliche Weltordnung aufgelöst, der Teufel in die Herrschaft über die Welt eingesetzt und jede Beteiligung am Staats- oder Kirchenwesen reiner Teufelsdienst, dem die Frommen sich durch Flucht und ruhelose Wanderung entziehen müssen. Selbst die Annahme eines Passes ist schwere Sünde, denn sie wird als Anerkennung des Reichs dieser Welt angesehen. Der Wanderer hat kein Weib, kein Eigentum, er erkennt weder den Staat noch die Kirche an, er vergießt kein Blut und leistet daher keinen Kriegsdienst, er arbeitet nicht. Die Gerechten dürfen nirgends eine Heimat haben, die Flucht vor der Welt ist ihr Beruf, das einzige Mittel

Hierauf hing er leise seine Flinte um und verschwand zwischen den braunen hundertjährigen Bäumen.

Mein Fuß wurzelte gegen meinen Willen an der Erde, und ebenso beinahe notgedrungen musste ich den unheimlichen Greis betrachten.

Ich hatte oft genug von der seltsamen Sekte gehört, zu welcher er sich zählte und die bei unserem Volke in so großem ehrwürdigen Ansehen steht. Nun konnte ich meine Neugierde befriedigen.

»Was hast du jetzt davon, Kain!«, sprach der Wanderer nach einer Weile zu mir gewendet. »Ist deine Mordlust befriedigt, bist du satt vom Blute deines Bruders!«

»Ist der Adler nicht ein Räuber?«, erwiderte ich rasch. »Mordet er nicht die kleineren und schwächeren seines Geschlechts, ist es nicht vielmehr ein gutes Werk, ihn zu töten?«

»Ja, er ist ein Mörder«, seufzte der absonderliche Alte, »er vergießt Blut wie alle, die leben, aber müssen wir es deshalb auch? Ich tue es nicht, du aber – ja – ja – du bist auch von dem Geschlechte Kains, ich kenne dich, du hast das Zeichen.«

»Und du«, sprach ich betreten, »wer bist denn du?«

»Ein Wanderer.«

»Was ist das?«

»Das ist einer, der auf der Flucht ist vor dem Leben.«

»Seltsam!«

zur Rettung der Seele. Denen, die noch nicht die Kraft haben, mit dem Reich des Bösen vollständig zu brechen, wird »um ihrer Schwachheit willen« gestattet, zeitweise einen bürgerlichen Beruf zu treiben und festen Wohnsitz zu nehmen; aber sie müssen heimliche Kammern herrichten, in denen die Wanderer jederzeit Unterkunft und Asyl finden. Beim Herannahen der Todesstunde ist dagegen jeder Gerechte verpflichtet, sich auf das freie Feld oder in den Wald tragen zu lassen, damit er als ›auf der Flucht‹ gestorben angesehen werden könne. Diese Sekte steht bei dem niederen Volke in hohem Ansehen; die unheimliche Gestalt des Wanderers, der sich dem Mönchsstande zuzählt, die Ehe als Todsünde verwirft und bloß ein freies ›Zusammenleben der Geschlechter‹ gestattet, ist eine echt nationale Figur der großen slawischen Welt des Ostens, die in den Dörfern und Städten des weiten Reichs häufig genug auftaucht und auf jeden, der sie einmal gesehen, durch ihre Wildheit einen unauslöschlichen Eindruck macht.

»Seltsam, aber es ist die Wahrheit«, murmelte der Greis, legte den toten Adler sanft zur Erde und sah mich teilnehmend an, und jetzt waren seine Augen auf einmal unendlich sanft und wohltuend.

»Geh in dich«, fuhr er mit zitternder, mahnender Stimme fort, »sage dich los von dem Vermächtnis Kains, erkenne die Wahrheit, lerne entsagen, lerne das Leben verachten und den Tod lieben.«

»Wie soll ich der Wahrheit nachfolgen, wenn ich sie nicht kenne. Belehre mich.«

»Ich bin kein Heiliger«, erwiderte er, »wie sollte ich dich die Wahrheit lehren, aber ich will dir sagen, was ich weiß.«

Er ging einige Schritte gegen einen faulenden Baumstamm, der auf der Waldblöße lag, und ließ sich auf demselben nieder und ich setzte mich unweit von ihm auf einen moosigen Stein; er stützte das ehrwürdige Haupt in beide Hände und blickte vor sich, und ich ließ die Arme in meinen Schoß sinken und machte mich bereit, ihn zu hören.

»Auch ich bin ein Sohn Kains«, begann er, »ein Enkel jener, die von dem Baume des Lebens gegessen, und muss es abbüßen und wandern – wandern bis ich frei werde vom Leben. Auch ich habe gelebt und mich meines Daseins töricht gefreut, und es mit lächerlichen Flittern umgeben, auch ich! Ich habe alles mein genannt, was ein Mensch mit seiner stets unbefriedigten Sehnsucht erfassen mag, und habe erfahren, was im Grunde daran ist. Ich habe geliebt und bin verlacht worden, und mit Füßen getreten, als ich mit ganzem Herzen liebte, und bin angebetet worden, als ich mit anderer Empfindungen, mit Fremder Glück frevelhaft spielte, angebetet wie ein Gott! Ich habe es erfahren, dass die Seele, die ich mit der meinen verschwistert glaubte, der Leib, den meine Liebe heilig hielt, wie eine Ware in dem abscheulichsten Handel verkauft wurden. Ich habe mein angetrautes Weib, die Mutter meiner Kinder, in den Armen eines Fremden gesehen. Ich war der Sklave des Weibes und Herr des Weibes, und war wie König Salomo, der viele Weiber liebte. Ich bin im Überflusse aufgewachsen und hatte keine Kenntnis von der Not und dem Elend der Menschen, aber über Nacht schwand der Reichtum unseres Hauses, und als ich meinen Vater begraben sollte, war kaum das Geld da für seinen Sarg. Ich habe Jahre gekämpft um das Dasein, habe die Sorge, den Kummer kennengelernt, und den Hunger und schlaflose Nächte und Angst und Krankheit. Ich habe mit meinen Brüdern um Besitz und Vorteil gerungen, habe betrogen und bin betrogen worden, habe geraubt und bin beraubt worden, habe anderen das Leben genommen und war selbst dem Tode nahe, alles um dieses teuflische Gold und Eigentum, und ich habe den Staat, dessen Bürger ich war, leidenschaftlich geliebt, und das Volk, dessen Sprache ich spreche, und habe Amt und Würde bekleidet und zur Fahne meines Landes geschworen, bin mit zorniger Begeisterung in den Krieg gezogen, und habe andere gehasst und verfolgt und getötet, nur weil sie eine andere Sprache redeten, und habe für meine Liebe nur Schande geerntet, und für meine Begeisterung Spott und Verachtung.

Ich habe es auch verstanden, gleich den Kindern Kains, auf Kosten anderer von dem Schweiße meiner Brüder zu leben, welche ich zu meinen Knechten, meinem Werkzeug erniedrigte, und habe mich nicht bedacht, mit fremdem Blute meine Genüsse und Belustigungen zu bezahlen. Aber ich habe auch mehr als einmal das Joch getragen, die Peitsche gefühlt, für andere mich gemüht, und habe unermüdlich nach Gewinn gestrebt, und rastlos gearbeitet vom Morgen bis zum Abend, und im angstvollen Traume der Nacht noch meine Zahlen summiert, und bei Tag und Nacht, im Glück und im Unglück, Not und Überfluss habe ich stets nur eines gefürchtet – den Tod. Ich habe vor ihm gezittert; bei dem Gedanken, von diesem geliebten Dasein zu scheiden, Tränen vergossen; bei dem Gedanken der Vernichtung, mich und die ganze Schöpfung verflucht. Oh, ich habe entsetzliche Angst gelitten und entsetzliche Qualen, so lange ich noch etwas hoffte.

Aber es kam die Erkenntnis über mich. Ich sah den Krieg der Lebendigen – ich sah das Menschenleben, wie es ist – und sah die Welt, wie sie ist.«

Der Alte nickte mit dem weißen Haupte vor sich hin und versank in Nachdenken. »Und welche Erkenntnis ist dir geworden?«, sprach ich nach einer Pause.

»Die erste große Erkenntnis«, fuhr er fort, »ist die, dass ihr armen törichten Menschen in dem Wahne lebt, Gott habe diese Welt in seiner Weisheit, Güte und Allmacht so gut als möglich erschaffen und eine sittliche Ordnung in diese Welt gesetzt, und jener, der böse ist und böse handelt, störe diese Ordnung und diese gute Welt und verfalle der zeitlichen und ewigen Gerechtigkeit. Ein trauriger verhängnisvoller Irrtum! Die Wahrheit ist, dass diese Welt schlecht und mangelhaft und das Dasein eine Art Buße ist, eine schmerzliche Prüfung, eine traurige Pilgerschaft, und alles was da lebt, lebt vom Tode, von der Plünderung des anderen!«

»Der Mensch ist also nach deiner Einsicht auch nur eine Bestie?«

»Allerdings! Die vernünftigste, blutgierigste und grausamste der Bestien. Keine andere ist so erfinderisch, ihre Brüder zu berauben, zu knechten, und so ist, wohin du blicken magst, im Menschengeschlechte wie in der Natur der Kampf um das Dasein, das Leben auf Kosten anderer, Mord, Raub, Diebstahl, Betrug, Sklaverei. Der Mann der Sklave des Weibes, die Eltern ihrer Kinder, der Arme des Reichen, der Bürger seines Staates. Alles Mühen, alle Angst ist nur um dieses Dasein, das keinen anderen Zweck hat, als sich selbst. Leben! Leben! – will ein jeder, nur sein Leben weiter fristen und dies unselige Dasein auf andere fortpflanzen. Und die zweite große Erkenntnis – aber du wirst mich nicht verstehen, Kain!«

»Vielleicht doch.«

Der Greis sah mich mitleidig an.

»Die zweite Wahrheit ist«, sprach er mit sanftem Ernst fort, »dass der Genuss nichts Wirkliches ist, nichts an sich, nur eine Erlösung von nagendem Bedürfnis, von dem Leiden, das dieses schafft, und doch jagt ein jeder nach Genuss und Glück, und schließlich fristet er doch nur das Leben, er mag im Reichtum oder Armut seine Tage beschließen. Aber glaube mir, nicht in der Entbehrung liegt unser Elend, nur in dieser immer wachen Hoffnung auf ein Glück, das nie kommt, nie kommen kann! Und was ist dieses Glück, das immer nah und greifbar, und doch ewig fern und unerreichbar uns vorschwebt von der Wiege bis zum Grabe? Antworte mir, wenn du kannst.«

Ich schüttelte den Kopf und fand keine Antwort.

»Was ist das Glück?«, fuhr der Alte fort. »Ich habe es gesucht beim Weibe, im Eigentum, in meinem Volke, überall wo nur Atem und Leben weht – und sah mich überall betrogen und genarrt.

Ja das Glück? Vielleicht ist es der Friede, den wir hier vergebens suchen, wo es nur Kampf gibt, und seine Erfüllung der Tod, den wir so sehr fürchten. Das Glück! Wer hat es nicht vor allem in der Liebe gesucht, und wer hat nicht in ihr die bittersten Täuschungen erfahren? Wer war nicht in dem Wahne befangen, die Befriedigung dieser übermenschlichen Sehnsucht, die ihn erfüllt, der Besitz des geliebten

Weibes müsse ihm vollkommenes Genügen, namenlose Seligkeit bringen, und wer hat nicht zuletzt trübselig über seine eingebildeten Freuden gelacht? Es ist eine beschämende Erkenntnis für uns, dass die Natur diese Sehnsucht in uns gelegt, nur um uns zu ihrem blinden, willigen Werkzeug zu machen, denn was fragt sie um uns? Sie will unser Geschlecht fortpflanzen! Wir können zugrunde gehen, wenn wir nur ihre Absicht erfüllt, für die Unsterblichkeit unserer Gattung gesorgt haben, und sie hat das Weib mit so viel Reiz ausgestattet, nur damit es uns zu sich zwingen, uns sein Joch aufladen und uns sagen kann: Arbeite für mich und meine Kinder.

Die Liebe ist der Krieg der Geschlechter, in dem sie darum ringen, eines das andere zu unterwerfen, zu seinem Sklaven, seinem Lasttier zu machen, denn Mann und Weib sind Feinde von Natur, wie alle Lebendigen, für kurze Zeit durch die Begier, den Trieb sich fortzupflanzen, in süßer Wollust gleichsam zu einem einzigen Wesen vereinigt, um dann in noch ärgerer Feindschaft zu entbrennen, und noch heftiger und noch rücksichtsloser um die Herrschaft zu streiten. Hast du je größeren Hass gesehen, als zwischen Menschen, welche einst die Liebe verband? Hast du irgendwo mehr Grausamkeit und weniger Erbarmen gefunden als zwischen Mann und Weib?

Ihr Verblendeten! Ihr aberwitzigen Toren. Ihr habt einen ewigen Bund gestiftet zwischen Mann und Weib, als wäret ihr imstande, die Natur zu verändern, nach euren Gedanken und Einbildungen, zu der Pflanze zu sagen: Blühe, aber verblühe nie und trage keine Frucht.«

Der alte Wanderer lächelte, aber in diesem sonnigen Lächeln lag weder Bosheit, noch Geringschätzung, noch Spott, nichts als die heitere Klarheit der Erkenntnis.

»Ich habe auch den Fluch kennengelernt«, sprach er weiter, »der im Eigentum, in jeder Art von Besitz liegt. Durch Raub und Mord, durch Diebstahl und Betrug entstanden, fordert er zu demselben heraus, und zeugt Hass und Streit, Raub und Mord, Diebstahl und Betrug weiter fort ohne Ende! Als stände nicht das Korn auf dem Felde, als wäre nicht die Frucht auf dem Baume, die Milch der Tiere für jedermann. Aber in den Kindern Kains ist eine dämonische Gier nach dem Eigentum, eine Grausamkeit, alles an sich zu reißen, und wäre es auch nur, damit andere es nicht erlangen können. Und nicht genug, dass der Einzelne durch Gewalt oder List für sich allein von dem Besitz ergreift, wovon Hunderte, ja oft Tausende leben könnten, es ist als wollte sich jeder für die Ewigkeit da einrichten, sich und seine Brut, und so vererbt er es noch auf seine Kinder, seine Enkel, die ihren Unrat auf seidene Polster leeren, während die Kinder dessen, der nichts hat, erbärmlich verderben. Der eine sucht zu erringen, der andere, was er hat, festzuhalten. Der Besitzlose führt Krieg gegen den Besitzenden, ein Ringen ohne Ende, der eine steigt, der andere fällt und beginnt von Neuem emporzuklimmen. Und nie ein Ausgleich, eine Gerechtigkeit, täglich wird Joseph von seinen Brüdern verkauft, täglich vergießt Kain das Blut seiner Brüder, das gegen ihn zum Himmel schreit.«

Der Greis streckte die Hände wie abwehrend in erhabener Empörung von sich.

»Aber der Einzelne ist zu schwach Krieg zu führen gegen die Zahl seiner Brüder«, fuhr er fort, »so haben sich die Kinder Kains vereint zu Plünderung und Mord, in Gemeinden, Völkern und Staaten. Wohl wird da die Selbstsucht des Einzelnen in Vielem beschränkt, seine Raub- und Mordlust eingedämmt, aber dieselben Gesetzbücher, welche gegen neue Verbrechen schützen sollten, verleihen zu gleicher Zeit erst den Verbrechern früherer Geschlechter und Zeiten Weihe und Kraft. Auch wird im Staate nicht der Selbstsucht allein Zwang angetan. Es wird uns – je nach den Zwecken, welche die Regierenden verfolgen – ein fremder Glaube, eine fremde Sprache, eine fremde Überzeugung aufgedrungen, oder doch die unsere bedrängt und verkümmert; wir werden Absichten dienstbar gemacht, die wir verabscheuen, und in unserem Streben gehemmt; unser Schweiß, ja unser Blut wird gemünzt zu Geld, um die Launen jener zu bezahlen, welche den Staat lenken, diese Launen mögen Pracht und Üppigkeit, Jagd und Weiber, Soldaten, Wissenschaften, oder schöne Künste heißen. Nichts ist heilig, Verträge aller Art werden geschlossen und gebrochen ohne Vernunft, ohne Scham. Wie oft wurde schon die Zukunft eines ganzen Volkes der fürstlichen Verlockung eines Augenblicks geopfert! Spione schleichen sich in die Familien und lösen alle Bande des Gemütes, der Sittlichkeit, die Frau verkauft den Mann, der Sohn den Vater, der Freund den Freund, das Recht wird gefälscht, die Bildung des Volkes, das einzige Mittel eines allgemeinen Umschwunges, mit einem schnöden Almosen abgefertigt, und so das Wissen, die Erkenntnis in enge Kreise gebannt.

Jene, die das Volk mit Wort und Feder vertreten, werden verfolgt, mit Ketten beladen, ausgerottet oder bestochen und zu Aposteln der Lüge gemacht. Jene aber, die ihm dienen, suchen unter dem Deckmantel des Staats nur ihren Vorteil, und bestehlen ihn sogar, den sie ihren Gott nennen, und hat zuletzt das Volk seine Knechtschaft, seine Schande, seine Verdummung mit dem Bankrott bezahlt, und macht es verzweifelt aus den Werkzeugen des Friedens Waffen gegen seine Unterdrücker, so entfesselt der Aufstand – mag Sieg oder Niederlage sein Ende sein – nur die Leidenschaften, die Bestialität der Massen, und beantwortet Blut mit Blut, Plünderung mit Plünderung. Was uns als Liebe zum Volke, ja dem Vaterlande so hoch gepriesen wird, ist es etwas anderes als Selbstsucht?

Die Völker, die Staaten sind große Menschen, und gleich den kleinen beutelustig und blutgierig. Freilich – wer kein Leben schädigen will – kann ja nicht leben. Die Natur hat uns alle angewiesen, vom Tode anderer zu leben, sobald aber nur das Recht auf Ausnützung niederer Organismen durch die Notwendigkeit, den Trieb der Selbsterhaltung gegeben ist, darf nicht allein der Mensch das Tier in den Pflug spannen oder töten, sondern auch der Stärkere den Schwächeren, der Begabtere den minder Begabten, die stärkere weiße Rasse die Farbigen, das fähigere, gebildetere, oder durch günstige Fügungen mehr entwickelte Volk das weniger entwickelte.

So ist es auch in der Tat.

Was innerhalb der bürgerlichen Gesellschaft mit Kerker oder Schafott bestraft wird, das tut ein Volk, ein Staat dem anderen, ohne dass man darin ein Verbrechen oder eine Verworfenheit sieht, sie morden sich im Großen um Land und Besitz, und ein Volk sucht das andere zu übervorteilen, zu unterwerfen, zu knechten, auszunutzen oder auszurotten, wie ein Mensch den anderen.

Was ist der Krieg – in den nicht selten, durch lügnerische Vorspiegelungen und eine betrogene Begeisterung verführt, die Besten eines Volkes ziehen – als der Kampf um das Dasein im Großen, Länderraub und Völkermord, begleitet von der Sklaverei des Fahnendienstes, Spionage, Verrat, Brandlegung, Notzucht, Plünderung, gefolgt von Seuchen und von Hungersnot!

Wirkt hier nicht in Millionen jener unselige Trieb fort, der in dem Einzelnen unablässig rege das ganze Menschendasein unterwühlt?«

Der Alte schwieg einige Zeit.

»Das große Geheimnis des Daseins«, sprach er dann mit feierlicher Ruhe, »soll ich dir es offenbaren?«

»Nenne es mir.«

»Das Geheimnis ist, ein jeder will leben durch andere, durch Raub und Mord, und soll leben durch sich selbst, durch seine Arbeit. Die Arbeit allein befreit uns von allem Elende. Solange jeder danach strebt, andere für sich arbeiten zu lassen, mühlos die Früchte fremder Anstrengung zu genießen, solange ein Teil der Menschheit Sklaverei und Not dulden muss, damit der andere im Überflusse schwelgt, solange gibt es keinen Frieden auf Erden.

Die Arbeit ist unser Tribut an das Dasein: Wer leben und genießen will, muss arbeiten. Und in der Arbeit und in dem Streben liegt überhaupt alles das, was uns vom Glück gegönnt ist. Nur im männlichen, mutigen Kampfe um das Dasein kann man es überwinden, jener, der nicht arbeitet, und sich dessen freut, ist doch zuletzt der Betrogene, denn über ihn kommt jene nagende Unzufriedenheit, welche gerade in den Palästen der Vornehmen und Reichen am meisten zu Hause ist, jener tiefe Ekel am Leben, dem die qualvollste Todesangst beigesellt ist.

Ja! Der Tod ist es, welcher alle Unzufriedenen, alle Unglücklichen, und sogar die meisten von denen, welche die Richtigkeit des Daseins erkannt haben, in dasselbe zurückschreckt – der Tod mit seinen bösen folternden Genossen, dem Zweifel und der Furcht.

Kaum einer erinnert sich, will sich der Zeit, der unendlichen erinnern, da er noch nicht war. Jeder zittert vor jener zweiten Unendlichkeit, in der er nicht mehr sein soll. Warum das fürchten, was wir einst waren, und so lange waren, einen Zustand, mit dem wir uns so vertraut gemacht haben, während unser jetziger uns nur durch seine Kürze ängstiget, durch tausend grausame Rätsel quält.

Überall ist der Tod um uns, er mag uns im Augenblicke der Geburt, oder später, plötzlich, gewaltsam oder nach langer Pein und Krankheit, oder in einem allgemeinen großen Sterben treffen, und doch denkt und müht sich jeder unausgesetzt, ihm auszuweichen, sein Dasein zu verlängern, das früher oder später genauso erbärmlich, ja lächerlich enden muss.

Wie wenige begreifen, dass der Tod es ist, der uns allein vollkommene Erlösung, Freiheit, Frieden bringt, wie wenige haben den Mut, vom Leben bedrängt, ihn freiwillig und heiter aufzusuchen. Besser freilich ist nie geboren zu werden, und wenn man schon geboren wurde, den Traum ruhig, mit lächelnder Verachtung seiner schimmernden, lügnerischen Bilder auszuträumen, um für immer im Schoße der Natur unterzutauchen.«

Der Alte legte die braunen, verwitterten Hände über das von tiefen, traurigen Runzeln bedeckte Gesicht, und schien selbst zu träumen.

»Du hast mir gesagt, was dir im Leben an Erkenntnis geworden«, sprach ich hierauf zu ihm, »willst du mir nicht auch von den ewigen Wahrheiten sprechen, welche du daraus abgeleitet hast, von der Lehre, der du nachfolgst?«

»Ich sah die Wahrheit«, rief der Greis, »und sah, dass das Glück nur in der Erkenntnis liegt und sah, dass es besser ist, dies Geschlecht Kains stirbt aus, ich sah, dass dem Mann besser ist zu darben, als zu arbeiten, und sprach: Ich will nicht mehr das Blut meiner Brüder vergießen und sie nicht mehr berauben, und ich verließ mein Haus und mein Weib, und ergriff den Wanderstab. Der Satan[2] hat die Herrschaft über die Welt, und so ist es eine Sünde an der Kirche, oder dem Gottesdienste, oder an dem Staate teilzunehmen. Und auch die Ehe ist eine Todsünde.

Und diese sechs: die Liebe, das Eigentum, der Staat, der Krieg, die Arbeit und der Tod sind das *Vermächtnis Kains*, der seinen Bruder schlug und seines Bruders Blut schrie gegen Himmel, und der Herr sprach zu Kain: ›Du sollst verflucht sein auf der Erde, und unstet und flüchtig.‹

Der Gerechte verlangt nichts von diesem fluchwürdigen Vermächtnis, nichts von den Söhnen, den Töchtern Kains. Der Gerechte hat

2   Der Satan, dessen Namen unser Volk nur äußerst selten ausspricht, hat bei uns nichts mit dem zynischen deutschen Teufel gemein, sondern erscheint als eine reine und großartige Personifikation des bösen (sinnlichen) Prinzips, als der Nachfolger des ›schwarzen Gottes‹, in dessen Gegensatze zu dem ›weißen Gotte‹ die heidnischen Slawen die Welt auffassten.

keine Heimat, er ist auf der Flucht von der Welt, den Menschen, er muss wandern, wandern, wandern.«

»Wie lange?«, fragte ich. Ich erschrak vor meiner eigenen Stimme.

»Wie lange? Wer weiß das!«, erwiderte der Greis. »Und wenn ihm sein Freund naht, der Tod, dann muss er ihn heiter erwarten, unter freiem Himmel, im Felde oder im Walde, damit er sterbe, wie er gelebt auf der Flucht.

Mir war es heute Abend, als sei er an meiner Seite – ernst, freundlich und tröstlich, aber er ist mir vorübergegangen, so will ich meinen Stab ergreifen, und ihm nachfolgen, und ich werde ihn finden.«

Der Wanderer erhob sich und ergriff seinen Stab.

»Dem Leben entfliehen ist das eine«, sprach er, und eine allerbarmende Güte glänzte in seinen Augen, »– den Tod wünschen und suchen das Zweite.« Und er hob den Stock und wanderte weiter. In Kurzem hatte ihn das Dickicht verschlungen.

Ich blieb allein in tiefer Waldeinsamkeit, und es ward Nacht um mich.

Vor mir lag ein faulender Baumstamm. Sein morsches Holz begann zu leuchten, und eine ganze unruhige und tätige Welt von Pflanzen, Moosen und Insekten wurde auf ihm sichtbar.

Ich versank in mich. Die Bilder des Tages rauschten an mir vorbei wie Wellen, Blasen, die das Wasser wirft und wieder verschlingt; ich sah sie ohne Sorge, ohne Angst, aber auch ohne Freude.

Ich begann die Schöpfung zu begreifen, ich sah wie Tod und Leben nicht so sehr Feinde als freundliche Genossen sind, nicht Gegensätze, die sich aufheben, als vielmehr eines aus dem andern fließend Wandlungen des Daseins. Ich fühlte mich losgelöst von der Welt, der Tod erschien mir nicht mehr schrecklich, ja minder schrecklich als das Leben. Und je mehr ich in mir gleichsam untergehe, umso mehr wird alles um mich her lebendig und gesprächig und greift in meine Seele.

Bäume, Stauden, Halme, ja Stein und Erde strecken ihre Arme nach mir aus.

»Du willst uns entfliehen, Tor? Vergebens, du kannst es nicht. Du bist wie wir und wir sind wie du. Dein Pulsschlag schlägt nur im Pulsschlag der Natur. Du musst entstehen, wachsen und vergehen wie wir, leben, sterben und im Tode neues Leben geben, das ist dein Los, Sonnenkind, wehre dich nicht dagegen, es hilft dir nichts.«

Ein tiefes, feierliches Rauschen ging durch den Wald, über mir brannten die ewigen Flammen erhaben und ruhig.

Und mir war als stände ich der finsteren, schweigenden, ewig schaffenden und verschlingenden Göttin gegenüber und sie begann zu mir zu reden:

»Du willst dich mir gegenüberstellen als ein Wesen für sich, trauriger Tor! Überhebt sich die Welle vom Mondlicht beglänzt, weil sie einen Augenblick lebhafter schimmert? Eine Welle ist wie die andere. Alle kommen von mir und kehren zu mir zurück. Lerne bescheiden sein im Kreise deiner Brüder, geduldig und demütig. Wenn dein Tag dir länger scheint als jener der Eintagsfliege, in mir, die keinen Anfang hat und kein Ende, ist er doch nur ein Augenblick.

Sohn Kains! Du musst leben! Du musst töten, du musst töten um zu leben, und töten, wenn du nicht leben willst, denn nur der Selbstmord kann dich befreien.

Lerne also dich fügen meinen strengen Gesetzen. Sträube dich nicht zu rauben, zu morden wie alle meine Kinder. Begreife, dass du ein Sklave bist, ein Tier, das im Joche gehen muss; dass du dein Brot essen musst im Schweiße deines Angesichts. Überwinde diese kindische Furcht vor dem Tode, diese Schauer, die dich bei meinem Anblick fassen.

Ich bin deine Mutter, ewig, unendlich, unveränderlich, wie du selbst durch den Raum begrenzt, der Zeit hingegeben bist, sterblich, wandelbar.

Ich bin die Wahrheit, ich bin das Leben. Ich weiß nichts von deiner Angst und dein Tod oder dein Leben sind mir gleichgültig. Nenne mich deshalb nicht grausam, weil ich dich, das was du für dein wahres Wesen hältst, dein Leben dem Zufall preisgegeben, wie jenes deiner Brüder. Du – wie sie alle, ihr kommt von mir und kehrt zu mir zurück, früher oder später.

Weshalb sollte ich es hindern, oder euch davor schützen, oder um euch trauern. Ihr seid ich und ich bin in euch, das, um was ihr zittert, ist nur ein flüchtiger Schatten, den ich werfe. Euer wahres Wesen kann nicht vergehen durch den Tod, sowie es nicht entstanden ist bei eurer Geburt.

Sieh deinen Brüdern zu, wie sie sich im Herbste einpuppen, wie sie nur bekümmert sind, ihre Eier sicher zu betten, ohne Sorge um sich selbst und alle ruhig sterben gehen, um im Frühling zu neuem Leben aufzuwachen.

Sieh im Wassertropfen, im Mittagsglanz der Sonne täglich eine neue Welt entstehen und im Abendrote untergehen.

Wachst du selbst nicht täglich nach kurzem Tode zu neuem Leben auf und zitterst vor dem letzten Schlafe!

Ich sehe gleichgültig Herbst für Herbst die Blätter fallen, Kriege, Seuchen, jedes große Sterben meiner Kinder, denn ein jedes lebt fort in neuen Wesen, und so bin ich im Tod lebendig, im Vergehen ewig und unsterblich.

Begreife mich und du wirst mich nicht mehr fürchten, mich nicht mehr anklagen, mich deine Mutter.

Du wirst vor dem Leben fliehen zu mir in meinen Schoß, aus dem du aufgetaucht bist zu kurzer Qual, du wirst wiederkehren in die Unendlichkeit, die vor dir war und nach dir sein wird, während dein Dasein die Zeit begrenzt und verschlingt.«

So sprach es zu mir.

Dann war wieder nichts als ein tiefes, trauriges Schweigen um mich. Die Natur zog sich gleichsam mitleidig in sich selbst zurück und überließ mich den Gedanken, von denen sie mich nicht befreien konnte.

Ich sah, wie heilige Lügen uns geblendet haben, wie wir die Erben Kains nicht zu ihren Herren eingesetzt, sondern im Gegenteil ihre Sklaven sind, welche sie zu ihren unenträtselten Zwecken braucht, und denen sie diese Angst zu leben und sich fortzupflanzen eingeimpft hat, um ihrer schweren Dienste, ihrer schweren Fronen, ihrer hoffnungslosen Knechtschaft gewiss zu sein.

Mich fasste ein namenloser Schauer, mich von ihr loszureißen, ihr zu entrinnen. Ich raffte mich auf und suchte das Freie zu gewinnen. Wie Fledermäuse schwirrten mir Gedanken, Befürchtungen und Zweifel schattenhaft und lautlos um das Haupt. So ereilte ich die Ebene, die friedlich in sanfter Beleuchtung des klaren Nachthimmels und seiner unzähligen Lichter da lag. In der Ferne sah ich mein Dorf, die freundlich schimmernden Fenster meines Hauses. Tiefe Ruhe kam über mich und in mir brannte feierlich still eine heilige Sehnsucht nach Erkenntnis und Wahrheit, und wie ich den wohlbekannten Pfad zwischen Wiesen und Feldern einschlug, da stand auf einmal ein großer Stern am Himmel, groß und klar, und es war mir als gehe er vor mir, wie einst vor den drei Königen, die das Licht der Welt suchten.

CPSIA information can be obtained
at www.ICGtesting.com
Printed in the USA
LVHW110814140721
692461LV00006B/93